Sendo cada uma das obras dedicada a um escritor português, pretende-se que os textos desta colecção – escritos por especialistas, mas num estilo que se quer de divulgação – elucidem o leitor sobre a especificidade da obra de cada autor.

FERNANDO PESSOA

Título original: *Fernando Pessoa*

© da nota prévia: Carlos Reis e Edições 70, Lda.
© António Apolinário Lourenço e Edições 70, Lda.

Capa: FBA

Depósito Legal n.º 294708/09

Biblioteca Nacional de Portugal – Catalogação na Publicação

LOURENÇO, A. Apolinário

Fernando Pessoa. - (Cânone; 4)
ISBN 978-972-44-1567-3

CDU 821.134.3-1Pessoa, Fernando.09

Paginação, impressão e acabamento:
GRÁFICA DE COIMBRA
para
EDIÇÕES 70, LDA.
Maio de 2009

ISBN: 978-972-44-1567-3

Todos os direitos reservados.

EDIÇÕES 70, Lda.
Rua Luciano Cordeiro, 123 – 1.º Esq.º – 1069-157 Lisboa / Portugal
Telefs.: 213190240 – Fax: 213190249
e-mail: geral@edicoes70.pt

---

www.edicoes70.pt

Esta obra está protegida pela lei. Não pode ser reproduzida,
no todo ou em parte, qualquer que seja o modo utilizado,
incluindo fotocópia e xerocópia, sem prévia autorização do Editor.
Qualquer transgressão à lei dos Direitos de Autor será passível
de procedimento judicial.

FERNANDO PESSOA

António Apolinário Lourenço

Carlos Reis
Coordenador

70

1.

NOTA PRÉVIA

Nos últimos anos desenvolveu-se, no domínio dos estudos literários e mesmo fora dele, um interessante debate acerca da questão do **cânone**, debate a que não são estranhos sentidos e até preconceitos ideológicos. Polarizado em torno da dimensão institucional da literatura e de aspetos significativos dessa dimensão como seja a sua presença no sistema de ensino, a discussão sobre o cânone levou inevitavelmente à ponderação de elencos de autores considerados canónicos e, na sequência dessa ponderação, à acentuação da função pedagógica e de legitimação simbólica atribuída a esses elencos.

Com efeito, o processo de constituição e de ratificação do **cânone** é indissociável de uma utilização institucional da literatura, no quadro do sistema de ensino, embora, evidentemente, não se reduza a essa utilização. Daí a relevância assumida pelos programas escolares, enquanto documentos com propósito orientador e às vezes normativo que o Estado estabelece; daí também a tendência para encarar os programas escolares como atestações de uma consciência cultural e nacional que procura afirmar-se como legítima e que implica a presença de certos autores nesses programas.

No caso dos programas de literatura a questão do cânone literário associa-se ainda ao ensino da língua e à exemplaridade linguística de autores reconhecidos como canónicos. Camões, Shakespeare, Cervantes, Dante, Victor Hugo ou Machado de Assis são, assim, autores do cânone não apenas por se entender que neles se acham plasmados valores e imagens com forte marcação cultural e civilizacional, mas também por força de uma outra representatividade: a do idioma em que escreveram e a sua emblemática identificação (e mesmo auto-identificação) com as comunidades nacionais que os entendem como autores canónicos.

Mas o debate acerca do cânone encerra outras facetas que devem ser consideradas. Uma delas tem que ver com a atenção que, nas últimas décadas e em várias instâncias de validação, foi concedida a autores e a textos que, justamente por não serem considerados do cânone, foram objecto de valorização. Procurou-se deste modo, por assim dizer, compensar a marginalidade a que tais autores e textos pareciam condenados. O cânone pode, por isso, ser visto também como um poder a contrariar; daí à desqualificação de nomes de referência canónica vai um passo que por vezes tem sido dado com uma celeridade não isenta de ligeireza cultural.

***

Foi à luz das circunstâncias e das tendências acima enunciadas que esta série foi concebida. Iniciámo-la com José Saramago, sendo certo que o seu entendimento como autor do cânone não é prejudicado pelo facto de se tratar de um nosso contemporâneo, o que mais se reforça quando observamos a relação de forte diálogo refigurativo que alguma da sua ficção mantém com a História e com figuras do nosso imaginário cultural, como é, curiosamente, o caso de Fernando Pessoa.

O volume que agora lhe é consagrado confirma o lugar que o grande poeta ocupa no nosso cânone literário. Esse lugar é, como se sabe, recente; de facto, só depois da sua morte Fernando Pessoa foi "resgatado" do relativo desconhecimento (mas não total desconhecimento, ao contrário do que por vezes se faz pensar) em que se encontrava até aos anos 40, quando a sua poesia começou a ser publicada em edições que, à medida que foi sendo conhecido o espólio do escritor, se percebeu serem muito defeituosas. Mas foi sobretudo a partir dos

NOTA PRÉVIA

trabalhos pioneiros, em registos consabidamente muito distintos, de João Gaspar Simões e de Jacinto do Prado Coelho, seguidos pelos de estudiosos como Georg Rudolf Lind, Maria Aliete Galhoz, José Augusto Seabra ou Eduardo Lourenço, que a obra pessoana começou o seu trajeto de notoriedade, rumo ao prestígio internacional que hoje conhece. Os anos 80, com a publicação d'*O Livro do Desassossego* e com a celebração de duas efemérides, em 1985 (cinquentenário da morte) e em 1988 (centenário do nascimento), reforçaram aquele prestígio, às vezes com contornos de injustiça relativa, quando pensamos em contemporâneos de Pessoa e não só neles.

Desde então pode dizer-se que Fernando Pessoa está solidamente integrado no nosso cânone literário. Uma integração que vai muito para além do título (*Mensagem*) que em princípio apresenta uma feição mais claramente canónica, coisa que o poeta certamente não enjeitaria. Este estudo de António Apolinário Lourenço – que a Pessoa dedicou já alguns importantes ensaios – atesta de forma muito elucidativa a diversidade, a riqueza e a genial complexidade da obra daquele a quem alguém já chamou, em expressão não isenta de ironia, *superstar* da nossa cultura.

CARLOS REIS

2.

APRESENTAÇÃO

1. As primeiras vidas de Fernando Pessoa

Fernando António Nogueira Pessoa nasceu no dia 13 de junho de 1888, no Largo de S. Carlos, em Lisboa. Por ter nascido no dia e na cidade natal de Santo António, os nomes próprios com que foi batizado foram, respetivamente, o nome civil (Fernando) e o nome religioso (António) do santo, patrono da capital portuguesa.

Nesse ano, precisamente, concretizar-se-ia a anunciada e muito protelada publicação dos *Maias*, de Eça de Queirós; o Naturalismo agonizava, tanto na França como em Portugal; e só seria necessário esperar dois anos pela publicação de *Oaristos*, de Eugénio de Castro, o livro de estreia do Simbolismo português.

Quarenta e sete anos depois, no dia 30 de novembro de 1935, o poeta faleceria na mesma cidade, no Hospital de S. Luís dos Franceses, vitimado por uma crise hepática (ou pancreática, segundo outras apreciações clínicas).

Como tem sido profusamente afirmado e sublinhado, a sua vida, tal como se encontra narrada nas biografias e bio-bibliografias que lhe foram dedicadas, tem pouco de extraordinário. Mas essa vida, a dos dias vividos à superfície, a da azáfama dos escritórios lisboetas, para os quais trabalhava como correspondente comercial em línguas estrangeiras, ou a do repouso intelectual nos cafés da baixa, encobre – como dizia o poeta a propósito de Portugal – uma outra existência, subterrânea, vivida diacrónica e sincronicamente, de que só puderam dar-se conta alguns contemporâneos, e de que só agora estamos a apreender a completa dimensão. Essa vida é aquela que nos tem sido revelada cadenciadamente, acompanhando o ritmo das publicações da obra de Pessoa, porque, como disse um dia Octavio Paz justamente a propósito do escritor português, a única biografia dos poetas é a sua própria obra.

Mas mesmo aceitando a mediania da vida mundana de Pessoa, também sabemos que ela não foi propriamente vulgar, e que particularmente os anos da sua infância e da sua adolescência, agitados por força das circunstâncias, foram profundamente decisivos na sua formação. Descendente de militares (com raízes judaicas e fidalgas, como ele mesmo registou) pelo lado paterno e de funcionários da alta administração pública pelo materno, pertencia, portanto, socialmente a uma burguesia acomodada, mas sem meios de fortuna. O pai, Joaquim de Seabra Pessoa, no entanto, ainda que fosse filho de um general do exército, exercia profissionalmente funções modestas como funcionário do Ministério da Justiça. Era, contudo, um homem provido de cultura e sensibilidade artística, que colaborava como crítico musical no *Diário de Notícias*. Infelizmente a sua saúde era frágil, e viria a falecer em 1893, de tuberculose, quando o seu filho contava apenas cinco anos de idade. O jovem Fernando pouco se terá apercebido do empobrecimento económico da família motivado pelo falecimento do seu pai (a mãe vê-se forçada a mudar para uma casa mais modesta), mas o segundo casamento da progenitora, Maria Madalena Pinheiro Nogueira, em 1895, com o Comandante João Miguel Rosa, cônsul de Portugal na cidade sul-africana de Durban desde 1894, obrigá-lo-á a embarcar para a colónia inglesa do Natal. Tinha apenas sete anos e, por isso, praticamente toda a sua formação escolar foi realizada, como sempre gostou de sublinhar, no âmbito do sistema educativo britânico. O futuro escritor chegou à África do Sul em 1896, na companhia da sua mãe, aí tendo permanecido, numa primeira etapa, até 1901. A sua educação começou numa escola católica, a *Convent School* (que frequentou até 1899, realizando, como nos diz Alexandrino E. Severino, em apenas três anos de escolaridade estudos equivalentes a cinco, com a dificuldade acrescida de ter de aprender a própria língua inglesa). A partir de Abril de 1899, passou a frequentar a *Durban High School*, obtendo em 1901, com «distinção», o *School Higher Certificate Examination*. H. D. Jennings e o acima mencionado Alexandrino E. Severino, que são os autores das obras mais relevantes para o conhecimento dessa etapa da vida de Pessoa[1], destacaram a proeza do jovem português, em média dois anos mais novo que os seus colegas, o qual, apesar de cinco anos atrás desconhecer por completo a língua inglesa, lograria ficar classificado no grupo de alunos com melhores classificações (*first class*), no seu primeiro exame oficial. Em agosto de 1901, no âmbito das férias consulares do padrasto, Pessoa regressou temporariamente a Portugal, com a família, permanecendo no país natal até setembro de 1902. É de salientar, durante esse período, a visita feita aos seus familiares nos Açores e a escrita de alguns poemas em português. São, evidentemente, produções juvenis, mas reveladores de um talento e de uma cultura invulgares num jovem de catorze anos. Um desses poemas seria inclusivamente publicado, no jornal *O Imparcial*, em 18 de julho de 1902. Quando voltou à África do Sul, o jovem Pessoa não regressou de imediato à *Durban High School*, ingressando, pelo contrário, na *Commercial School* de Durban. É como aluno dessa escola comercial que se candidata ao exame de admissão (*Matriculation Examination*) à Universidade do Cabo. Desta vez o resultado é muito menos brilhante, mas há que ter em conta o ano passado em

---

[1] Respectivamente, *Os Dois Exílios: Fernando Pessoa na África do Sul*, Porto, Fundação Eng. António de Almeida-Centro de Estudos Pessoanos, 1984, e *Fernando Pessoa na África do Sul. A formação inglesa de Fernando Pessoa*, Lisboa, Dom Quixote, 1993.

Portugal, e o facto de a *Commercial School* ministrar um ensino essencialmente prático e pouco adequado como preparação para o exame em causa. Teria, no entanto, a honra de ser contemplado, nesse exame, realizado em Novembro de 1903, com o *Queen Victoria Memorial Price*, atribuído à melhor composição em língua inglesa («best english style essay»). Regressado à *Durban High School*, em fevereiro de 1904, Pessoa irá ainda realizar um novo exame, o *Intermediate*, em Dezembro de 1904, que o deveria habilitar à conclusão dos estudos universitários na Inglaterra, por não haver ensino universitário regular na Colónia (a Universidade do Cabo servia apenas para a realização e certificação de exames). Foi também nesse mês que Fernando Pessoa publicou no *Durban High School Magazine* o seu primeiro ensaio literário: um estudo sobre o historiador e político inglês Thomas Macaulay. A pontuação obtida no *Intermediate* deveria proporcionar a Pessoa uma bolsa para estudar na Inglaterra, mas na verdade essa bolsa foi atribuída a um outro colega e amigo do futuro poeta, que obtivera uma classificação inferior. Alexandrino Severino acredita que a injustiça, talvez decorrente da nacionalidade portuguesa do jovem Fernando Pessoa, deverá ter apressado o retorno deste a Portugal; no entanto, nas «Notas para uma biografia atual», pospostas à sua edição dos *Escritos Autobiográficos, Automáticos e de Reflexão Pessoal* do autor dos heterónimos, Richard Zenith esclarece que a não atribuição da bolsa a Pessoa se ficou a dever ao facto de o estudante português não satisfazer uma das condições exigidas para poder beneficiar dela: ter estudado consecutivamente, durante os últimos quatro anos, numa escola do Natal.

Pessoa regressa, então, e em definitivo, a Portugal, em 1905, com o objetivo de frequentar o Curso Superior de Letras. Mas desta vez vem sozinho, só voltando a viver com a sua mãe a partir de 1920, quando também esta retorna a Lisboa, após a morte do seu segundo marido. No entanto, o curso não satisfará o futuro fundador da revista *Orpheu*, que, depois de falhar por doença os exames do primeiro ano

APRESENTAÇÃO

e, presumivelmente por causa de uma greve estudantil, também os exames do segundo, o abandona desapontado. Fica-lhe dessa passagem a amizade com Armando Teixeira Rebelo, que, embora não participando nas aventuras literárias de Pessoa, será sempre um dos seus amigos mais próximos.

Ainda que tenhamos, através da correspondência com Armando Côrtes-Rodrigues, de páginas diarísticas e até dos próprios programas escolares facultados por H.D. Jennings e Alexandrino E. Severino, algumas informações precisas sobre as leituras de Pessoa no tempo em que viveu na África do Sul, preferimos transcrever alguns parágrafos de uma carta enviada em 1932 a José Osório de Oliveira, que lhe perguntava, no contexto de um inquérito a diversos escritores, quais os livros que mais haviam contribuído para a sua formação:

> Em minha infância e primeira adolescência houve para mim, que vivia e era educado em terras inglesas, um livro supremo e envolvente – os *Pickwick Papers*, de Dickens; ainda hoje, e por isso, o leio e releio como se não fizesse mais que lembrar.
>
> Em minha segunda adolescência dominaram meu espírito Shakespeare e Milton, assim como, acessoriamente, aqueles poetas românticos ingleses que são sombras irregulares deles; entre estes foi talvez Shelley aquele com cuja inspiração mais convivi.
>
> No que posso chamar a minha terceira adolescência, passada aqui em Lisboa, vivi na atmosfera dos filósofos gregos e alemães, assim como na dos decadentes franceses, cuja ação me foi subitamente varrida do espírito pela ginástica sueca e pela leitura da *Dégénérescence*, de Nordau.[2]

Tendo, portanto, abandonado precocemente o Curso Superior de Letras, o último nível escolar de Pessoa foi aquele que trouxe da África do Sul, o *Intermediate*, uma espécie de ano propedêutico, que tanto podia ser considerado o último

---

[2] Fernando Pessoa, *Correspondência (1923-1935)*, Lisboa, Assírio & Alvim, 1999, pp. 278-279.

do ensino secundário como o primeiro do universitário, como explica Alexandrino Severino. Da África do Sul trouxe também conhecimentos de ordem prática, da área comercial, que lhe terão sido extremamente úteis naquilo que veio a ser a sua profissão em Lisboa. Foi igualmente naquela colónia britânica que decidiu ser escritor e que começou a escrever poesia e prosa, sobretudo em inglês evidentemente. Foi ainda em Durban que Pessoa teve a sua iniciação poetodramática (para utilizar a expressão cunhada por José Augusto Seabra no seu clássico ensaio *Fernando Pessoa ou o Poetodrama*), tendo começado a construir a sua obra literária ocultando-se atrás de pseudónimos, nomeadamente o de Charles Robert Anon (ou simplesmente C. R. Anon). Alexander Search, que foi a primeira importante personalidade literária inventada por Fernando Pessoa, assina alguns poemas ingleses escritos na África do Sul a partir de 1904, mas é provável que a atribuição seja posterior à data da realização dos poemas. Por isso, como refere João Dionísio na «Introdução» à sua «edição crítica» dos *Poemas de Alexander Search*[3], não se sabe ao certo quando é que este «poeta» foi criado. Sabe-se, porém, que Fernando Pessoa lhe atribuiu uma data de nascimento idêntica à do seu criador, parecendo, assim, que o destinava a ser o seu verdadeiro *alter ego* britânico. A obra poética de Search, escrita em língua inglesa, será produzida entre 1904 e 1910 (ainda que já só exista um poema datado deste último ano). Robert Bréchon, em *Estranho Estrangeiro*, chama-lhe «a crisálida de Caeiro, de Reis e de Campos»[4]. Através dele, entramos na oficina poética de Fernando Pessoa numa época crucial de aprendizagem do ofício de poeta. Os seus modelos são os poetas clássicos e românticos ingleses que constituíram,

---

[3] In Edição Crítica de Fernando Pessoa, vol. V, *Poemas Ingleses*, tomo II, Lisboa, IN-CM, 1997, p. 11.

[4] Robert Bréchon, *Estranho Estrangeiro: Uma Biografia de Fernando Pessoa*, Lisboa, Quetzal, 1996, p. 105. Tradução de Maria Abreu e Pedro Tamen.

como vimos, depois de Dickens, a primeira base das suas leituras, mas os temas (a frustração; a loucura; a morte; a sensualidade ingénua e algo abstrata; o ceticismo religioso; mas também motivos políticos, nomeadamente a liberdade) são um reflexo rigoroso da evolução biológica e intelectual de Pessoa na sua passagem da adolescência à idade adulta. A prova da importância atribuída pelo poeta a esta «personalidade», que o acompanhou ao longo de tantos anos, reside na necessidade que sentiu de o liquidar para poder crescer:

> Aqui jaz A[lexander] S[earch]
> De Deus e homens abandonado,
> Da natureza troçado em dor;
> Não acreditou em igreja ou estado,
> Em Deus, homem, mulher ou amor,
> Nem na terra aqui ou no céu além. (...)
>
> Ele morreu aos vinte e tal anos
> Sentindo ao morrer só esta certeza:
> Maldito o Homem, Deus e a Natureza.[5]

São, por conseguinte, em inglês as primeiras experiências sérias de escrita encetadas por Pessoa, que pretenderia ser, acima de tudo, um escritor de língua inglesa. Radicado em Portugal, começa então a ler de modo sistemático os modernos poetas portugueses (Antero, Nobre, Junqueiro, Cesário, entre outros), ao mesmo tempo que tomava contacto com as obras dos grandes simbolistas franceses. A substituição do português pelo inglês como principal idioma literário é um trabalho gradual e não isento de alguma angústia. De resto, o autor da *Ode Marítima* não abandonará nunca o inglês como língua de trabalho profissional e literário. O domínio do idioma de Shakespeare e da literatura inglesa, num país tradicionalmente adstrito à influência francófona, constituirá

---

[5] Tradução de Luísa Freire.

FERNANDO PESSOA

sempre um fator de distinção, para o bem e para o mal, da produção literária pessoana, que assim pôde construir o seu próprio modelo de modernidade estético-literária, beneficiando da sua capacidade de ler (e até de escrever) em três idiomas, uma vez que na África do Sul fora também um excelente aluno de Francês (tal como o fora igualmente de Latim, outro factor nada negligenciável na sua obra).

Em 1909, como demonstrou Richard Zenith[6] e confirmou Mega Ferreira (e não em 1907, como entendeu João Gaspar Simões, interpretando mal, na sua extensa biografia pessoana, a data inscrita numa carta de Pessoa ao seu amigo Armando Teixeira Rebelo), o poeta adquiriu em Portalegre (e provavelmente também em Espanha) alguma maquinaria com que pretendia criar uma empresa tipográfica, a Tipografia Íbis (que seria extinta logo em 1910). Um certo mistério envolve este período da vida de Pessoa, mas algumas notas do autor parecem sugerir que, desta aventura do poeta, terá apenas resultado a delapidação rápida e precoce da herança deixada pela sua avó Dionísia e talvez alguma dívida que terá pago sob a forma de prestações durante alguns anos[7].

Para além de estudar profundamente a literatura portuguesa, Fernando Pessoa foi-se também integrando, com alguma dificuldade, devido à sua natural timidez, na sociedade portuguesa. A lenda de um Pessoa envolvido na liderança do movimento grevista do Curso Superior de Letras contra o governo autoritário de João Franco é apoiada pelo facto de o poeta ter planeado publicar dois jornais (para isso serviria a Tipografia Íbis) violentamente antimonárquicos e também profundamente anti-religiosos, *O Fósforo* e *O Iconoclasta*, com colaborações virulentas de, entre outros «jornalistas»

---

[6] *Vide* «Posfácio» a Fernando Pessoa, *Escritos Autobiográficos, Automáticos e de Reflexão Pessoal*, Lisboa, Assírio & Alvim, 2003, pp. 455-457.

[7] *Vide* António Mega Ferreira, *Fazer pela Vida: um Retrato de Fernando Pessoa o Empreendedor*, Assírio & Alvim, 2005, pp. 41-67.

APRESENTAÇÃO

inventados, Joaquim Moura Costa e Pantaleão. O poeta recebeu, portanto, com júbilo e esperança o triunfo da insurreição republicana, como pode ser atestado por diversos documentos existentes no seu espólio, em que denuncia o regime monárquico como um «reacionário, mesquinho (...) couto de ladrões e assassinos»[8].

Mas bem depressa os líderes republicanos o desapontariam, e, nos famosos artigos publicados n'*A Águia* em 1912, a que já aludiremos mais espraiadamente, é perfeitamente esclarecedora a sua rutura com o país republicano: «Se ser monárquico é ser traidor à alma nacional, ser correligionário do sr. Afonso Costa, do sr. Brito Camacho, ou do sr. António José de Almeida, assim como de vária horrorosa sub-gente sindicalística, socialística e outras coisas, representa paralela e equivalente traição»[9]. Pessoa chega mesmo a projetar a publicação de um opúsculo de análise política, que se intitularia «Oligarquia das Bestas», cujos fragmentos foram reunidos por Joel Serrão no volume *Da República*, organizado para a Ática. Vejamos um excerto exemplificativo da irritação que o mais célebre político da época, Afonso Costa, provocava em Fernando Pessoa: «É daqueles homens a quem o epíteto ilustre anda sempre atado como uma lata ao rabo dum cão, a pertencer-lhe tanto como a lata ao cão pertence»[10].

Tanto a sua aversão ao líder do Partido Democrático como posteriormente a conceção iniciática da vida levarão no futuro Pessoa a rejeitar um conceito de democracia identificado com o poder do povo e a simpatizar com formas de governo que confluem na fórmula da «República Aristocrática», que o poeta irá opor à República Democrática. Não podemos, evidentemente, esquecer que o vocábulo democracia ainda

---

[8] Fernando Pessoa, *Da República (1910-1935)*, Lisboa Ática, 1978, pp. 118.

[9] Fernando Pessoa, *Crítica. Ensaios, Artigos e Entrevistas*, Lisboa, Assírio & Alvim, 2000, p. 34.

[10] Fernando Pessoa, *Da República*, ed. cit., p. 171.

conservava no início do século XX conotações jacobinas e socializantes, que iria perder no contexto da luta contra o fascismo e, posteriormente, contra os regimes totalitários do Leste europeu. Os ingredientes que são hoje considerados como o cerne da Democracia constituíam para Pessoa a essência do Liberalismo, como se pode ver neste fragmento de um texto que deveria integrar uma obra intitulada «O Nacionalismo Liberal»:

> O liberalismo é a doutrina que mantém que o indivíduo tem o direito de pensar o que quiser, de exprimir o que pensa como quiser, e de pôr em prática o que pensa como quiser, desde que essa expressão ou essa prática não infrinja diretamente a igual liberdade de qualquer outro indivíduo.[11]

Assim se explica que, no momento de maior divergência de Pessoa quanto ao rumo que Salazar irá dando a Portugal nos anos trinta, o poeta reivindique em textos diversos a sua constante e inquebrantável fidelidade ao sistema liberal.

2. O supra-Camões

Mas concentremo-nos, de momento, na obra. Em termos absolutos, e ao contrário do que por vezes se pensa, não é completamente verdade que Pessoa tenha publicado pouco em vida. Tanto o livro *Ficções do Interlúdio*, organizado por Fernando Cabral Martins, que reúne a poesia que Pessoa publicou em diversas revistas e jornais (não inclui a *Mensagem* nem a poesia em inglês), como o volume que contém a *Prosa*

---

[11] Fernando Pessoa, *Ultimatum e Páginas de Sociologia Política*, Lisboa, Ática, 1980, p. 343.

Publicada em Vida, editado por Richard Zenith, demonstram que, afinal, o criador dos heterónimos publicou durante a sua não muito longa vida centenas de páginas, muito mais, por exemplo, do que a totalidade das obras de Cesário Verde ou de Camilo Pessanha, que não deixam por isso de ser nomes incontornáveis da nossa história literária.

Uma coisa diferente é comparar quantitativamente aquilo que publicou com a imensa quantidade de textos depositados na famosa arca pessoana, e outra ainda é a debilidade do reconhecimento público que Fernando Pessoa alcançou em vida.

Referíamos atrás a vida relativamente apagada de Pessoa. Parte-se geralmente do princípio que esse apagamento foi voluntário, mas não nos parece que seja essa a verdade. Pelo contrário, temos muitas provas de que Pessoa procurou a notoriedade (que é diferente da popularidade), através de diversas intervenções públicas que atraíram intermitentemente sobre ele (ou sobre atos a ele associados) a atenção da comunicação social.

O primeiro momento ocorre com a publicação, n'*A Águia*, de três artigos sobre a nova poesia lusa, onde Pessoa, elogiando o momento alto que, na sua opinião, vivia a poesia portuguesa, faz a polémica previsão da iminente emergência de um supra-Camões. Mas já antes de se estrear no órgão literário e doutrinário da Renascença Portuguesa, Pessoa tinha começado a colaborar como tradutor na *Biblioteca Internacional de Obras Célebres*, um projeto editorial bastante ambicioso, de que resultaria a publicação de 24 volumes.

Estes ensaios pessoanos são textos fundadores de um novo estádio da crítica literária em Portugal, pois, se é verdade que o Simbolismo tinha sido, pelo menos até certo ponto, assimilado por alguns poetas portugueses (sobretudo por Camilo Pessanha, evidentemente), ainda ninguém tinha explicado em português com tanta clareza os princípios estéticos que haviam presidido à «rutura» simbolista com o paradigma literário realista. Mas também é visível nos artigos que Fernando Pessoa, tendo como aparente referência a geração da Renascença

Portuguesa e ainda sem uma precisa consciência dos movimentos de vanguarda que começavam a despontar pela Europa, tinha já claramente em vista horizontes que apontavam para a superação da própria poética que informava o grupo geracional que tinha na *Águia* o seu órgão de imprensa.

No primeiro da série, intitulado «A nova poesia portuguesa sociologicamente considerada», Pessoa começa por destacar a incapacidade do público para compreender a nova literatura portuguesa: uns, os que têm mais de trinta anos, porque estão demasiado velhos para acompanharem a dinâmica da renovação estética; os outros, os mais jovens, porque tanto eles como a própria geração poética emergente estão ainda em fase de amadurecimento e definição. O aspeto mais polémico do artigo é, no entanto, a afirmação de que, comparando a evolução histórica portuguesa com a inglesa e a francesa, Portugal se encontra numa situação ideal para a afirmação das suas letras, sendo praticamente inevitável o surgimento do poeta que suplantaria Camões como principal referência poética da pátria portuguesa.

O artigo intitulado «Reincidindo...» é sobretudo esclarecedor quanto ao apuramento da genealogia da nova geração. Antero é o grande precursor, enquanto António Nobre, Eugénio de Castro e Junqueiro são os autores com os quais a nova poesia portuguesa adquire o seu «*tom* especial e distintivo»[12]. Entretanto, com *Vida Etérea*, de Pascoaes, entrara-se no segundo estádio do movimento poético. Tal como nos períodos literários mais gloriosos das literaturas inglesa e francesa, a nova literatura portuguesa apresenta como «elementos distintivos – a *novidade* (ou *originalidade*), a *elevação*, e a *grandeza*»[13], reportando-se a *grandeza* à existência de figuras individuais de grande qualidade. Para evidenciar o elevado

---

[12] Fernando Pessoa, *Crítica. Ensaios, Artigos e Entrevistas*, ed. cit., p. 22.

[13] *Ibidem*, p. 27.

APRESENTAÇÃO

nível alcançado pelos poetas da Renascença Portuguesa, cita Pessoa versos de Teixeira de Pascoaes («A folha que tombava / Era alma que subia») e Jaime Cortesão («E mal o luar os molha, / Os choupos, na noite calma, / já não têm ramos nem folha, / São apenas choupos d'Alma»). Finalmente, o ensaísta esclarecia que sociologicamente as épocas literárias mais notáveis de cada país se caracterizavam, tal como a nova poesia portuguesa, pela *não-popularidade*, pela *anti-tradicionalidade* e pela *nacionalidade*, o que lhe permitia insistir na sua tese de que «se prepara [em Portugal] um ressurgimento assombroso, um período de criação literária e social como poucos o mundo tem tido»[14].

É no terceiro artigo («A nova poesia portuguesa no seu aspeto psicológico») que Pessoa especifica com alguma clareza quais os princípios estéticos que norteiam e distinguem a nova geração. É uma peça crítica notável, que revela uma clara perceção dos caminhos trilhados pela modernidade poética. Para Fernando Pessoa, a nova poesia portuguesa, cujo «arcabouço intelectual» faz assentar no *vago*, na *subtileza* e na *complexidade*, havia superado já o simbolismo francês. Treze anos antes da publicação de *La deshumanización del arte*, de Ortega y Gasset, o poeta português aponta o caminho da intelectualização da arte:

> A ideação subtil *intensifica*, torna *mais nítido*; a expressão complexa *dilata*, torna *maior*. A ideação *subtil* envolve ou uma direta intelectualização de uma ideia, ou uma directa emocionalização de uma emoção: daí o ficarem mais nítidas, a ideia por mais ideia, a emoção por mais emoção. A idealização *complexa* supõe sempre ou uma intelectualização de uma emoção ou uma emocionalização de uma ideia: é desta heterogeneidade que a complexidade lhe vem.[15]

---

[14] *Ibidem*, p. 33.
[15] *Ibidem*, p. 44.

Segundo Pessoa, a novidade e a superioridade da poética da Renascença Portuguesa face ao Simbolismo francês decorriam sobretudo do facto de, face à extrema subjetividade dos simbolistas gauleses, os poetas lusos conciliarem dialeticamente a subjetividade com a objetividade (ou *plasticidade*), decorrendo daí a «materialização do espírito» e a «espiritualização da matéria». Para definir estética e ideologicamente a nova poesia portuguesa, o futuro autor da *Mensagem* fala ainda de *imaginação*, como sinónimo de «pensar e sentir *por imagens*» e, finalmente, por via da fusão (ou seja: da *coincidentia oppositurum*, que José Augusto Seabra considerou uma marca fundamental da poética pessoana) entre materialismo e espiritualismo, de «transcendentalismo panteísta».

Se juntarmos à premonição da grandeza cultural da pátria a consciência da necessidade de *uma religiosidade nova*, também denotativamente presente neste artigo, podemos constatar que o projeto pessoano de construção de um império cultural, de onde ele próprio emergisse como figura cimeira, já se encontrava esboçado na sua primeira afirmação como escritor de língua portuguesa:

> A nossa grande Raça partirá em busca de uma Índia nova, que não existe no espaço, em naus que são construídas «daquilo de que os sonhos são feitos». E o seu verdadeiro e supremo destino, de que a obra dos navegadores foi o obscuro e carnal ante-arremedo, realizar-se-á divinamente.([16])

Mas é evidente que na época não terá sido plenamente compreendido que Fernando Pessoa estava a reivindicar para si mesmo o papel de supra-Camões. É na sequência direta desses artigos que vai aparecer o movimento paúlico, no interior do qual o poeta se assumirá como líder de um grupo de jovens escritores que se propõe chegar muito mais longe do que a Renascença Portuguesa.

([16]) *Ibidem*, p. 67.

3. Pessoa Modernista. A Revista *Orpheu*

Foi também em 1912, o mesmo ano dos seus primeiros artigos n'*A Águia*, que Fernando Pessoa conheceu Mário de Sá-Carneiro. A imediata empatia e cumplicidade entre os dois poetas permitiu que, a partir desse encontro, se fosse constituindo o pequeno grupo de jovens escritores que viriam a publicar a revista *Orpheu*. Pessoa deixara claro na *Águia* quais eram as suas opções estéticas naquele momento. Estas traduzir-se-iam, numa primeira fase, no aparecimento do Paulismo. Tendo surgido no momento em que eclodiam na Europa os movimentos vanguardistas, o Paulismo era, na sua essência, um Simbolismo radicalizado (quanto ao recurso às impressões cromáticas e sinestésicas, às maiúsculas, às reticências, às imagens inesperadas e paradoxais), que teria no número único da revista *A Renascença*, dirigida por Carvalho Mourão e publicada em 1914, o seu primeiro momento de afirmação pública. Fernando Pessoa, Sá-Carneiro e Alfredo Guisado foram os futuros poetas órficos que colaboraram na *Renascença*. O nome da corrente deriva, como é sabido, do poema pessoano «Pauis», que seria publicado nessa revista, conjuntamente com «O sino da minha aldeia», sob o título genérico de «Impressões do crepúsculo»:

> Pauis de roçarem ânsias pela minh'alma em ouro...
> Dobre longínquo de Outros Sinos... Empalidece o louro
> Trigo na cinza do poente... Corre um frio carnal por
> minh'alma...

A violação das regras morfossintáticas faz, por vezes recordar o conceptismo barroco de Quevedo – «Ó tão antiguidade»; «Fluido de auréola, transparente de Foi, oco de ter-se...» – enquanto alguns versos prenunciam a eclosão da heteronímia: «O Mistério sabe-me a eu ser outro».

Em 1915, seria finalmente dado o passo decisivo para a implementação de um *Modernismo* português com a publicação dos dois números da revista *Orpheu*, a meio caminho entre a fidelidade ao Paulismo e a abertura aos novos *ismos* pessoanos (o Interseccionismo e o Sensacionismo, já claramente modernistas) e mesmo ao Futurismo. O que caracteriza o Interseccionismo é, como o termo indica, o cruzamento ou a intersecção, na superfície do poema, de vários planos da realidade sensorial: os espaços; os tempos: passado, presente e futuro; ou ainda a anulação das fronteiras entre o real e o imaginário. É assim visível a confluência da estética interseccionista com o Cubismo e o Simultaneísmo de autores como Picasso, Braque ou Apollinaire. O Sensacionismo será num primeiro momento uma adaptação à literatura portuguesa do Futurismo de Marinetti, cujo primeiro manifesto fora publicado em 1909 no jornal parisiense *Le Figaro*, mas Pessoa acabará por aplicar esta designação a toda a literatura portuguesa esteticamente alinhada com o *Orpheu*.

A ideia concreta de publicar uma revista literária luso-
-brasileira, quando Pessoa pensava sobretudo numa antologia interseccionista, partiu de um amigo de Sá-Carneiro, Luiz de Montalvor, que desempenhara as funções de secretário da embaixada portuguesa do Brasil, e regressara a Portugal a tempo de surgir como um dos responsáveis da publicação. O primeiro número foi concluído e distribuído em março de 1915. Assumindo-se como uma «Revista Trimestral de Literatura» de Portugal e do Brasil, apresentava como diretores o já referido Luiz de Montalvor (Lisboa), que também assinava a introdução, e o brasileiro Ronald de Carvalho (Rio de Janeiro). Na capa podia vislumbrar-se um relativamente sóbrio desenho de José Pacheco (uma mulher nua entre duas enormes velas). O texto da «Introdução», muito mais decadentista do que modernista, não era propriamente esclarecedor relativamente aos objetivos da nova publicação:

> O que é propriamente revista em sua essência de vida e quotidiano, deixa-o de ser ORPHEU, para melhor se engalanar e propor-se.

APRESENTAÇÃO

(...) Puras e raras suas intenções como seu destino de Beleza é o do: – Exílio!

Bem propriamente, ORPHEU, é um exílio de temperamentos de arte que a querem como a um segredo ou tormento...

Seguiam-se à «Introdução», o conjunto de poemas «Para os "Indícios de Ouro"»), de Mário de Sá-Carneiro; os «Poemas» de Ronald de Carvalho; o «Drama estático em um quadro *O Marinheiro*», de Fernando Pessoa; «Treze sonetos» de Alfredo Pedro Guisado; os brevíssimos *Frisos* narrativos, do *desenhador* José de Almada Negreiros); os «Poemas» do amigo açoriano de Pessoa, Côrtes-Rodrigues; e, finalmente, dois magníficos poemas do heterónimo pessoano Álvaro de Campos. «Opiário», composto especialmente para a revista, desvelava-nos o engenheiro «em botão», ou seja, Álvaro de Campos simbolista-decadentista, anterior ao revitalizador contacto com as obras de Alberto Caeiro e Walt Whitman: «Deixe-me estar aqui, nesta cadeira, / Até virem meter-me no caixão. / Nasci pra mandarim de condição, / Mas falta-me o sossego, o chá e a esteira.»; a «Ode Triunfal» revelava-nos o Campos interseccionista-sensacionista posterior a esse encontro, influenciado também pelo Futurismo (como se pode notar através da euforia mecanicista, das onomatopeias que imitam sons mecânicos, do prosaísmo dos versos sem rima nem regularidade métrica), mas não seu aderente incondicional, porque Campos não rompia com a cultura clássica nem renunciava ao intimismo e à subjetividade.

A esta distância pode ser difícil compreender o tom de chacota com que foi recebida a revista e todas as insinuações ou declarações de loucura com que foram mimoseados os autores dos textos nela publicados. As colaborações de Álvaro de Campos contam-se entre as que foram recebidas com enorme estranheza e uma hostilidade mordaz, mas aparentemente o texto que mais chocou a imprensa, impermeável à moderna sensibilidade estética, foi o poema «16», de Mário de

Sá-Carneiro, por não se enquadrar nos parâmetros mentais da crítica jornalística da época:

As mesas do Café endoideceram feitas ar...
Caiu-me agora um braço... Olha lá vai ele a valsar,
Vestido de casado, nos salões do Vice-Rei...

Logo no dia 30 de março, o diário lisboeta *A Capital* abria, na sua primeira página, as hostilidades:

Ocupando-se, há quinze anos, dos *Pintores e Poetas de Rilhafoles*, Júlio Dantas fornecia-nos já todas as características do estado mental desses moços literatos que hoje aí surgem arvorando o *Orpheu* como estandarte. A cronofilia, o símbolo, a alegoria, o neologismo, o egocentrismo, a autofilia, a «linguagem de malhas perdidas, fragmentária, desconchavada, cheia de lacunas correspondentes a palavras, frases ou pensamentos inteiros que não tiveram tempo de fixar-se, gafa de vocábulos e detritos silábicos reunidos por simples aliterações ou consonâncias, ferida, enfim, da incoerência desastrosa e tomando a feição de uma algaravia às vezes brilhante, mas sempre grotesca e tumultuária» – tudo isto que assinala a arte do paranoico literário, se depara nas produções dos indivíduos acima citados e nas de outros que colaboram com eles.[17]

O remate do texto era também fortemente esclarecedor: «Tem a palavra o Sr. Dr. Júlio de Matos».

Como podemos ver no volume que Nuno Júdice dedicou à recepção coeva da revista, *A Era do «Orpheu»*, este artigo deu o mote para as resenhas seguintes, igualmente cheias de insinuações de paranoia, substituídas nas versões mais benevolentes por sonoras gargalhadas.

A verdade é que a reação da imprensa e do público serviu os interesses dos jovens poetas do *Orpheu*, porque o escân-

---

[17] In Nuno Júdice, *A Era do «Orpheu»*, Lisboa, Teorema, 1986, pp. 61-62.

dalo era também uma forma de divulgação, o que pode facilmente ser atestado pelas palavras de Pessoa, numa carta, datada de 4 de abril de 1915, dirigida a Armando Côrtes-Rodrigues:

> Ontem deitei no correio um *Orpheu* para si. Foi só um porque podemos dispor de muito poucos. Deve esgotar-se rapidamente a edição. *Foi um triunfo absoluto*, especialmente com o reclame que *A Capital* nos fez com uma tareia na 1.ª página, um artigo de duas colunas. Não lhe mando o jornal porque lhe escrevo à pressa, da *Brasileira* do Chiado. Para a mala seguinte contarei tudo detalhadamente. Há imenso que contar. Agora tenho tido muito que fazer. (...) «Somos o assunto do dia em Lisboa»; sem exagero lho digo. O escândalo é enorme. Somos apontados na rua, e toda a gente – mesmo extra-literária – fala no *Orpheu*.
> Há grandes projetos. Tudo na mala seguinte.
> O escândalo maior tem sido causado pelo *16* do Sá-Carneiro e a *Ode Triunfal*. Até o André Brun nos dedicou um número das *Migalhas*.

A prova de que Pessoa e os seus pares se divertiram com a ira da imprensa pode encontrar-se na sua insistência na provocação. No n.º 2 (agora dirigido por Fernando Pessoa e Sá-Carneiro), à colaboração de Sá-Carneiro («Poemas sem suporte»), Montalvor («Narciso»), Pessoa e Álvaro de Campos, junta-se a de Raul Leal e, significativamente, a de Ângelo de Lima, que se encontrava internado no Hospital de Rilhafoles (para enfermidades mentais). Mantém-se a ligação ao Brasil, através da colaboração de Eduardo Guimarães, enquanto Côrtes-Rodrigues se ocultava sob o pseudónimo feminino de Violante de Cysneiros. A colaboração de Pessoa («Chuva Oblíqua» e a «Ode Marítima» de Campos) era, como no primeiro número, a de mais elevada qualidade. O conjunto de textos agrupados sob a designação de «Chuva Oblíqua» constitui a sequência poética mais emblemática do Interseccionismo. No poema de abertura, verifica-se o cruzamento da paisagem contemplada pelo poeta com o seu «sonho dum porto infinito». Os barcos que povoam o sonho do poeta não são apenas um espaço subjetivo, são também um espaço do passado que irrompe no presente:

> Atravessa esta paisagem o meu sonho dum porto infinito
> E a cor das flores é transparente de as velas de grandes navios
> Que largam do cais arrastando nas águas por sombra
> Os vultos ao sol daquelas árvores antigas...

O terceiro número, cancelado por ordem de Sá-Carneiro, cujo pai tinha sido o verdadeiro financiador da revista, traria como principal destaque «*A Cena do Ódio*, de José de Almada-Negreiros, poeta sensacionista e Narciso do Egipto». Deveria ainda contar com a colaboração gráfica de Amadeo de Souza-Cardoso. De Pessoa, estava prevista a publicação do poema «Gládio», que viria mais tarde a fazer parte da *Mensagem*, e do conjunto poético intitulado «Além-Deus».

A atitude da imprensa portuguesa permite destacar a imensa superioridade intelectual dos jovens «órficos» relativamente ao estado geral da cultura portuguesa. Digamos, para simplificar, que os jornalistas que se arrogavam o direito de fazer crítica literária, não tendo a mais pequena noção do caráter não-mimético da literatura dos últimos decénios, interpretavam literalmente o polimento das unhas de Sá-Carneiro (no poema *Manucure*) ou a autopropalada preguiça de Álvaro de Campos, *aplaudida*, na *Capital*, pelo escritor e dramaturgo humorista André Brun:

> Aquele rapazinho que se sente correia de transmissão, êmbolo de máquina a vapor e lâmpada elétrica é no género daquele maluco da anedota que se sentia vaso de noite. A mania é muito semelhante. A diferença é que este pende para o movimento e o outro sentia-se atraído para os perfumes. Este de que falo tem uma qualidade que o recomenda: é um poeta eminente-

APRESENTAÇÃO

mente nacional. Veja como ele diz a certa altura: «Não fazer nada é a minha perdição.» É cá dos meus este mancebo – ou, por outra, é dos nossos, português direitinho.([18])

Poucas foram e quase sempre diretamente relacionadas com o grupo fundador as vozes que se levantaram em defesa da revista. É o caso, por exemplo, de Carvalho Mourão, que defendeu o *Orpheu* no jornal *Terra Nossa*, de Estremoz. O *Jornal*, onde Pessoa começa a colaborar pouco depois da publicação do primeiro número de *Orpheu*, concede, através de uma entrevista, uma possibilidade de defesa a Almada Negreiros.

Graças a Pessoa e a um pequeno grupo de amigos que o tinham como principal referência, houve em Portugal uma Vanguarda que coexistiu com a eclosão das Vanguardas europeias. Infelizmente, devido à condição culturalmente periférica do país, o movimento não teve a continuidade nem o reconhecimento merecidos. De *Orpheu*, publicaram-se dois números apenas, e *Portugal Futurista* teve o número único apreendido.

Podemos, portanto, verificar que Fernando Pessoa tinha uma efetiva vontade de ser protagonista da vida literária e cultural, e que o conseguiu tanto através dos artigos d'*A Águia*, que suscitaram um debate nacional em torno da possibilidade de aparecer, na literatura portuguesa, um supra-Camões, como com a publicação do *Orpheu*, que propiciou um novo debate, ainda que prosaicamente centrado na loucura ou na excentricidade dos intervenientes.

Mas o poeta não confinou a sua vontade de intervenção na vida portuguesa à literatura, uma vez que procurou também intervir no plano ideológico e até no político, subordinando sempre, no entanto, a política à estética. Contudo, nesse aspeto, foi muito menos afortunado que no plano literário, porque compreendia fatores com os quais o autor da *Mensagem* não se encontrava em condições de lidar.

([18]) In Nuno Júdice, *op. cit.*, pp. 64-65.

Foi no mesmo ano em que se publicou o *Orpheu* que Pessoa se envolveu numa polémica arriscada e mal medida, que lhe poderia ter custado a própria vida. Referimo-nos a um incidente que afetou Afonso Costa, quando este viajava num carro elétrico em Lisboa. Tendo havido uma explosão no veículo, o estadista, suspeitando de um atentado anarquista, lançou-se imediatamente pela janela, fraturando o crânio e ficando entre a vida e a morte. Neste ambiente de luto nacional, Fernando Pessoa (sob a máscara de Álvaro de Campos) atreveu-se a enviar para o jornal *A Capital*, que por esses dias, numa nota publicada a 5 de julho de 1915, havia comparado os futuristas portugueses aos antigos bobos da corte, uma missiva em que dizia que até já a providência divina dava razão aos futuristas utilizando os carros elétricos «para os seus altos ensinamentos».

Já havíamos referido a animosidade de Pessoa relativamente a Afonso Costa, que era, para além de chefe do Partido Democrático, uma das figuras dominantes da Maçonaria portuguesa. Segundo conta João Gaspar Simões, na sua biografia de Fernando Pessoa, membros da Carbonária terão procurado, sem êxito, vingar violentamente a ofensa pessoana, chegando a organizar um cerco em redor do restaurante Irmãos Unidos, pertencente à família de Alfredo Guisado, amigo de Pessoa e, como vimos, colaborador do *Orpheu*. Ainda que o poeta, nessa época, não morresse de amores pelo líder republicano, nada indicia que desejasse deveras a morte de Afonso Costa; tímido no plano pessoal, ao contrário de Almada Negreiros e Santa-Rita Pintor, era sobretudo através da escrita, e (mal) resguardado atrás da sua *persona* mais extrovertida, Campos, que procurava a polémica e o escândalo. Do susto, no entanto, não escaparia. Tendo lido, na imprensa internacional, notícias contraditórias sobre o estado de saúde (incluindo a notícia da morte) do estadista, escrevia de Paris, em 17 de julho de 1915, Mário de Sá-Carneiro: «Preocupei-me de resto com a morte do Afonso pela sua Vida, meu caro Fernando Álvaro Pessoa de Campos». E o próprio

APRESENTAÇÃO

Pessoa, escrevendo em inglês, e simulando ser um inglês apaixonado pela nova literatura portuguesa, confirmaria o perigo que havia corrido, quando o susto era já apenas uma anódina recordação:

> Um sensacionista quase foi linchado por escrever a um vespertino lisboeta uma carta insolente em que se congratulava pelo facto de Afonso Costa – o político português mais popular – ter caído de um elétrico e se encontrar às portas da morte. Não há motivo para afirmar que, subjacente a afirmações deste género, exista qualquer malevolência autêntica; provavelmente são feitas para «irritar o indígena» (como dizem os portugueses).[19]

O caso fora apaziguado depois de Sá-Carneiro enviar uma carta à *Capital*, desvinculando o *Orpheu* e os seus colaboradores da atitude de Álvaro de Campos, e sobretudo após a comunicação verbal e pública de Almada, de que se fazia eco o mesmo jornal, revelando que Álvaro de Campos era afinal um pseudónimo de Fernando Pessoa e que este havia confessado aos seus amigos ter escrito a carta em estado de embriaguez.

É ainda na mesma época que surgem n'*O Jornal*, dirigido por Boavida Portugal, as «Crónicas da vida que passa...». Na primeira, publicada a 5 de abril de 1915, Pessoa insurge-se contra a ideia da «coerência», tão louvada pelos seus concidadãos. O que é para ele inexplicável é que «uma criatura de inteligência e sensibilidade se mantenha sempre sentada sobre a mesma opinião, sempre coerente consigo próprio»[20]:

> Convicções profundas, só as têm criaturas superficiais. Os que não reparam para as coisas quase, que as veem apenas para

---

[19] Fernando Pessoa, *Páginas Íntimas e de Auto-Interpretação*, Lisboa, Ática, s/d., p. 204 (tradução do inglês de Jorge Rosa).

[20] Fernando Pessoa, *Crítica. Ensaios, Artigos e Entrevistas*, ed. cit., p. 105.

não esbarrar com elas, esses são sempre da mesma opinião, são os íntegros e os coerentes. A política e a religião gastam dessa lenha, e é por isso que ardem tão mal ante a Verdade e a Vida.[21]

Na crónica de 8 de abril, o poeta era ainda mais esclarecedor, quando defendia que faltava a Portugal um «indisciplinador». O grande mal do país eram, escrevia ele, os excessos de disciplina e de coerência. Mais uma vez se constata que Pessoa procurava o escândalo e a polémica:

> Trabalhemos ao menos – nós, os novos – por perturbar as almas, por desorientar os espíritos. Cultivemos, em nós próprios, a desintegração mental como uma flor de preço. Construamos uma anarquia portuguesa. Escrupulizemos no doentio e no dissolvente. E a nossa missão, a par de ser a mais civilizada e a mais moderna, será também a mais moral e a mais patriótica.[22]

No sexto artigo da série, publicado a 21 de abril, Fernando Pessoa, tendo como pretexto a criação do Centro Monárquico de Lisboa, decide-se pela crítica pessoal e directa a algumas figuras gradas da direita monárquica. Uma das personalidades visadas, Crispim (isto é, Eugénio Severim de Azevedo), tinha feito parte do coro contra o *Orpheu*. Foi o fim da colaboração do autor da *Ode Marítima* no *Jornal*, tendo sido afastado – apesar da relação de amizade que ligava Pessoa a Boavida Portugal – com pedidos de desculpa aos visados e aos leitores. O tom das críticas pessoanas não estava evidentemente além daquilo que comummente se fazia na imprensa portuguesa; o problema é que Fernando Pessoa não tinha estatuto para as fazer, nem teve tempo para o adquirir, pois a precipitação acabou por ser fatal. Os monárquicos (ou neomonárquicos) portugueses foram também o alvo

---

[21] *Ibidem*, p. 106.
[22] *Ibidem*, pp. 110-111.

visado por Pessoa no artigo intitulado «O preconceito da ordem», publicado em 13 de maio de 1915 no número 1 e único de *Eh real!*

4. Depois de *Orpheu*. Novas polémicas

Tivemos já ocasião de constatar os diferentes nomes que Pessoa foi encontrando para classificar as opções estéticas da sua geração. Nalguns textos pessoanos estas designações coexistem e contrapõem-se, como acontece neste fragmento de Álvaro de Campos:

> Em Portugal hoje debatem-se duas correntes, antes não se debatem por enquanto, mas em todo o caso a sua existência é antagónica.
> Uma é a da *Renascença Portuguesa*, a outra é dupla, é realmente duas correntes. Divide-se no sensacionismo, de que é chefe o sr. Alberto Caeiro, e no paulismo, cujo representante principal é o sr. Fernando Pessoa. Ambas estas correntes são antagónicas àquela que é formada pela *Renascença Portuguesa*.[23]

Embora os organizadores do volume de onde transcrevemos o texto (não datado) sugiram que ele tenha sido redigido em 1916, a presença de Caeiro como chefe de uma das correntes (ou seja, ainda vivo e atuante) remete-nos mais seguramente para 1915, o ano do *Orpheu*, tanto mais que em 1916 parece estar já consolidada na cabeça do poeta a opção por considerar sensacionista toda a produção literária da sua geração.

---

[23] Fernando Pessoa, *Páginas Íntimas e de Auto-Interpretação*, ed. cit., pp. 125-126.

Pessoa desenvolve a estética sensacionista a partir do princípio que a sensação é a fonte única de todo a criação literária, através de um processo que assim descreveu esquematicamente, num dos muitos fragmentos dedicados à dissecação do processo criativo:

1. Todo o objeto é uma sensação nossa.
2. Toda a arte é a conversão duma sensação em objeto.
3. Portanto, toda a arte é a conversão duma sensação numa outra sensação.[24]

É claro que temos aqui uma explicação relativamente simplista do «fingimento» do poeta «que chega a fingir que é dor / a dor que deveras sente». Noutro texto, bastante mais elaborado, o criador dos heterónimos distingue os vários tipos de sensações que podem ser apreendidas pelo sujeito:

> O sensacionismo afirma, primeiro, o princípio da primordialidade da sensação – que a sensação é a única realidade para nós.
> Partindo de aí, o sensacionismo nota as duas espécies de sensações que podemos ter – as sensações aparentemente vindas do exterior, e as sensações aparentemente vindas do interior. E constata que há uma terceira ordem de sensações resultantes do trabalho mental – as sensações do abstrato.[25]

Segundo Pessoa, contrariamente ao cientista e ao filósofo, cuja função social exige que se ocupem prioritariamente, e respetivamente, das sensações vindas do exterior ou do interior, a matéria-prima do artista, e particularmente do poeta, são as sensações do abstrato, que deverá organizar artisticamente: «A arte é uma tentativa de criar uma realidade inteiramente diferente daquela que as sensações aparentemente do exterior e as sensações aparentemente do interior nos

---

[24] *Ibidem*, p. 168.
[25] *Ibidem*, p. 190.

sugerem»[26]. Por isso o poeta também nos disse: «Eu simplesmente sinto / Com a imaginação. Não uso o coração». No auge da sua campanha sensacionista, Pessoa procurou sem êxito encontrar um editor inglês para publicar na Inglaterra uma antologia de poesia sensacionista.

Relativamente a textos impressos em Portugal, há sobretudo que destacar o artigo publicado na revista *Exílio* (n.º 1 e único, abril, 1916), onde o poeta resenhava, sob o título geral de «Movimento Sensacionista», um livro de Pedro de Menezes (Alfredo Guisado) e outro de João Cabral do Nascimento, parecendo verdadeiramente acreditar que «na mocidade que começa a escrever-se, os poucos, que mostram esperanças de dar fruto intelectual, não florescem senão adentro do Sensacionismo». Quanto ao *Ultimatum* de Campos, publicado, em 1917, no número também único de *Portugal Futurista*, é claramente, nos seus aspetos especificamente estéticos, herdeiro dos anunciados manifestos interseccionistas e sensacionistas. O nome da revista, esteticamente dominada por Santa-Rita Pintor e Almada Negreiros, traduz a impossibilidade de Pessoa, depois da morte de Sá-Carneiro e do afastamento de Côrtes-Rodrigues (que foi viver para os Açores) e Alfredo Guisado (após a crise do «carro elétrico»), continuar a poder definir a estratégia do cada vez mais reduzido grupo do *Orpheu*.

Depois da mal sucedida lide em prol do Sensacionismo, Pessoa deixar-se-ia deslumbrar politicamente pela personalidade de Sidónio Pais, oficial de Artilharia e professor de Matemática na Universidade de Coimbra, e caudilho militar de um pronunciamento sangrento que o leva ao poder em dezembro de 1917. Conquistado pelo discurso providencialista do líder da República Nova, Pessoa começou inclusivamente a redigir textos de apoio ao regime presidencialista de Sidónio:

> Não discuto se, em abstrato, esta forma de República é superior à forma parlamentarista: afirmo que é a forma que

---

[26] *Ibidem*, p. 190-191

as circunstâncias de Portugal impõem, pode ser que apenas transitoriamente, ao país. Maravilhosa intuição a do Presidente Sidónio Pais, que, sem ter feito estes raciocínios sociológicos, teve a intuição exata das conclusões a que eles nos levam, buscando apoio no exército, procurando-o nas classes extra-políticas e esforçando-se por que vingasse a República Presidencialista.[27]

Delapidando rapidamente a sua base de apoio social, que incluía inicialmente a influente União Operária Nacional, Sidónio viria a ser assassinado, na estação do Rossio em 14 de dezembro de 1918. Depois da reposição do sistema parlamentarista, os movimentos sidonistas alimentaram as hostes antirrepublicanas. Para Fernando Pessoa, Sidónio Pais transforma-se, sobretudo depois de morto, numa reincarnação de D. Sebastião. O poeta foi mesmo um dos impulsionadores do Núcleo de Ação Nacional, que publicou efemeramente um jornal, *Acção*. Aí vieram a lume vários textos doutrinários de cariz antidemocrático, em que Pessoa se insurge contra o sistema parlamentar português e contra a sua base de sustentação, o sufrágio eleitoral, que, segundo ele, não traduz verdadeiramente a «opinião pública» mas apenas a opinião das clientelas partidárias. Precisamente no artigo intitulado «Opinião Pública» (*Acção*, n.os 2 e 3, de 19-5-1919 e 4-8-1919), o poeta chega mesmo a manifestar-se contrário ao «liberalismo», quando justamente considerámos (e ele próprio considerou) que a fidelidade ao liberalismo é um dos traços mais consistentes da sua personalidade política. A verdade é que a reflexão política pessoana, por muito que este se esforçasse por lhe conferir uma coerência racionalista, esteve sempre essencialmente dominada pelo seu grau de adesão à personalidade dos protagonistas. O Pessoa doutrinariamente sidonista é, no fundo, o cidadão indignado com o regresso da República

---

[27] Fernando Pessoa, *Da República*, ed. cit., p. 244.

Parlamentar. Nas cartas dirigidas a Geraldo Coelho de Jesus, diretor da *Acção*, está bem espelhado o gáudio que lhe provocam as excitações dos «formigas» (os apoiantes radicais do Partido Democrático), que arrancavam no Rossio o jornal das mãos dos ardinas. Se Afonso Costa se afirmava liberal, e se no léxico parlamentarista liberal e democrático eram sinónimos, então Pessoa tinha de ser antiliberal. Mas identificava liberalismo e democracia com a mesma convicção com que, noutros textos e com outro destino afirma que «o liberalismo é um conceito aristocrático, e portanto inteiramente oposto à democracia». Na sua fase sidonista, Pessoa é ainda claramente um «indisciplinador», mesmo que já não pense que o homem culto deva ser «republicano de manhã e monárquico ao crepúsculo», «ateu sob um sol descoberto» e «católico ultramontano a certas horas de sombra e de silêncio»[28]. Mas como essa etapa política não seria para ele o fim da história, e teria ainda tempo de verificar que os galões reluzentes não são necessariamente ouro, o pensamento político de Pessoa não pode ser reduzido a uma única época: «Nunca sou dogmático – escrevia ainda julho de 1930, numa carta a Miguel Torga (ainda conhecido então como Adolfo Rocha) – porque o não pode ser quem de dia para dia muda de opinião, e é, por temperamento, instável e flutuante»[29].

É ainda a oposição ao sistema parlamentar da Primeira República que explica o apoio inicial de Pessoa ao golpe militar de 1926, patenteado no folheto intitulado *O Interregno. Defesa e justificação da Ditadura Militar em Portugal*, ao qual o poeta associa o ressuscitado Núcleo de Ação Nacional. Os argumentos pessoanos para justificar a ação das forças armadas são idênticos àqueles em que assentava a sua adesão

---

[28] Fernando Pessoa, «Crónica da vida que passa... I», *Crítica. Ensaios, Artigos e Entrevistas*, ed. cit., p. 106.

[29] «Carta a Adolfo Rocha», in Fernando Pessoa, *Páginas de Estética e de Teoria e Crítica Literárias*, 2.ª ed., Lisboa, Ática, 1973, p. 69.

ao sidonismo: num país sem «ideal nacional», sem «opinião pública», desnacionalizado, com a população dividida politicamente («metade é monárquica, metade republicana»), esmagada pelos «malefícios do constitucionalismo», tinha de ser a «Força Armada» a «assumir por si só o Poder»[30].

No início de 1920, Pessoa inicia um breve período de namoro com Ofélia Queiroz, empregada num dos escritórios (a Firma «Félix, Valada & Freitas») para o qual o poeta trabalhava. O namoro, que nessa primeira fase decorreu até sensivelmente ao final do ano, seria reatado em 1929, terminando de novo no início de 1931, em ambos os casos por decisão do poeta. As cartas trocadas entre os dois namorados têm um tom predominantemente ingénuo e infantil na primeira fase do namoro, e mais formal na segunda (apesar de alguns desvarios pessoanos). Facilmente se constata também, pela leitura dessas cartas, que o caso foi vivido com muito maior intensidade e autenticidade por Ofélia do que por Pessoa, em cuja obra propriamente literária nenhum registo parece ter ficado de mais sério do que a seguinte confissão do seu *alter ego* Álvaro de Campos: «Todas as cartas de amor são ridículas». Apesar do que fica dito, algumas das cartas têm um indesmentível interesse para a construção da biografia de Pessoa, sobretudo aquela em que rompe pela primeira vez o namoro, datada de 29 de setembro de 1920, na qual denuncia já um grande envolvimento com as doutrinas esotéricas rosacrucianas, e uma outra escrita precisamente nove anos depois, onde parece uma vez mais desfazer toda a esperança que Ofélia depositava no casamento. É certo que lhe diz que se alguma vez casar será ela a eleita, mas é sobretudo claro quanto à definição da prioridade da sua vida: «A minha vida gira em torno da minha obra literária – boa ou má, que seja, ou possa ser. Tudo o mais na vida tem para mim um interesse secundário».

---

[30] Veja-se O *Interregno. Defesa e Justificação da Ditadura Militar em Portugal*, in Fernando Pessoa, *Da República*, ed. cit., pp. 301-328.

APRESENTAÇÃO

Em 1921, Pessoa, já recuperado do efeito desastroso da sua primeira tentativa editorial, cria uma nova editora, a Olisipo. Também desta vez as coisas não irão correr particularmente bem do ponto de vista comercial, e Fernando Pessoa acabará por publicar apenas quatro títulos (cinco volumes) das dezenas que tinha projetado; mas, também uma vez mais, o poeta conseguirá escandalizar a provinciana Lisboa. Pode parecer estranho que tenha começado pelos seus *English Poems* (I-II e III), que constituíam fundamentalmente (como adiante veremos) uma reedição de duas *plaquettes* publicadas em 1918. Isso confirma, porém, que Pessoa continuava a acreditar que podia ser reconhecido como poeta de língua inglesa. Ainda em 1921, publicou *A Invenção do Dia Claro*, de Almada Negreiros. Seguiu-se uma nova edição (a segunda) das *Canções* de António Botto, e seria esse volume, sobretudo porque acompanhado pela apologia dos seus valores estéticos, num artigo publicado por Pessoa na *Contemporânea* (n.º 3, julho de 1922), «António Botto e o ideal estético em Portugal», que iria provocar a imensa polémica de que resulta o fim da editora. Mais uma vez o autor de «Hora Absurda» parece ter avaliado mal o efeito da sua provocação.

Segundo Pessoa, na poesia de Botto, as «ideias de beleza física e de prazer» substituíram qualquer princípio metafísico ou moral. Por isso, *Canções* é o «único exemplo (...) na literatura europeia do isolamento espontâneo e absoluto do ideal estético em toda a sua vazia integridade». Também por razões estéticas, Fernando Pessoa compreendia que Botto cantasse preferentemente o corpo masculino, por ser, pondo de parte as motivações puramente sexuais, «o corpo humano que mais elementos de beleza, dos poucos que há, pode acumular». No número seguinte da *Contemporânea* (outubro de 1922), Álvaro de Campos reassume o seu papel de *blagueur*, discordando dos fundamentos racionalistas do panegírico pessoano, mas confessando-se também ele admirador do poeta das *Canções*. Nesse mesmo número aparecia uma reação fortemente negativa ao livro de Botto e ao artigo de Pessoa, «Literatura

45

de Sodoma. O sr. Fernando Pessoa e o ideal estético em Portugal», no qual Álvaro Maia criticava a apologia feita por Pessoa das «aberrações sexuais que levaram Deus a sepultar Sodoma e Gomorra sob um dilúvio de fogo e enxofre». O tom beato da crítica não deve ter causado incómodo de maior ao poeta, mas a publicação, também pela Olisipo, do opúsculo de Raul Leal, *Sodoma Divinizada. Leves reflexões sobre um artigo*, em que se sustenta que a pederastia pode ser considerada «Obra Divina», «desde que o pederasta seja um místico que exaltadamente sinta Deus em Unidade Pura e pura Omnipotência, pura Força de Vertigem-Ânsia», iria provocar um forte movimento de contestação liderado pelos estudantes de extrema-direita, ao qual o poeta responderia com dois folhetos: o jocoso «Aviso por causa da moral» de Álvaro de Campos e o seriamente indignado «Sobre um manifesto de estudantes», assinado pelo próprio Fernando Pessoa. Entretanto o movimento desencadeado pelos estudantes iria suscitar uma ação do Governo Civil contra a literatura imoral, na sequência do qual os livros de António Botto e Raul Leal seriam apreendidos pela polícia e a editora de Fernando Pessoa cessaria precocemente a sua atividade.

Apesar de tudo, o poeta acabou por não sair demasiado enxovalhado desta polémica, ao contrário do que sucedera com a sua colaboração no *Jornal*, por não ser publicamente associado, como sucedia com Botto e Leal, a atos «contra a natureza», e tanto a sua colaboração na *Contemporânea* como, posteriormente, na *Athena*, a revista que fundou em 1924, e onde publicou, pela primeira vez, poemas de Ricardo Reis e Alberto Caeiro, reforçariam o crédito de Pessoa entre os escritores mais jovens. Mas é sobretudo com o início, em 1927, da publicação da *Presença* que o autor de «Além-Deus» se torna na principal referência nacional da nova geração. Publicações dirigidas ao grande público, como O *«Notícias» Ilustrado* ou o *Diário de Lisboa*, abrem também as suas páginas à colaboração do autor da «Tabacaria».

5. A Heteronímia

É na «Tábua bibliográfica» anónima (mas indubitavelmente pessoana, porque é referida numa carta a José Régio), publicada em 1928, no n.º 17 da revista *Presença*, que Fernando Pessoa esclarece publicamente pela primeira vez a distinção entre a pseudonímia e a heteronímia:

> O que Pessoa escreve pertence a duas categorias, a que poderemos chamar ortónimas e heterónimas. Não se poderá dizer que são anónimas e pseudónimas, porque deveras o não são. A obra pseudónima é do autor em sua pessoa, salvo no nome que assina; a heterónima é do autor fora da sua pessoa, é de uma individualidade completa fabricada por ele, como seriam os dizeres de qualquer personagem de qualquer drama seu.
>
> As obras heterónimas de Fernando Pessoa são feitas por, até agora, três nomes de gente – Alberto Caeiro, Ricardo Reis, Álvaro de Campos. Estas individualidades devem ser consideradas como distintas da do autor delas.

Mas de todos os textos pessoanos sobre a explicação da heteronímia, o mais importante é, sem sombra de dúvida, a carta de 13 de janeiro de 1935 ao crítico e poeta presencista Adolfo Casais Monteiro. Convém, no entanto, ter em conta que Fernando Pessoa tinha perfeita consciência do valor literário e testemunhal da missiva, sendo, por isso, necessário saber distinguir aquilo que é a «pose» artística, destinada a influenciar num determinado sentido as leituras posteriores da sua obra (não foi Pessoa que disse que literariamente não sabia senão mentir?), daquilo que é meramente testemunho (mesmo que interpretado pelo poeta).

Recordemos, sumariamente, que Fernando Pessoa começava por apresentar os heterónimos como um resultado da sua histero-neurastenia:

> A origem mental dos meus heterónimos está na minha tendência orgânica e constante para a despersonalização e para

a simulação. Estes fenómenos – felizmente para mim e para os outros – mentalizaram-se em mim: quero dizer, não se manifestam na minha vida prática, exterior e de contacto com outros; fazem explosão para dentro e vivo-os eu a sós comigo. Se eu fosse mulher – na mulher os fenómenos histéricos rompem em ataques e coisas parecidas –, cada poema do Álvaro de Campos (o mais histérico em mim) seria um alarme para a vizinhança. Mas sou homem – e nos homens a histeria assume principalmente aspetos mentais; assim tudo acaba em silêncio e poesia.

Se descontarmos a ênfase no lado clínico e nas já então ultrapassadas interpretações charcotianas, ficamos com o essencial da explicação da heteronímia, que é muito menos uma fragmentação ou multiplicação da personalidade do que uma tendência, se não inata pelo menos precocemente manifestada, para viver dramaticamente, como o próprio Pessoa clarividentemente esclarecia na sua carta seguinte (de 20 de janeiro) ao mesmo interlocutor: «O que eu sou essencialmente – por trás das máscaras involuntárias do poeta, do raciocinador e do que mais haja – é dramaturgo. O fenómeno da minha despersonalização instintiva, a que aludi em minha carta anterior, para explicação da existência dos heterónimos, conduz naturalmente a essa definição».

Voltando à carta anterior, recordemos que o autor da *Mensagem* referia ter desde criança a tendência para inventar personagens, com que brincava e dialogava, atribuindo-lhes mentalmente a mesma consistência que se confere às pessoas reais. Na sequência dessa inclinação para criar personagens, que nunca o abandonara (e sabemos pelo conhecimento que temos hoje do espólio como isso é verdade), dera por si, por volta de 1912, a tentar escrever alguns «poemas de índole pagã», começando assim a desenhar-se vagamente no seu cérebro o retrato de Ricardo Reis. E surge então o mítico «dia triunfal» (8 de março de 1914), em que, depois de ter desistido da sua tentativa *consciente* de criar um poeta bucólico, para surpreender o seu amigo Sá-Carneiro, acaba por se aproximar *inconscientemente* da sua cómoda, para redigir, em estado de *êxtase*, trinta e tal poemas de O *Guardador de Rebanhos*: «E o que se seguiu foi o aparecimento de alguém em mim, a quem dei desde logo o nome de Alberto Caeiro. Desculpe-me o absurdo da frase: aparecera em mim o meu mestre».

Como se sabe, a análise do manuscrito autógrafo de O *Guardador de Rebanhos*, que foi editado por Ivo Castro, contraria esta versão pessoana dos factos, porque deixa perceber que os poemas não foram escritos «a fio», mas que foram sendo escritos e corrigidos ao longo de um razoável lapso de tempo. Encontramo-nos, assim, no interior de uma encenação poetodramática (aceitemos outra vez a consagrada expressão) com a qual devemos também relacionar a informação alvariana fornecida nas «Notas para a recordação do meu mestre Caeiro». Segundo Campos, Fernando Pessoa conheceu Caeiro precisamente em 8 de março de 1914: «Nesse mês, Caeiro viera a Lisboa passar uma semana e foi então que o Fernando o conheceu. Ouviu ler O *Guardador de Rebanhos*. Foi para casa com febre (a dele), e escreveu, num só lance ou traço, os seis poemas que constituem a «Chuva Oblíqua»[31]. Curiosamente a versão que constava no rascunho da carta a Adolfo Casais Monteiro, também guardada no espólio de Pessoa e publicada nas *Páginas Íntimas e de Auto-Interpretação*, aproxima-se muito da definitiva, mas apontava como data do encontro o dia 13 de março[32].

Independentemente do dia exato, a génese dos três poetas inventados por Fernando Pessoa e que constituem com o ortónimo (termo que o próprio Pessoa contrapõe a heterónimo na já referida «Tábua bibliográfica») o fulcro da galáxia heteronímica situa-se, sem dúvida, na época em que a coloca o poeta.

---

[31] Álvaro de Campos, *Notas para a Recordação do meu Mestre Caeiro*, Lisboa, Estampa, 1997, p. 75.

[32] Cf. Fernando Pessoa, *Páginas Íntimas e de Auto-Interpretação*, ed. cit., p. 103.

Confirma-o a correspondência trocada com Sá-Carneiro. É verdade que não há reflexos imediatos nas cartas enviadas de Paris a Fernando Pessoa, mas em 20 de junho o autor de *Dispersão* já acusa a receção e manifesta o seu entusiasmo pela *Ode Triunfal* («você acaba de escrever a obra-prima do Futurismo»); a 23 do mesmo mês felicita o seu amigo pelo «nascimento do Exmo Sr. Ricardo Reis»; e a 27 já tem na sua posse um razoável número de odes do médico-poeta. Também podemos verificar que o termo «heterónimo» não acompanha o desabrochar das personagens, ainda que desde o primeiro momento Fernando Pessoa tivesse atribuído a estas criaturas por si inventadas uma consistência física e psicológica indesmentível, como podemos deduzir das reações do autor dos *Indícios de Ouro* às extraviadas missivas pessoanas. É o caso desta passagem, igualmente da carta de 27 de junho de 1914: «Muito interessante o enredo Alberto Caeiro, Ricardo Reis e Álvaro de Campos (devo dizer que simpatizo singularmente com este cavalheiro). (...) – mas entretanto será bom não esquecermos que toda essa gente é um só: tão grande, tão grande... que, a bem dizer, talvez não precise de pseudónimos...».

Pseudónimos lhes chama Mário de Sá-Carneiro e pseudónimos também lhes chama na época da criação Fernando Pessoa, por exemplo numa carta a Armando Côrtes-Rodrigues, datada de 19 de janeiro de 1915, em que revelava a intenção de publicar «pseudonimamente a obra Caeiro-Reis-Campos», ou num aparente fragmento de uma carta (relacionada com a crónica sobre a constituição do Centro Monárquico), em que se oferece para encontrar argumentos para defender a monarquia, lembrando que fora ele a lançar a ideia do *Super-Camões* e que a *sua Ode Triunfal* tinha «merecido menções honrosas» para um «pseudónimo» seu[33].

---

[33] Texto recolhido por Richard Zenith nos *Escritos Autobiográficos, Automáticos e de Reflexão Pessoal*, ed. cit., p. 175.

Apresentação

A verdade é que o lexema *heterónimo*, embora já existisse na língua portuguesa, teve de ser adaptado por Pessoa à sua própria experiência poetodramática. Apesar de não ser uma palavra muito comum, aparecia ainda assim nalguns antigos dicionários portugueses, mas com um sentido diferente daquele que lhe deu Pessoa. Esse significado primitivo ainda pode encontrar-se na 10.ª edição do Dicionário da Língua Portuguesa de Cândido Figueiredo (vol. II, Lisboa, Livraria Bertrand, 1949), onde aparece a seguinte definição de heterónimo: «Diz-se do autor que publica um livro sob o nome verdadeiro de outra pessoa. E diz-se do livro que se publica debaixo do nome de pessoa que não é autora dele». É, portanto, com Pessoa, que adapta o sentido do vocábulo à natureza dos *autores* por si inventados, que a palavra ganha o seu sentido atual.

Também hoje sabemos, muito melhor do que o poderia saber Casais Monteiro, que o «dia triunfal» teve vários antecedentes, que demonstram que a heteronímia, apresentada como um fenómeno com características mediúnicas, não surgiu tão espontaneamente como o poeta sugeria ao crítico da *Presença*. Vejamos um caso. Em carta datada de 1 de fevereiro de 1913, Pessoa conta ao igualmente poeta Mário Beirão que num dia de chuva e com ameaças de trovoada, fenómeno atmosférico que ele muito temia, lhe acontecera algo verdadeiramente estranho:

> Atirei-me para casa com o andar mais próximo de correr que pude achar, com a tortura mental que V. calcula, perturbadíssimo, confrangido eu todo. Neste estado de espírito encontro-me a compor um soneto – acabei-o uns passos antes de chegar ao portão de minha casa –, a compor um soneto de uma tristeza suave, calma, que parece escrito por um crepúsculo de céu limpo. (...) O fenómeno curioso do desdobramento é coisa que habitualmente tenho, mas nunca o tinha sentido neste grau de intensidade.

O soneto, igualmente transcrito na carta, é, na realidade, um dos mais conhecidos sonetos pessoanos, e tem por título «Abdicação»: «Toma-me, ó Noite eterna, nos teus braços / E chama-me teu filho... Eu sou um Rei / Que voluntariamente abandonei / O meu trono de sonhos e cansaços. // Minha espada, pesada a braços lassos, / Em mãos viris e calmas entreguei, / E meu cetro e coroa – eu os deixei / Na antecâmara, feitos em pedaços. // Minha cota de malha, tão inútil, / Minhas esporas dum tinir tão fútil – / Deixei-as pela fria escadaria. // Despi a Realeza, corpo e alma, / E regressei à noite antiga e calma / Como a paisagem ao morrer do dia.»

Fica claro, supomos, que, embora os heterónimos de Pessoa só tivessem surgido verdadeiramente em 1914, eles eram já procurados desde muito antes. Sabemos inclusivamente que, mesmo descontando o infantil *Chevalier de Pas* a que o poeta se refere na carta a Casais Monteiro, não lhe faltaram os pseudónimos juvenis, nomeadamente os nomes com que assinava os artigos dos jornais manuscritos que distribuía entre os membros da família, aqueles que escolhia para responder a charadas em jornais ingleses ou os que assinavam poemas ou textos em prosa em português e inglês. A própria criação dos três heterónimos que revelou ao público não impediu Pessoa de continuar a assinar textos com outros nomes, alguns dos quais com obra tão relevante como o ensaísta António Mora ou o Barão de Teive (para já não falar do semi-heterónimo Bernardo Soares, de cujo *Livro do Desassossego* também foram divulgados trechos em vida do poeta).

Voltando à correspondência de Mário de Sá-Carneiro, já havíamos visto que Pessoa procurara aliciar o amigo para que este aceitasse a ideia da independência das personagens que criara, deixando reservado para o ser humano Fernando Pessoa o papel de médium, isto é, do meio físico transmissor de vozes provenientes de um outro universo sensorial («Não sou eu quem descrevo. Eu sou a tela / E oculta mão colora alguém em mim», são os versos de abertura do poema XI de

Passos da Cruz). O autor da *Confissão de Lúcio*, no entanto, revela alguma reserva na aceitação plena da encenação. Por isso insiste, em 5 de julho, que «as produções do Alvarozinho vão ser das coisas maiores do... Pessoa», e na carta de 13 de julho ainda consegue ser mais explícito:

> Meu amigo, seja como for, desdobre-se você como se desdobrar, sinta-de-fora como quiser, o certo é que quem pode escrever essas páginas se não sente, *sabe* genialmente sentir aquilo de que me confessa mais e mais cada dia se exilar. Saber sentir e sentir, meu amigo, afigura-se-me qualquer coisa de muito próximo – pondo de parte todas as complicações.

Mas independentemente de qualquer opinião que tenhamos sobre os heterónimos pessoanos, há sempre que ter a noção de que, por estratégia artística ou por temperamento psíquico, se trata de um fenómeno radical e único na literatura ocidental. Campos, Reis e Caeiro não são apenas entidades que se apresentam com uma personalidade estética e ideológica diferente da do seu criador, que o contrariam, e lhe aparecem ou se lhe impõem, por vezes contra a própria vontade do poeta; eles dispõem igualmente de um retrato físico e de uma biografia, tal como Pessoa revelou na sua carta a Casais Monteiro:

> Caeiro era de estatura média, e, embora realmente frágil (morreu tuberculoso), não parecia tão frágil como era. Ricardo Reis é um pouco, mas muito pouco, mais baixo, mais forte, mas seco. Álvaro de Campos é alto (1,75 m de altura, mais 2 centímetros do que eu), magro e um pouco tendente a curvar-se. Cara rapada todos – o Caeiro louro sem cor, olhos azuis. Reis de vago moreno mate; Campos entre branco e moreno, tipo vagamente de judeu português, cabelo, porém, liso e normalmente apartado ao lado, monóculo.

6. Heterónimos e Semi-Heterónimos. Outras Personalidades Literárias

Existe uma infindável bibliografia sobre os heterónimos, explorando o que é comum a todos ou específico de cada um deles, e concedendo-lhes uma maior ou menor autonomia face ao ortónimo. Não nos parece razoável estudá-los como se fossem poetas autênticos, dotados de outra vida para além da fictícia que Pessoa lhes emprestou. É certo que o poeta inventou para cada um deles, como dissemos, uma breve biografia, que os poemas que lhes são atribuídos têm evidente coerência, mas, como referiu Eduardo Lourenço, a leitura das obras de cada um só ganha verdadeiro sentido quando integrada no conjunto da obra poética de Pessoa:

> Os *heterónimos* são a *Totalidade fragmentada* e nenhuma exegese por mais hábil ou subtil a pode reconstruir a partir deles. Por isso mesmo e por essência não têm leitura *individual*, mas igualmente a não têm *dialética* senão na luz dessa Totalidade de que são *partes*, mas plurais e hierarquizadas maneiras de uma única e decisiva fragmentação.([34])

Isoladamente, Alberto Caeiro e Ricardo Reis, por exemplo – se por acaso tivessem sido verdadeiros seres humanos –, não passariam de casos bizarros dentro da literatura portuguesa contemporânea; a sua integração na totalidade da obra pessoana transmuta o sentido dos seus poemas, obrigando a um distanciamento crítico e irónico. Deste modo, os textos adquirem também a feição de uma leitura crítica da cultura e da literatura ocidentais, coincidindo de certo modo com as técnicas de *collage*, citação e palimpsesto próprias das correntes modernistas e vanguardistas europeias e norte-americanas.

([34]) Eduardo Lourenço, *Fernando Pessoa Revisitado*, 2.ª ed., Lisboa, Moraes, 1981, p. 31.

Através da heteronímia, Pessoa pôde inclusivamente encontrar uma maneira subtil de um certo não-comprometimento estético, um modo de fugir a um alinhamento artístico que seria necessariamente redutor, permitindo-lhe a incoerência de assumir e simultaneamente recusar a vanguarda ou o classicismo, o esoterismo ou o materialismo nominalista.

Num texto destinado a servir de prefácio a uma edição das suas obras, que, segundo então entendia, deveria começar pelo *Livro do Desassossego* (ainda atribuído a Vicente Guedes), escrevia Pessoa:

> A cada personalidade mais demorada, que o autor destes livros conseguiu viver dentro de si, ele deu uma índole expressiva, e fez dessa personalidade um autor, com um livro, ou livros, com as ideias, as emoções, e a arte dos quais, ele, o autor real (ou porventura aparente, porque não sabemos o que seja a realidade), nada tem salvo o ter sido, no escrevê-las, o médium de figuras que ele próprio criou.([35])

Tendo sido o primeiro heterónimo criado por Fernando Pessoa, Alberto Caeiro é também aquele que estética e culturalmente parece mais afastado do seu criador. Isso manifesta-se desde logo no facto de ter sido pensado como um camponês do Ribatejo, ainda que nascido em Lisboa, e praticamente desprovido de instrução escolar. Deste modo, ao assumir-se como Caeiro, tão distante de si mesmo, homem culto e citadino, Pessoa atingia o seu grau máximo de despersonalização. A partir da perspectiva do Mestre Caeiro, o poeta observava o mundo de um ângulo que permitia reduzir drasticamente a carga histórico-cultural que pesa sobre o homem culto urbano.

Para além de ter designado o discurso de Caeiro como «grau zero da poesia», José Augusto Seabra (em *Fernando*

([35]) Fernando Pessoa, *Páginas Íntimas e de Auto-Interpretação*, ed. cit., pp. 95-96.

Pessoa ou o Poetodrama) classificou de nominalista – recuperando o termo usado para denominar o empirismo antiescolástico medieval, que não aceitava a existência dos universais – a filosofia natural de Caeiro, que recusava a abstração, a especulação metafísica e a prospeção científica, e só aceitava como existente aquilo que os sentidos diretamente captam:

> Vi que não há Natureza,
> Que Natureza não existe,
> Que há montes, vales, planícies,
> Que há árvores, flores, ervas,
> Que há rios e pedras,
> Mas que não há um todo a que isso pertença,
> Que um conjunto real e verdadeiro
> É uma doença das nossas ideias.

Em *Diversidade e Unidade em Fernando Pessoa*, Jacinto do Prado Coelho deixou-nos, é certo, de sobreaviso relativamente ao falso simplismo de Caeiro, que, censurando as correntes filosóficas modernas e revelando um conhecimento insuficiente da natureza, não consegue esconder por completo a cultura, as preocupações e também as limitações do civilizado Pessoa, patenteadas, por exemplo, quando o heterónimo reclama contra a ciência, o racionalismo ou as religiões organizadas (evidenciando conhecimentos incompatíveis com o seu nível de instrução escolar), ou ainda quando demonstra afinal conhecer, paradoxal e ironicamente, a grande literatura do passado:

> Os pastores de Virgílio tocavam avenas e outras cousas
> E cantavam de amor literariamente.
> (Depois – eu nunca li Virgílio.
> Para que o havia eu de ler?).
>
> Mas os pastores de Virgílio, coitados, são Virgílio,
> E a Natureza é bela e antiga.

Mas a verdade é que, de certo modo, as reflexões de Caeiro encontram justificação dentro da própria ficção heteronímica, porque, como podemos ler nas «Notas para a recordação do meu mestre Caeiro», eram os seus próprios discípulos que o forçavam a refletir sobre a cultura literária. Esta é, por exemplo, a resposta de Caeiro a Pessoa, quando o discípulo lhe diz que ele está a praticar uma espécie de kantismo (e lhe expõe resumidamente a filosofia de Kant):

> Eu não tenho teorias. Eu não tenho filosofia. Eu vejo mas não sei nada. Chamo a uma pedra uma pedra para a distinguir de uma flor ou de uma árvore, enfim de tudo quanto não seja pedra. (...) Mas na verdade a gente devia dar a cada pedra um nome diferente e próprio, como se faz aos homens; isso não se faz porque seria impossível arranjar tanta palavra, mas não porque fosse erro...[36]

Bem distinto é o caso de Ricardo Reis, que não é propriamente oposto a Pessoa, mas é antes uma fração radicalizada da sua personalidade, correspondendo ao lado mais conservador do autor empírico e ao seu gosto pela cultura clássica. Na ficção heteronímica, Reis gosta de se apresentar como o discípulo mais consequente de Caeiro, ainda que procurando estabelecer uma versão culta do paganismo espontâneo do seu mestre. Enquanto poeta, sustenta-se em modelos greco-romanos, especialmente nas odes horacianas. O seu discurso poético, profundamente intelectualizado, e onde convivem harmoniosamente os cultismos e arcaísmos próprios da opção classicista, reflete a influência da sintaxe latina, provocando uma sensação de estranheza ao leitor português:

> Não a ti, Cristo, odeio ou te não quero.
> Em ti como nos outros creio deuses mais velhos.

---

[36] Edição Crítica de Fernando Pessoa, vol. VI, *Obras de António Mora*, Lisboa, IN-CM, 2002, p. 124.

Os temas da sua poesia são aqueles (ou mais propriamente alguns daqueles) que habitualmente encontramos no lirismo clássico, nomeadamente o *carpe diem*, a *aurea mediocritas* ou a tirania do *fatum*. Doutrinariamente, apresenta-se ainda como um «pagão da decadência», que procura conciliar o culto epicurista do prazer com a renúncia estoica, tendo consciência que a renúncia aos bens materiais, o sábio usufruto dos pequenos prazeres e aceitação da morte como o fim natural da existência são o caminho certo para fugir à infelicidade:

> Felizes, cujos corpos sob as árvores
> Jazem na húmida terra.
> Que nunca mais sofrem o sol, ou sabem
> Das doenças da lua.

Álvaro de Campos goza de um estatuto especial entre os heterónimos, não só por ser aquele que tem um perfil biográfico mais completo, mas sobretudo porque Pessoa fez dele um poeta atual, modernista e vanguardista, cuja obra – mais do que a de qualquer outro dos heterónimos – tem sentido isoladamente, e independentemente daquele que ganha no contexto da encenação poemodramática. As duas odes (*Ode Triunfal* e *Ode Marítima*) que publicou no *Orpheu*, e que deveriam ser peças centrais do livro que se intitularia *Arco do Triunfo*, são duas das obras maiores da produção poética do Modernismo português.

Na época em que foi criado, em conjunto com os outros heterónimos, a função de Campos estava, portanto, circunscrita a um vanguardismo europeísta mas ao mesmo tempo nacional, aproximando-se do Futurismo no que respeita ao culto das tecnologias e da ciência moderna, mas recusando, contudo, a iconoclastia estética, o combate à subjetividade e a apologia da guerra e da violência. Ao contrário dos futuristas, não rejeitava a arte nem a cultura do passado, ainda que tivesse consciência de que os novos Homeros e os novos Miltons, de que a sociedade industrial carecia, haviam de emergir a partir

APRESENTAÇÃO

de um novo paradigma estético, também ele fruto e consequência dos novos tempos. O próprio Pessoa-Campos escreveu numa carta ao *Diário de Notícias*, datada de 4 de junho de 1915, que «o *Orpheu* seria, para um futurista, uma lamentável demonstração de espírito obscurantista e reacionário».

Foi igualmente a este heterónimo que Pessoa atribuiu a autoria de dois incisivos textos programáticos do Modernismo: no *Ultimatum*, que foi publicado em 1917 na revista *Portugal Futurista*, defende-se a «abolição do dogma da personalidade», do «preconceito da individualidade» e do «dogma do objetivismo pessoal», sendo proposto o advento de superpoetas, que sejam por si sós a voz da coletividade, reunindo «quinze ou vinte personalidades, cada uma das quais seja uma Média entre correntes sociais do momento»[37]; os *Apontamentos para uma estética não-aristotélica*, que viram a luz na revista *Athena* (1924-1925), contêm a proposta de uma nova estética, adaptada aos tempos modernos, e por isso baseada na ideia de força em vez da aristotélica ou helénica ideia de beleza. Os argumentos, contudo, não são excessivamente convincentes, e o texto tem indubitáveis ingredientes de blague heteronímica, como se confirma na pose histriónica final, quando Campos garante só terem existido até ali «três verdadeiras demonstrações de arte não-aristotélica»: «A primeira está nos assombrosos poemas de Walt Whitman; a segunda está nos poemas mais que assombrosos do meu mestre Caeiro; a terceira está nas duas odes – a *Ode Triunfal* e a *Ode Marítima* – que publiquei no *Orpheu*. Não pergunto se isto é imodéstia. Afirmo que é verdade»[38].

Como dissemos a propósito da revista *Orpheu*, o poema «Opiário» representa a época pré-modernista de Pessoa.

---

[37] Fernando Pessoa, *Ultimatum e Páginas de Sociologia Política*, ed. cit., p. 129.

[38] Fernando Pessoa, *Crítica. Ensaios, Artigos e Entrevistas*, ed. cit., p. 245.

Ficticiamente anterior às grandes odes sensacionistas, foi realmente composto vários meses depois da *Ode Triunfal*. Esta fase decadentista de Campos seria ainda enriquecida e completada com a escrita de alguns poemas supostamente anteriores ao «Opiário».

Depois de concluído o ciclo das grandes odes, e sobretudo a partir de meados dos anos 20, Campos parece fugir ao controle do seu criador, transformando-se num verdadeiro *alter ego* existencial de Pessoa. Transforma-se então, como escreveu Jacinto do Prado Coelho, no «poeta do cansaço, da abulia, do vazio, inquieto e nauseado»[39], parecendo contudo que o crescente sentimento de frustração lhe aguçava ainda mais a lucidez. «Tabacaria» é o grande modelo poético da nova e derradeira etapa alvariana:

> Não sou nada.
> Nunca serei nada.
> Não posso querer ser nada.
> À parte isso tenho em mim todos os sonhos do mundo.

Há ainda a questão das dezenas de personalidades literárias criadas pelo poeta, por vezes respondendo, como referimos, a solicitações muito específicas (projetos de jornais, charadas, previsões astrológicas, etc.). Radicalmente, o poeta chega a assumir que todos os seus textos são, de algum modo, produzidos por uma «figura» diferente, mesmo aqueles que, por neles se reconhecer estilisticamente, assina com o seu próprio nome, porque, diz ele, «o autor humano destes livros não conhece em si próprio personalidade nenhuma»[40].

---

[39] Jacinto do Prado Coelho, *Diversidade e Unidade em Fernando Pessoa*, 8.ª ed., 1985, Lisboa, Verbo, p. 63.

[40] Citamos de novo o projecto de prefácio para o *Livro do Desassossego* (in *Páginas Íntimas e de Auto-Interpretação*, ed. cit., p. 96), mas a mesma ideia é reiteradamente exposta em vários textos pessoanos.

Apresentação

Observando o fenómeno a partir da obra pessoana que hoje conhecemos, é imperioso que nos perguntemos se as personalidades mais consistentes podem ou não ser consideradas heterónimos. Comecemos pelo projeto mais ambicioso e mais conseguido de todos: exatamente pelo *Livro do Desassossego* e pelo seu autor, Bernardo Soares.

Tal como sucedeu com a *Mensagem*, o *Livro do Desassossego* acompanhou quase toda a vida adulta de Pessoa. Logo em 1913, foi publicado na *Águia* um texto intitulado *Na floresta do alheamento*, com a indicação de que pertencia ao *Livro do Desassossego*, e posteriormente, entre 1929 e 1932, outros fragmentos vieram a lume n'*A Revista* (da Solução Editora), *Presença*, *Descobrimento*, *Revolução* e *A Revista* (da Revista Editorial). Essas datas indicam também quais as épocas principais de produção textual para essa obra pessoana. Numa carta enviada em 28 de julho de 1932, Pessoa confessava a João Gaspar Simões que, apesar de ser sua intenção publicar o *Livro do Desassossego* logo a seguir à *Mensagem* (a que então chamava *Portugal*), provavelmente teria de começar por dois livros de poesia (*Portugal* e o *Cancioneiro*), por haver no *Livro do Desassossego* «muita coisa que equilibrar e rever». E a verdade é que Gaspar Simões, quando assumiu (com Luiz de Montalvor), no início da década de 40 do século XX, a responsabilidade de editar a obra de Pessoa, deparando com o estado do «livro» no espólio pessoano, nunca considerou a sua publicação uma prioridade. Por isso, a primeira edição *completa* do *Livro do Desassossego* (organizada em dois volumes por Jacinto do Prado Coelho, Maria Aliete Galhoz e Teresa Sobral Cunha) só viria a ocorrer em 1982. Anteriormente, em 1961, Petrus (Pedro Veiga) havia reeditado no Porto quase todos os fragmentos publicados em vida de Pessoa, conjuntamente com os inéditos que Maria Aliete Galhoz tinha incluído em 1960 na sua edição brasileira da *Obra Poética*.

Estilística e tematicamente, O *Livro do Desassossego* assume fundamentalmente o tom confessional próprio de um diário íntimo, em se colhem mais emoções e reflexões do que factos da vida quotidiana. Estando esses quase completamente ausentes do livro, não é uma operação fácil separar psicológica e ideologicamente o autor-narrador, o empregado de escritório Bernardo Soares, do autor empírico, Fernando Pessoa, cuja vida profissional tinha inegáveis coincidências com a do *autor* do diário. Já em 4 de outubro de 1914, Fernando Pessoa escrevia assim a Côrtes-Rodrigues: «O meu estado de espírito atual é de uma depressão profunda e calma. Estou há dias, ao nível do *Livro do Desassossego*. E alguma coisa dessa obra tenho escrito». Ou seja, Bernardo Soares é, de certo modo, aquilo que seria Pessoa se se tivesse conformado com a vida de «empregado de escritório» (ainda que numa posição socialmente acima da do «ajudante de guarda-livros»), abdicando da sua vida paralela de poeta. O próprio Pessoa, que publicou *Na floresta do alheamento* com o seu nome próprio (é verdade que ainda não tinha criado os heterónimos, mas já tinha colaborado sob pseudónimo na imprensa de Durban), chamou a Bernardo Soares um semi-heterónimo. «É um semi-heterónimo porque não sendo a personalidade a minha, é, não diferente da minha, mas uma simples mutilação dela. Sou eu menos o raciocínio e a afetividade», esclarece na famosa carta de 13 de janeiro de 1935 a Casais Monteiro.

Por outro lado, devido à prolongada elaboração do livro, podemos encontrar nele textos que refletem conceções estéticas algo divergentes. O projeto inicial consistiria na publicação de vários trechos em prosa, cada um com um título autónomo, em consonância com a orientação paúlico-decadentista de Fernando Pessoa nessa época. Teve também autores diversos: Pessoa, Vicente Guedes e, finalmente, Bernardo Soares. Para a sua reconfiguração como diário íntimo foi sem dúvida decisiva a leitura dos *Fragments d'un journal intime*, de Henri-Frédéric Amiel. É óbvio que o *Livro do Desassossego*, tal como acabou por ser configurado é um diário íntimo ficcionado, porque o poeta teve de inventar tanto a vaga vida exterior de Soares como as vidas das escassas outras figuras que aparecem na obra, um universo minimalista de personagens em que se destacam o patrão Vasques e o chefe Moreira. Já quanto à vida interior da personagem, é duvidoso que Pessoa tivesse muita necessidade de se *outrar* verdadeiramente. Na já referida carta a Adolfo Casais Monteiro, Pessoa aproximava, com razão, Bernardo Soares de Álvaro de Campos, e acrescentava: «Aparece sempre que estou cansado ou sonolento, de sorte que tenha um pouco suspensas as qualidades de raciocínio e de inibição; aquela prosa é um constante devaneio». Na realidade, nas páginas do *Livro de Desassossego*, ecoam praticamente todas as vozes que habitaram Pessoa, porque, exatamente como o seu criador, o «autor» do *Livro do Desassossego* não se conforma nem se sujeita à limitação de uma única personalidade:

> Criei em mim várias personalidades. Crio personalidades constantemente. Cada sonho meu é imediatamente, logo ao aparecer sonhado, encarnado numa outra pessoa, que passa a sonhá-lo, e eu não.
>
> Para criar, destruí-me; tanto me exteriorizei dentro de mim, que dentro de mim não existo senão exteriormente. Sou a cena viva onde passam vários atores representando várias peças.

Fernando Pessoa chegou também a associar ao *Livro do Desassossego* uma outra personalidade literária: o Barão de Teive. Essa associação ocorre devido à existência de certos fragmentos do espólio em que hesita na atribuição a Teive ou a Soares, ou que atribuiu primitivamente ao Barão, mas depois resolveu juntar ao *Livro do Desassossego*. Não parece, portanto, que tenha chegado a pensar no Barão de Teive como possível locutor do *Livro do Desassossego*.

Já conhecíamos o Barão de Teive, através de textos publicados por Maria Aliete Galhoz (na edição brasileira da *Obra Poética*) e Teresa Rita Lopes (em *Pessoa por Conhecer*). Passámos a conhecê-lo melhor, depois da publicação de um volume autónomo, sob a responsabilidade de Richard Zenith, e sabemos agora que o Barão não tem maior consistência psicológica do que aquela que geralmente tem o protagonista de um romance. *A Educação do Estóico*, um dos múltiplos livros que Pessoa começou e nunca concluiu, seria basicamente uma novela apresentada sob a forma de um texto confessional, escrito por um suicida que quer deixar esclarecidas, em testemunho escrito, as razões por que renuncia à vida. Foi entre 1928 e 1930 que o criador da heteronímia se ocupou do Barão de Teive. Não é um corpo que Pessoa tenha habitado, nem uma alma em que o poeta tenha viajado.

Discordamos, por isso, de Zenith, quando este refere, na sua introdução à *Educação do Estóico*, que Teive deveria ser um dos heterónimos ainda por revelar a que o autor da *Ode Triunfal* aludia numa carta a João Gaspar Simões, datada de 28 de julho de 1932, quando refere que «ainda há um ou outro [heterónimo] (incluindo um astrólogo) por aparecer». O *astrólogo* é, evidentemente, Rafael Baldaia, ao qual o seu criador atribuiu, para além de textos sobre astrologia, um *Tratado da Negação*, revelado em estado muito incipiente por António de Pina Coelho no I vol. dos *Textos Filosóficos* (Lisboa, Ática, 1968, pp. 42-44) e um volume intitulado *Princípios de Metafísica Esotérica*, muito crítico relativamente à Teosofia. Em *A Procura da Verdade Oculta*, António Quadros integrou alguns textos de Baldaia sobre astrologia e outros fragmentos, já anteriormente divulgados por Teresa Rita Lopes, dos *Princípios de Metafísica Esotérica*. Quanto a outros hipotéticos heterónimos, julgamos que dificilmente Pessoa poderia atribuir ao Barão de Teive um grau de autonomia existencial superior ao de Bernardo Soares (como o próprio Zenith reconhece no posfácio – «*Post-mortem*» – do livro do Barão), quando sublinhava existir entre eles um grande paralelismo:

> O ajudante de guarda-livros Bernardo Soares e o Barão de Teive – são ambos figuras minhamente alheias – escrevem com a

mesma substância de estilo, a mesma gramática e o mesmo tipo e forma de propriedade: é que escrevem com o estilo que, bom ou mau, é o meu.[41]

Teive e Soares têm ainda em comum o facto de serem personagens sem relação direta com a constelação heteronímica. Isto é, as *suas vidas* não se cruzam nunca (ou só episodicamente, como num fragmento do *Livro do Desassossego* em que Soares *lê* Alberto Caeiro) com as dos heterónimos. Como também ocorre com Teive, e ao contrário do que sucede com Álvaro de Campos ou Caeiro, Bernardo Soares, na sua ficção, nunca se encontra com o correspondente de línguas estrangeiras que dava pelo nome de Fernando Pessoa, e que calcorreava diariamente as ruas por onde supostamente se movia o ajudante de guarda-livros. E não é só o estilo que aproxima os autores do *Livro do Desassossego* e de *A Educação do Estóico*. Tal como acontece com Soares, há também muitas coincidências entre a personalidade de Pessoa e a do Barão, que é um cético e um individualista como o seu criador, e igualmente autor de uma obra fragmentária, que destrói antes de se suicidar, «vencido pela vida», mas não «abatido por ela»[42]. Teive declara que decidiu suicidar-se quando (ou porque?) encontrou o equilíbrio cognitivo e emocional: «Atingi, creio, a plenitude do emprego da razão. E é por isso que me vou matar»[43].

Um caso completamente diferente é o de António Mora, discípulo de Caeiro e condiscípulo (na ficção poetodramática) de Pessoa, Reis e Campos. António Mora não foi revelado na época da sua criação porque Pessoa acabou por não encontrar as condições exigíveis para a divulgação da constelação hete-

---

[41] Fernando Pessoa, *Páginas Íntimas e de Auto-Interpretação*, ed. cit., p. 104.

[42] [Fernando Pessoa] Barão de Teive, *A Educação do Estóico*, Lisboa, Assírio & Alvim, 1999, p. 57.

[43] *Ibidem.*

ronímica, que ele claramente integra. Na versão das «Notas para a recordação do meu mestre Caeiro» publicada na revista *Presença*, Álvaro de Campos traça nestes termos o retrato de família:

> O meu mestre Caeiro não era um pagão: era o paganismo. O Ricardo Reis é um pagão, o António Mora é um pagão, eu sou um pagão; o próprio Fernando Pessoa seria um pagão, se não fosse um novelo embrulhado para o lado de dentro. Mas o Ricardo Reis é um pagão por caráter, o António Mora é um pagão por inteligência, eu sou um pagão por revolta, isto é, por temperamento. Em Caeiro não havia explicação para o paganismo; havia consubstanciação.[44]

Ao longo do tempo, como indiciam os textos existentes no espólio pessoano, o poeta hesitou na atribuição de alguns textos fulcrais da encenação neopagã heteronímica a Mora ou a Reis, mas tudo indica que nunca pensou em abdicar de António Mora como o indiscutível «teórico do Neopaganismo», o que se confirma pela leitura dos vários projetos de publicação das peças fundamentais do «Neopaganismo Português» e nos fragmentos das «Notas para a recordação do meu mestre Caeiro» não publicados em vida de Pessoa.

> A filosofia de António Mora está contida num só tratado – os *Prolegómenos para a Reformação do Paganismo*. *O Regresso dos Deuses* é mais um estudo crítico que outra coisa, e o sistema geométrico ultra-euclidiano, que o filósofo descobriu ou inventou, estando na verdade dentro da filosofia exposta nos *Prolegómenos*, não é propriamente filosofia.[45]

O *Guardador de Rebanhos* e as *Odes* de Ricardo Reis foram também sempre peças consideradas indiscutíveis desse

---

[44] Álvaro de Campos, *Notas para a Recordação do meu Mestre Caeiro*, ed. cit., p. 42.
[45] *Ibidem*, p. 56.

programa neopagão. Quando Pessoa diz que os heterónimos são até ao momento três ou quando perspetiva a possibilidade de ampliar o seu número, pensa seguramente em Mora. Não o podia contabilizar como heterónimo porque sabe que ainda não o revelou nas colaborações literárias que vai assegurando, mas não põe evidentemente de parte a sua divulgação.

Mas como explicar, então, esta ocultação de Mora. Simplesmente porque este, enquanto teorizador do neopaganismo, se desatualizou relativamente às preocupações estéticas, religiosas e metafísicas de Fernando Pessoa, depois de terem falhado os projetos iniciais de publicação que deveriam começar pela obra de Caeiro. A poesia de Caeiro e Reis podia perfeitamente sobreviver sem a sustentação teórica de Mora, mas a ideologia neopagã de Mora, que fazia todo o sentido para o Pessoa de 1915 ou 1916, foi-se tornando incompatível com o nacionalismo místico e esotérico para o qual Pessoa foi caminhando ao longo da década de 20 e sobretudo nos anos 30.

De todas as personalidades literárias juvenis, e portanto pré-heteronímicas, a mais relevante é, como ficou indiciado, Alexander Search. Já no caso do «francês» Jean Seul de Méluret, parece-nos ser difícil justificar o volume autónomo que lhe foi dedicado pela «edição crítica».

7. O Ortónimo

Nos poucos livros que publicou em vida (coletâneas poética em inglês e *Mensagem)*, bem como no folheto justificativo da Ditadura Militar (*Interregno. Defesa e justificação da ditadura militar em Portugal*), Fernando Pessoa utilizou o seu nome próprio. Uma das características fundamentais da obra ortónima é a sua diversidade, porque é o nome de Pessoa que é usado para encabeçar todos os textos para os quais ele não tenha simulado outra autoria, incluindo-se aqui a poesia, a ficção em prosa, os textos políticos, a colaboração jornalística, a correspondência literária e pessoal, a crítica literária ou os textos de reflexão pessoal.

Na «Tábua bibliográfica», Pessoa não rejeita nenhum dos textos publicados em seu nome próprio, mas revela muitas reservas sobre a qualidade dessa sua obra ortónima, confessando que apenas se identificava plenamente com o drama estático *O Marinheiro*, «O Banqueiro Anarquista», a sequência poética intitulada *Mar Português*, que virá a ser integrada na *Mensagem*, e a brevíssima narrativa em que explica a origem do termo «Conto do Vigário».

Como sabemos através da correspondência pessoana dos últimos anos, o poeta pretendia reunir a sua poesia ortónima num volume intitulado *Cancioneiro*. A João Gaspar Simões revela, em carta já citada, que se tratava apenas de escolher, uma vez que a obra estava, no essencial, escrita. Não tendo tido tempo de fazer essa escolha, nem de deixar indicações para qualquer rejeição, coube aos seus primeiros editores fazerem eles mesmos a seleção. Nas edições de referência mais recentes, como é o caso da edição crítica da Imprensa Nacional-Casa da Moeda e das «Obras de Fernando Pessoa», da Assírio & Alvim, a regra adotada foi – salvo escassas situações singulares – a da disposição cronológica de toda a obra poética do autor não atribuída nem atribuível a qualquer heterónimo ou personalidade literária particular.

Na edição da Assírio & Alvim, excluindo Search e os heterónimos, temos três copiosos volumes de poesia em português, dois volumes em inglês, e ainda as *Quadras* e a *Mensagem*. Não é, por conseguinte, possível estabelecer qualquer padrão estético, temático ou ideológico para tão vasto conjunto. O registo linguístico-literário é, inevitavelmente, bastante diversificado (coloquial nas *Quadras* e nos poemas para crianças – que também existem na obra pessoana; intelectualizado, simbólico, musical, por vezes solene, na *Mensa-*

gem e em muita da restante poesia). A exaltação nacional, o esoterismo, a autoanálise, o desdobramento psíquico, a reflexão estética e a sátira política são alguns dos temas mais destacados da poesia pessoana.

A poesia inglesa de Pessoa coloca problemas particulares. Trata-se, em grande medida, de uma produção considerada madura e editada por Pessoa (ainda que posteriormente dela se distancie), que pretendia justamente, como referimos, começar a ser conhecido como poeta de língua inglesa. Teve, no entanto, a infelicidade de ver a sua poesia rejeitada pelas editoras britânicas a que se dirigiu, acabando por publicar em edição de autor, em 1918, *35 Sonnets* e *Antinous*. Em 1921, com a chancela da editora Olisipo, propriedade do poeta, editaria *English Poems I-II*, num volume único, contendo uma versão modificada de *Antinous* e *Inscriptions*, uma compilação de catorze breves poemas tumulares (epitáfios, em que é o falecido o locutor do poema), e *English Poems III*, constituído unicamente por *Epithalamium*. Tanto *Antinous* (em que tematiza o lamento do imperador Adriano pela morte do seu jovem e belo amante) como *Epithalamium* (uma composição poética de origem grega, em que os noivos celebram antecipadamente os prazeres sensuais da noite de núpcias) são poemas fortemente eróticos, ou mesmo obscenos para a moralidade coeva, sem correspondência na sua poesia em português. Os poemas que integram as *Inscriptions*, escritos em 1920, tiveram como modelo (no que respeita à concisão lapidar) os textos reunidos por W. R. Paton em *The Greek Anthology*. Fernando Pessoa, de resto, traduziu e divulgou alguns desses textos no segundo número da revista *Athena*. Tal como revelam os seus mais recentes editores, João Dionísio e Luísa Freire, os *Sonnets* foram em grande parte concebidos e escritos entre 1910 e 1912, ainda que tenham sido objeto de constante aperfeiçoamento até ao momento da publicação. São, portanto, um trabalho relativamente juvenil, denunciando formalmente uma forte influência de Shakespeare, mas sem deixarem de retratar a complexidade e a profundidade da vida interior do poeta. O projeto de publicação de *The mad fiddler*, em que Pessoa utiliza um inglês muito mais moderno e coloquial do que o das restantes composições, depois de goradas as primeiras tentativas, acabaria por ser abandonado, e o livro só viria a lume postumamente. Para além das obras mencionadas, e que o próprio Pessoa organizou, chegaram até nós dezenas de poemas avulsos em língua inglesa, escritos ao longo de toda a vida do poeta, e que Luísa Freire reuniu no volume *Poesia Inglesa (II)*. É curioso que o poeta tenha procurado, na fase final da sua vida, recuperar os poemas *Antinous* e *Epithalamium*, integrando-os no contexto das suas reflexões e realizações sobre o Quinto Império. Em carta de 18 de Novembro de 1930 a João Gaspar Simões, explicava que esses dois poemas constituiriam com outros três um *ciclo imperial*: «(1) Grécia, *Antinous*; (2) Roma, *Epithalamium*; (3) Cristandade, *Prayer to a Woman's Body*; (4) Império Moderno, *Pan-Eros*; (5) Quinto Império, *Anteros*». Esclarecia que, embora o conteúdo poético de *Antinous* e *Epithalamium* não fosse, respetivamente, grego e romano quanto à *colocação histórica* o era quanto ao *sentimento*.

Existe algum consenso crítico sobre o caráter demasiado erudito e literário do inglês de Pessoa. Mas não é também algumas vezes *excessivamente* literário o português de Pessoa? Contemporânea de *Orpheu* esta produção ganha outra dimensão se for lida também num contexto poemodramático. Em larga medida o *Fernando Pessoa* que assina a poesia em inglês é, como aquele que surge ficcionado nos textos em prosa de Campos, Reis e Mora, uma personalidade literária mais, ou que pelo menos não pode ser completamente confundido com o autor empírico, que é o responsável civil pelo conjunto da obra, nela incluindo, portanto, a heteronímia. Por que não publicou, então, Pessoa os seus poemas ingleses sob pseudónimo? Talvez porque pretendesse beneficiar diretamente, chamando a atenção para o seu próprio nome e a sua própria pessoa, com o bom acolhimento que esperava que lhe fosse dispensado pela crítica de língua inglesa.

A obra em prosa assinada por Pessoa rivaliza quantitativamente com a obra poética, mas a sua situação editorial está muito mais complicada, pois, com exceção de *Heróstrato*, publicado no ano 2000, e de outros livros de pequena dimensão como *A hora do diabo* ou *O banqueiro anarquista*, o conteúdo dos volumes em prosa (essencialmente constituídos por fragmentos organizados tematicamente) depende fortemente da decisão do organizador, e, como podemos constatar, as mais recentes edições têm divergido notoriamente da orientação que fora imprimida à edição da obra pessoana em prosa da editora Ática. Como sabemos, a obra em prosa de Pessoa é ainda mais variada do que a poética. Para além dos textos de intervenção estética e sociopolítica que fomos referindo, o poeta publicou em vida na *Revista do Comércio e Contabilidade*, dirigida pelo seu cunhado, Francisco Caetano Dias, vários textos sobre gestão, comércio e economia, que refletem a simpatia do escritor, profissional liberal e (por breves períodos) empresário por um modelo económico predominantemente assente na livre concorrência.

Recordemos que a publicação mais ou menos sistemática de inéditos começou com dois volumes, organizados por Georg Rudolf Lind e Jacinto do Prado Coelho, que coligiram *Páginas de Estética e de Teoria e Crítica Literárias* e *Páginas Íntimas e de Auto-Interpretação*. Seguiram-se recolhas de *Textos Filosóficos* (também dois volumes, a cargo de António de Pina Coelho) e os três volumes, que recolhiam textos de natureza política e sociológica, realizados sob a direção de Joel Serrão. Já fora do universo editorial da Ática, coincidindo com a primeira passagem da obra de Pessoa para o domínio público, o esoterismo pessoano teve como principais compiladores Yvette Centeno e Pedro T. Mota. A *Correspondência*, que foi objeto de publicações avulsas ao longo dos anos, está hoje reunida em dois volumes, organizados por Manuela Parreira da Silva. Merecem ainda destaque, entre a multiplicidade de projetos literários em que o escritor se empenhou, as inacabadas novelas policiais, praticamente desprovidas de ação externa e cuja diegese se sustenta quase exclusivamente na coerência do raciocínio lógico-dedutivo. Também elas estão hoje reunidas no volume intitulado *Quaresma, Decifrador*.

8. Nacionalismo e Esoterismo

Como foi oportunamente referido, já nos artigos publicados na *Águia* em 1912, Pessoa se declarava um nacionalista messiânico e profético, revelando uma enorme fé num futuro radioso para Portugal. De 1913 data o poema «Gládio», que deveria ser também o título de um livro de poesia centrado na exaltação dos valores e dos heróis portugueses. Ainda que esse projeto só viesse a concluir-se cerca de um ano antes da morte do poeta, e não obstante a sua quase permanente deceção com o país real, Pessoa continuou a acreditar que Portugal estava predestinado para a grandeza no concerto das nações. Perante o desapontamento e frustração com o presente, projetava utopicamente no futuro todos os anseios e ilusões de uma regeneração da pátria.

Em 20 de abril de 1930, Pessoa reafirmava, em carta ao Conde Hermann de Keyserlink, um notável filósofo social alemão que viera conhecer a *alma portuguesa*, que a verdadeira alma nacional, que se tornara subterrânea depois da morte (aparente) de D. Sebastião, teria «em breve o segundo momento da sua manifestação»:

> E veremos então que aquilo que foi aventura material, conquistas de costas, de pedras, de areia, se tornará uma aventura supra-religiosa, passada nessa *No God's Land* que fica entre o Homem e os Primeiros Deuses.

Como podemos constatar, o sebastianismo pessoano está, na etapa final da vida do poeta, imbuído de elementos esoté-

Apresentação

ricos, que não anulam mas reforçam o caráter utópico que sempre teve. O esoterismo é um fenómeno com o qual o poeta só se relacionou na sua fase adulta, mas que foi ganhando gradualmente importância na sua obra e na sua vida, sobretudo porque se ajustava perfeitamente tanto ao messianismo nacionalista como à perspetiva mediúnica da heteronímia.

É numa carta datada de 6 de dezembro de 1915 que Pessoa confessa a Sá-Carneiro a necessidade de lhe dar conta do *desvairamento* e da *angústia intelectuais* provocados pelo conhecimento das doutrinas teosóficas, resultante das traduções que havia feito, por encomenda de uma editora lisboeta. Esse conhecimento, precisava, «abalou-me a um ponto que eu julgaria hoje impossível, tratando-se de qualquer sistema religioso». E acrescentava: «Coisa idêntica me acontecera há muito tempo com a leitura de um livro inglês sobre *Os Ritos e os Mistérios dos Rosa-Cruz*. A possibilidade de que ali, na teosofia, esteja a verdade real me "hante"».

A perturbação do poeta era reforçada pelo facto de as ideias religiosas que o impressionaram poderem ajustar-se quase perfeitamente à sua própria conceção da natureza da heteronímia («comecei, de repente, com a escrita automática»), e serem simultaneamente divergentes e convergentes com a encenação neopagã do seu sistema poetodramático:

> Ora, se V. meditar que a teosofia é um sistema ultracristão – no sentido de conter os princípios cristãos elevados a um ponto onde se fundem *não sei em que além-Deus* – e pensar no que há de fundamentalmente incompatível com o meu paganismo essencial, V. terá o primeiro elemento grave que se acrescentou à minha crise. Se, depois, reparar em que a Teosofia, porque admite todas as religiões, tem um caráter inteiramente parecido com o do paganismo, que admite no seu panteão todos os deuses, V. terá o segundo elemento da minha grave crise de alma. A Teosofia apavora-me pelo seu mistério e pela sua grandeza ocultista, repugna-me pelo seu humanitarismo e *apostolismo* (V. compreende?), essenciais, atrai-me por se parecer tanto com um «paganismo transcendental» (é este o nome que eu dou ao

modo de pensar a que havia chegado), repugna-me por se parecer tanto com o cristianismo, que não admito.

Começava para Pessoa um longo percurso, durante o qual se iria relacionar cada vez mais estreitamente com o mundo das sociedades religiosas esotéricas. Uma das primeiras consequências da influência ocultista parece ter sido o surgimento de uma espécie de cisma no paganismo pessoano. Num fragmento intitulado «Programa geral do Neopaganismo Português», refere-se à existência de dois ramos divergentes dentro do neopaganismo, consubstanciados em duas obras teóricas fundamentais (*O Regresso dos Deuses*, de António Mora, e *O Paganismo Superior*, de Fernando Pessoa), esclarecendo que «o ramo representado apenas por Fernando Pessoa crê que assim como, no fundo, o movimento cristista não foi senão uma interiorização do paganismo, assim no fundo o neopaganismo deve seguir a esteira do cristismo, mas no verdadeiro sentido»[46]. O texto, no qual há referências ao «imperialismo alemão» e à «democracia aliada», não é datado, mas os organizadores do volume de onde retirámos a citação entendem que ele poderá ser de 1917. A verdade é que na entrevista de Fernando Pessoa à *Revista Portuguesa*, publicada a 13 de outubro de 1923, Pessoa associa ainda o Quinto Império que augura para Portugal ao Paganismo Superior, resultante da fusão de todas as religiões num «Politeísmo Supremo». Nos anos finais da vida do poeta, abundam na obra de Pessoa as confissões de vinculação espiritual ao cristianismo gnóstico.

Pessoa projetou e iniciou tratados esotéricos (como o *Ensaio sobre a Iniciação*, *Átrio*, *Subsolo* ou *O Caminho da Serpente*), mas geralmente preferia reservar para si (como artista) um estatuto especial, semelhante ao que reconhece no

---

[46] Fernando Pessoa, *Páginas Íntimas e de Auto-Interpretação*, ed. cit., p. 226.

seu grande ídolo literário, Shakespeare. Distinguindo três tipos de iniciação, a *exotérica* (de *nível ínfimo*), a *esotérica* e a *divina*, concluía:

> Iniciado exotérico é, por exemplo, qualquer mação, ou qualquer discípulo menor de uma sociedade teosófica ou antroposófica. Iniciado esotérico é, por exemplo, um Rosa-Cruz, um Francis Bacon, seja. Iniciado Divino é, por exemplo, um Shakespeare. A este tipo de iniciação vulgarmente se chama génio.[47]

Se a iniciação numa sociedade religiosa secreta implica geralmente um ritual, que envolve a morte simbólica e a ressurreição do neófito e respeita a escala hierárquica dos intervenientes, através da relação mestre-discípulo, Pessoa entendia que a iniciação divina prescindia de tudo isto: «Esta não a dão nem exotéricos ou esotéricos menores, como a exotérica, nem até Mestres ou Esotéricos Maiores, como a esotérica; vem diretamente, e por cima destes todos, das mesmas mão, do que chamamos Deus»[48].

É claro que esta referência a Deus implica que conheçamos as conceções religiosas de inspiração rosacruciana, que Fernando Pessoa expôs na carta de 13 de janeiro a Adolfo Casais Monteiro (nomeadamente a crença numa hierarquia de universos, cada um dos quais regido por um Ente Supremo) e também explanadas, por exemplo, no poema intitulado «No túmulo de Christian Rosenkreutz»: «Quando despertos deste sono, a vida, / Soubermos o que somos, e o que foi / Essa queda até Corpo, essa descida / Até à Noite que nos a alma obstrui, // Conheceremos pois toda a escondida / Verdade do que é tudo que há ou flui? / Não: nem na Alma livre é conhecida... / Nem Deus, que nos criou, em Si a inclui. // Deus é o

---

[47] Fernando Pessoa, *A Procura da Verdade Oculta*, Mem Martins, Europa-América, 1986, pp. 168-169.

[48] *Ibidem*, p. 168.

Homem de outro Deus maior: / Adam Supremo, também teve Queda; / E também, como foi nosso Criador, // Foi criado, e a Verdade lhe morreu... / De além o Abismo, Sprito Seu, Lha veda; / Aquém não a há no Mundo, Corpo Seu.»[49]

Ainda se discute até onde foi a vinculação do autor da *Mensagem* às sociedades secretas, nomeadamente à Maçonaria ou à misteriosa Ordem Templária de Portugal, sobretudo porque também existem declarações contraditórias do poeta: se na carta a Adolfo Casais Monteiro nega pertencer a qualquer Ordem Iniciática (apenas reconhece que folheou «os Rituais dos três primeiros graus dessa Ordem, extinta, ou em dormência, desde cerca de 1888»), na nota biográfica que distribuiu em março de 1935 afirmava ter sido «iniciado, por comunicação direta de Mestre a Discípulo, nos três graus menores da (aparentemente extinta) Ordem Templária de Portugal». Recordemos que um excerto de um Ritual da Ordem serve de epígrafe ao poema iniciático «Eros e Psique». A contradição parece ser esclarecida por um documento do espólio em que refere ser legítimo da sua parte dizer que não pertence a nenhuma Ordem, mas acrescenta que já não seria legítimo dizer que não tinha nenhuma iniciação. Estando a Ordem Templária em dormência, ela não era «propriamente uma Ordem, mas tão-somente um sistema de iniciação, avanço e completamento»[50]. Informa no mesmo texto que pertence à Ordem Templária de Portugal.

Para além desta filiação templária, é inegável que Pessoa também se envolveu pessoal e diretamente com este universo das sociedades secretas em setembro de 1930, quando recebe e se relaciona em Lisboa com o mago inglês Aleister Crowley, a «besta 666», uma das figuras mais controversas do ocultismo europeu, o qual, simulando um suicídio com a cumpli-

---

[49] Fernando Pessoa, *Poesias*, ed. cit., pp. 249-250.

[50] In Teresa Rita Lopes (coord.), *Pessoa Inédito*, Lisboa, Livros Horizonte, 1993, pp. 334.

cidade de Fernando Pessoa e do seu amigo Augusto Ferreira Gomes, acabará por desaparecer misteriosamente na Boca do Inferno, em Cascais, no dia 23 de setembro.

Sendo Pessoa extremamente permeável a uma conceção messiânica do nacionalismo, muito naturalmente o seu sebastianismo racionalista se deixou contaminar pelo esoterismo, de que resulta a sua adesão à ideia de Portugal como cabeça do Quinto Império, sendo a *Mensagem* o resultado evidente deste processo de sincretismo. *Mensagem* é um livro que se apresenta formalmente com uma grande unidade estrutural e que Pessoa quis que fosse visto como constituído por um único e longo poema. Inicia-se com uma epígrafe em latim (*Benedictus Dominus Deus Noster Qui Dedit Nobis Signum*, ou seja, «Bendito Deus Nosso Senhor Que Nos Deu O Sinal»), que coloca em evidência a sua propensão profética, fazendo do poeta um intérprete da mensagem divina, e termina com uma exortação rosacruciana, que se segue ao verso final («É a hora!») do poema «Nevoeiro»: «Valete, Fratres». Correspondendo a uma tentativa estética de combinar harmonicamente os modos poéticos lírico, dramático e épico, fundindo-os num único modo, compõe-se de três partes: celebram-se no *Brasão* os pais fundadores da nacionalidade portuguesa; glorificam-se em *Mar Português* os grandes feitos náuticos e as Descobertas lusas; e profetizam-se n'*O Encoberto* as realizações futuras da pátria portuguesa, que o autor crê predestinada para ser a cabeça de um grande império espiritual e cultural.

O *Brasão* da *Mensagem* (com os seus Castelos, as suas Quinas, a Coroa e o Timbre) é uma versão poética do brasão de Portugal. A cada um dos elementos que o constituem corresponde um herói nacional. Em *Mar Português*, paralelamente à narrativa fragmentária dos Descobrimentos, o poeta faz uma leitura iniciática dos mesmos acontecimentos (as caravelas portuguesas são «as naus da iniciação»), transformando as Descobertas num sinal divino, que antecipa as futuras realizações, profetizadas nos *Símbolos*, nos *Avisos* e nos *Tempos* de O *Encoberto*. Se à glória que Portugal alcançara na época das Descobertas, se seguiu um período de profunda decadência, a pátria renascerá, como a Fénix mítica, suplantando em grandeza os feitos do passado. Apesar dessa unidade estrutural, os poemas que integram a *Mensagem* foram escritos ao longo de vários anos (entre 1913 e 1934), o que confirma a persistência do projeto pessoano de construção da nova epopeia nacional. Além disso, a sequência poética intitulada «Mar Português», que viria a constituir a segunda parte da *Mensagem*, foi publicada pela primeira vez no n.º 4 da revista *Contemporânea* (1922), pouco diferindo da versão definitiva.

Como sabemos, *Mensagem* viria a ser premiada pelo júri do Prémio Antero de Quental. Seguindo-se ao *Interregno*, a publicação e o prémio atribuído à *Mensagem* poderiam indiciar que Fernando Pessoa se estaria a transformar numa espécie de poeta do regime. No entanto, o nacionalismo pessoano tinha muito pouco em comum com o nacionalismo rural e católico de Salazar, como rapidamente se veria. Já em 1930, quando foi divulgado o manifesto da União Nacional, Pessoa tinha ensaiado a escrita de um texto em que se demarcava das orientações políticas do chefe do governo:

> Desejo, pelo presente escrito, contraditar os princípios expostos no manifesto, um tanto ou quanto alfabético, que o Governo fez por leitura em 30 de julho, assim como os fundamentos desses princípios, que se contêm no relatório falado do Prof. Oliveira Salazar – bois depois do carro (ou hysteron-posteron, como se diz em retórica) na ordem temporal da exposição do Governo.
>
> (...) A tese do Prof. Salazar é um apanhado, aliás muito lúcido e lógico, de princípios políticos já conhecidos – os da chamada 'contra-revolução' ou seja os que distinguem e definem as doutrinas dos chamados integralistas. A minha tese, ao contrário, trará, em seu desenvolvimento, resultados de absoluta novidade.[51]

---

[51] Fernando Pessoa, *Da República*, ed. cit., pp. 375-376.

Mas foi quando o regime decidiu acabar com a Maçonaria, através de um projeto de lei sobre sociedades secretas, apresentado pelo deputado José Cabral, que o poeta se decidiu a assumir, com grande coragem, o confronto com o Estado Novo, nas páginas do *Diário de Lisboa*, através de um artigo publicado em 4 de fevereiro de 1935. O tom geral do artigo era claramente de cariz antitotalitário, como podemos atestar nas palavras com que o encerra:

> Acabei de vez. Deixe o Sr. José Cabral a Maçonaria aos maçons e aos que, embora o não sejam, viram, ainda que noutro Templo, a mesma Luz. Deixe a anti-maçonaria àqueles anti-maçons que são os legítimos descendentes intelectuais do célebre pregador que descobriu que Herodes e Pilatos eram Vigilantes de uma Loja de Jerusalém.
>
> Deixe isso tudo, e no próximo dia 1, se quiser, vamos juntos a Fátima. E calha bem porque será 13 de fevereiro – aniversário daquela lei de João Franco que estabelecia a pena de morte para os crimes políticos.([52])

Os ataques recebidos do campo governamental retiraram a Pessoa qualquer veleidade de poder influenciar minimamente o poder recém-estabelecido. Segue-se um período de desalento, claramente manifestado na composição de «Elegia na Sombra», datada de 2 de junho:

> Lenta, a raça esmorece, e a alegria
> É como uma memória de outrem. Passa
> Um vento frio na nossa nostalgia
> E a nostalgia touca a desgraça.
>
> Pesa em nós o passado e o futuro.
> Dorme em nós o presente. E a sonhar
> A alma encontra sempre o mesmo muro,
> E encontra o mesmo muro ao despertar.

([52]) Fernando Pessoa, *Da República*, ed. cit., p. 404.

FERNANDO PESSOA

E numa carta inacabada a Adolfo Casais Monteiro, datada de 30 de outubro do mesmo ano, lamentava-se por Salazar pretender obrigar os escritores a obedecerem às diretrizes políticas do Estado Novo: «Isto quer dizer, suponho, que não poderá haver legitimamente manifestação literária em Portugal que não inclua qualquer referência ao equilíbrio orçamental, à composição corporativa (...) da sociedade portuguesa e a outras engrenagens da mesma espécie».

Entre os poemas publicados ao longo desse último ano de vida, sobressaem aqueles em que extravasa o seu ódio ao Estado Novo e a Salazar, cujo programa político anti--democrático, que seria imposto aos portugueses nas décadas seguintes começava a ser revelado na sua plenitude. No derradeiro dia do mês de novembro de 1935, não chegara ainda a Hora de Portugal, mas chegara, traiçoeiramente, a hora de Pessoa.

3.

LUGARES SELETOS

LUGARES SELETOS

Os textos que a seguir apresentamos, em regime de *antologia*, representam três aspetos distintos do pensamento estético e da escrita literária pessoa, a saber:

1. **Aforismos**: afirmações normalmente breves, que remetem para princípios e crenças genéricas, de alcance moral, ideológico ou social, subscritas por Pessoa ou pelos seus heterónimos; a sua ordenação obedece a um critério temático, com arrumação alfabética. Neste caso, quando não há indicação de autor, o texto é do ortónimo.

2. **Textos doutrinários**: textos que, em relação direta ou indireta com a produção pessoana, estabelecem ou caracterizam orientações para essa produção literária, tendendo a configurar a *poética* do autor; a seleção contempla grandes áreas temáticas e os textos são organizados cronologicamente, por forma a ilustrar a evolução de Pessoa.

3. **Textos literários**: textos que testemunham aspectos e "vozes" distintas do conjunto da produção pessoana, em arrumação cronológica.

1. AFORISMOS

Além-Deus

Um novo deus é só uma palavra. / Não procures nem creias: tudo é oculto.

> (*Poesia. 1918-1930*, Lisboa, Assírio & Alvim, 2006, p. 184)

Deus é o existirmos e isto não ser tudo.

(Bernardo Soares, *Livro do Desassossego*, Lisboa,
Assírio & Alvim, 1998, p. 60)

Alteridade
Viver é ser outro.

(Bernardo Soares, *Livro do Desassossego*, Lisboa,
Assírio & Alvim, 1998, p. 124).

Amor
Nunca amamos alguém. Amamos tão-somente a ideia que fazemos de alguém. É um conceito nosso – em suma, é a nós mesmos – que amamos.

(Bernardo Soares, *Livro do Desassossego*, Lisboa,
Assírio & Alvim, 1998, p. 137).

Ausência
Ninguém anda mais depressa que as pernas que tem. / Se onde quero estar é longe, não estou lá num momento.

(Alberto Caeiro, *Poesia*)

Auto(des)conhecimento
Quem sou eu para mim? Só uma sensação minha.

(Bernardo Soares, *Livro do Desassossego*, Lisboa,
Assírio & Alvim, 1998, p. 171).

Belo
Um dia de chuva é tão belo como um dia de sol. / Ambos existem, cada um é como é.

(Alberto Caeiro, *Poesia*)

O binómio de Newton é tão belo como a Vénus de Milo. / O que há é pouca gente para dar por isso.

(Álvaro de Campos, *Poesia*)

Cepticismo

Não ensines nada, pois ainda tens tudo que aprender.

(Barão de Teive, *A Educação do Estóico*, Lisboa,
Assírio & Alvim, 1999, p. 42).

Não compreendemos nada; andamos à escuta.

(*Escritos Autobiográficos, Automáticos e de Reflexão Pessoal*,
Lisboa, Assírio & Alvim, 2003, p. 367).

Todos os problemas são insolúveis. A essência de haver um problema é não haver uma solução. Procurar um facto significa não haver um facto. Pensar é não saber existir.

(Bernardo Soares, *Livro do Desassossego*, Lisboa,
Assírio & Alvim, 1998, p. 124).

Clássicos

Deve haver, no mais pequeno poema de um poeta, qualquer coisa por onde se note que existiu Homero.

(Ricardo Reis, *Prosa*, Lisboa,
Assírio & Alvim, 2003, p. 268)

Quem na infância leu Horácio no original, ainda que penosamente, poderá, adulto, escrever versos sem metro, ou sequer ritmo regular, mas qualquer equilíbrio haverá nesses versos que não conseguiria dar-lhes quem não teve esse passado, ainda que formalmente esquecido.

(Ricardo Reis, *Prosa*, Lisboa,
Assírio & Alvim, 2003, p. 269)

Des(conhecimento)

O homem não sabe mais que os outros animais; sabe menos. Eles sabem o que precisam saber. Nós não.

(*Textos Filosóficos*, I vol., Lisboa,
Ática, 1968, p. 164).

Deus

Deus é um conceito económico. À sua sombra fazem a sua burocracia metafísica os padres das religiões todas.

(Páginas Íntimas e de Auto-Interpretação, Lisboa, Ática, [1972], p. 411)

Não sejamos sínteses, sejamos somas: a síntese é com Deus.

(Escritos Autobiográficos, Automáticos e de Reflexão Pessoal, Lisboa, Assírio & Alvim, 2003, p. 367)

Escrever

Escrever é esquecer. A literatura é a maneira mais agradável de ignorar a vida.

(Bernardo Soares, *Livro do Desassossego*, Lisboa, Assírio & Alvim, 1998, p. 140).

Eternidade

As obras eternas são serenas, lúcidas e racionais.

(Ricardo Reis, *Prosa*, Lisboa, Assírio & Alvim, 2003, p. 269).

Génio-Loucura

O génio é a loucura que a diluição no abstracto converte em sanidade, tal como um veneno é convertido em medicamento através da mistura.

(Heróstrato e a Busca da Imortalidade, Lisboa, Assírio & Alvim, 2000, p. 67)

(In)coerência

Pensar como espiritualistas, agir como materialistas. Não é absurda a doutrina: é, afinal, a doutrina espontânea da humanidade inteira.

(Barão de Teive, *A Educação do Estóico*, Lisboa, Assírio & Alvim, 1999, p. 47)

Individualismo

O escrúpulo é a morte da acção. Pensar na sensibilidade alheia é estar certo de não agir.

(Barão de Teive, *A Educação do Estóico*, Lisboa, Assírio & Alvim, 1999, p. 41).

A preocupação de um indivíduo consigo mesmo pareceu-me sempre a introdução, em matéria literária ou filosófica, de uma falta de educação.

(Barão de Teive, *A Educação do Estóico*, Lisboa, Assírio & Alvim, 1999, p. 29).

In(existência)

Basta existir para se ser completo.

(Alberto Caeiro, *Poesia*)

Viver é não conseguir.

(*Poesia. 1931-1935 e não datada*, Lisboa, Assírio & Alvim, 2006, p. 90)

Pouco me importa. / Pouco me importa o quê? Não sei: pouco me importa.

(Alberto Caeiro, *Poesia*)

Inteligência

A dignidade da inteligência está em reconhecer que é limitada e que o universo está fora dela.

(Barão de Teive, *A Educação do Estóico*, Lisboa, Assírio & Alvim, 1999, p. 55)

Linguagem / Ortografia

Falar é ter demasiada consideração pelos outros. Pela boca morrem o peixe e Oscar Wilde.

(Bernardo Soares, *Livro do Desassossego*, Lisboa, Assírio & Alvim, 1998, p. 413)

A linguagem fez-se para que nos sirvamos dela, não para que a sirvamos a ela.

(*A Língua Portuguesa*, Lisboa,
Assírio & Alvim, 1999, p. 73)

A linguagem falada é popular. A linguagem escrita é aristocrática. Quem aprendeu a ler e a escrever deve conformar-se com as normas aristocráticas que vigoram naquele campo aristocrático.

(*A Língua Portuguesa*, Lisboa,
Assírio & Alvim, 1999, p. 55).

Morte
Atingi, creio, a plenitude do emprego da razão E é por isso que me vou matar.

(Barão de Teive, *A Educação do Estóico*, Lisboa,
Assírio & Alvim, 1999, p. 57).

Se te queres matar, por que não te queres matar?

(Álvaro de Campos, *Poesia*).

Nada
Somos contos contando contos, nada.

(Ricardo Reis, *Poesia*)

Quer pouco: terás tudo. / Quer nada, serás livre.

(Ricardo Reis, *Poesia*)

Religião
Pensar em Deus é desobedecer a Deus.

(Alberto Caeiro, *Poesia*)

Crer é errar. / Não crer de nada serve.

(Ricardo Reis, *Poesia*)

Resignação

Aceita o universo / como to deram os deuses. / Se os deuses te quisessem dar outro / Ter-to-iam dado.

(Alberto Caeiro, *Poesia*)

O único homem feliz é o que não toma nada a sério. Quanto mais as cousas se tomam a sério, mais infeliz se é.

(*Escritos Autobiográficos, Automáticos e de Reflexão Pessoal*, Lisboa, Assírio & Alvim, 2003, p. 363)

Sonho

O que há de mais reles nos sonhos é que todos os têm.

(Bernardo Soares, *Livro do Desassossego*, Lisboa, Assírio & Alvim, 1998, p. 159)

O sonho é a pior das cocaínas, porque é a mais natural de todas.

(Bernardo Soares, *Livro do Desassossego*, Lisboa, Assírio & Alvim, 1998, p. 159)

Unidade-Pluralidade

A natureza é partes sem todo. / Isto é talvez o tal mistério de que falam.

(Alberto Caeiro, *Poesia*)

Sê plural como o universo!

(*Páginas Íntimas e de Auto-Interpretação*, Lisboa, Ática, [1972], p. 94).

2. TEXTOS DOUTRINÁRIOS

A nova poesia portuguesa

A primeira constatação analítica que o raciocínio faz ante a nossa poesia de hoje é que o seu arcabouço espiritual é composto dos três elementos – *vago*, *subtileza*, e *complexidade*. São *vagas*, *subtis*, e *complexas* as expressões características do seu verso, e a sua ideação é, portanto, do mesmo triplo caráter. Importa, porém, estabelecer, de modo absolutamente diferencial, a significação daqueles termos definidores. Ideação vaga é coisa que é escusado definir, de exaustivamente explicante que é *de per si* o mero adjetivo; urge, ainda assim, que se observe que ideação *vaga* não implica necessariamente ideação *confusa*, ou *confusamente expressa* (o que aliás redunda, feita uma funda análise psicológica, precisamente no mesmo). Implica simplesmente uma ideação que tem o que é vago ou indefinido por constante objecto e assunto, ainda que nitidamente o exprima ou definidamente o trate; sendo contudo evidente que quanto menos nitidamente o trate ou exprima mais classificável de vaga se tornará. Uma ideação obscura é, pelo contrário, apenas uma ideação ou fraca ou doentia. Vaga sem ser obscura é a ideação da nossa atual poesia; vaga e frequentemente – quase caracteristicamente – obscura é a do simbolismo francês, cujo caráter patológico mais adiante explicaremos. – Por ideação *subtil* entendemos aquela que traduz uma sensação simples por uma expressão que a torna vívida, minuciosa, detalhada – mas detalhada não em elementos exteriores, de contornos ou outros, mas em elementos interiores, sensações –, sem contudo lhe acrescentar elemento que se não encontre na direta sensação inicial. Assim Albert Samain, quando diz

Je ne dis rien, et tu m'écoutes
Sous tes immobiles cheveux,

desdobra a sensação direta de um silêncio *à deux*, opressivo e noturno, na tripla sensação de silêncio, de almas que se falam nesse silêncio, e da imobilidade dos corpos, mas não dá outra impressão do que a, intensa, desse silêncio. Do mesmo modo, nos versos de Mário Beirão:

Charcos onde um torpor, vítreo torpor, se esquece,
Nuvens roçando a areia, os longes baços...
Paisagem como alguém que, ermo de amor, se desse,
Corpo que estagna frio a beijos ou a abraços,

há simplesmente um desdobrar, como em leque, de uma sensação crepuscular, que cada termo maravilhosamente *intensifica*, mas não *alarga*. – Finalmente, entendemos por ideação *complexa* a que traduz uma impressão ou sensação simples por uma expressão que a complica acrescentando-lhe um elemento explicativo, que, extraído dela, lhe dá um novo sentido. A expressão subtil *intensifica*, torna *mais nítido*; a expressão complexa *dilata*, torna *maior*. A ideação *subtil* envolve ou uma directa intelectualização de uma ideia, ou uma directa emocionalização de uma emoção: daí o ficarem mais nítidas, a ideia por mais ideia, a emoção por mais emoção. A ideação *complexa* supõe sempre ou uma intelectualização de uma emoção, ou uma emocionalização de uma ideia: é desta heterogeneidade que a complexidade lhe vem. São da ideação complexa, por exemplo, os versos de Mário Beirão

A boca, em morte e mármore esculpida,
Sonha com as palavras que não diz;

de Teixeira de Pascoaes

A folha que tombava
Era alma que subia;

e expressões como *choupos d'Alma* de Jaime Cortesão ou
o *ungido de universo* de Guerra Junqueiro.

Feita esta constatação, que nos leva ela a concluir? Subtileza e complexidade ideativas vêm a ser, como da anterior exposição se depreende, modos analíticos da ideação: desdobrar uma sensação em outras – subtileza – é ato analítico, e ato analítico, ainda mais profundo, o de tomar uma sensação simples complexa por elementos espiritualizantes, nela própria encontrados. Ora a análise de sensações e de ideias é o característico principal de uma vida interior. A poesia de que se trata é portanto uma poesia de vida interior, uma poesia de alma, uma poesia subjetiva. Será então uma nova espécie de simbolismo? Não é: é muito mais. Tem, de facto, de comum com o simbolismo o ser uma poesia subjetiva; mas, ao passo que o simbolismo é, não só exclusivamente subjetivo, mas incompletamente subjetivo também, a nossa poesia nova é completamente subjetiva e mais do que subjetiva. O simbolismo é vago e subtil; complexo, porém, não é. É-o a nossa atual poesia; é, por sinal, a poesia mais espiritualmente complexa que tem havido, excedendo, e de muito, a única outra poesia realmente complexa – a da Renascença, e, muito especialmente, do período isabeliano inglês. O característico principal da ideação complexa – *o encontrar em tudo um além* – é justamente a mais notável e original feição da nova poesia portuguesa.

Fernando Pessoa, «A nova poesia portuguesa no seu aspeto psicológico», in *Crítica. Ensaios, Artigos e Entrevistas*, Lisboa, Assírio & Alvim, 2000, pp. 42-44. Este artigo foi originariamente publicado nos números 9, 11 e 12, 2.ª série, da revista *A Águia* (Setembro, Novembro e Dezembro de 1912).

Sensação

1. A base de toda a arte é a sensação.

2. Para passar de mera emoção sem sentido à emoção artística, ou suscetível de se tornar artística, essa sensação tem de ser intelectualizada. Uma sensação intelectualizada segue dois processos sucessivos: é primeiro a consciência dessa sensação, e esse facto de haver consciência de uma sensação transforma-a já numa sensação de ordem diferente; é, depois, uma consciência dessa consciência, isto é: depois de uma sensação ser concebida como tal – o que dá a emoção artística – essa sensação passa a ser concebida como intelectualizada, o que dá o poder de ela ser expressa. Temos, pois:

(1) A sensação, puramente tal.

(2) A consciência da sensação, que dá a essa sensação um *valor*, e, portanto, um cunho estético.

(3) A consciência dessa consciência da sensação, de onde resulta uma intelectualização de uma intelectualização, isto é, o poder de expressão.

3. Ora toda a sensação é complexa, isto é, toda a sensação é composta de mais do que o elemento simples de que parece consistir. É composta dos seguintes elementos: *a*) a sensação do objeto sentido; *b*) a recordação de objetos análogos e outros que inevitável e espontaneamente se juntam a essa sensação; *c*) a vaga sensação do estado de alma em que tal sensação se sente; *d*) a sensação primitiva da personalidade da pessoa que sente. A mais simples das sensações inclui, sem que se sinta, estes elementos todos.

4. Mas, quando a sensação passa a ser intelectualizada, resulta que se decompõe. Porque – o que é uma sensação intelectualizada? Uma de três cousas: *a*) uma sensação decomposta pela análise instintiva ou dirigida, nos seus elementos componentes; *b*) uma sensação a que se acrescenta conscientemente qualquer outro elemento que nela, mesmo indistintamente, não existe; *c*) uma sensação que de propósito se falseia

para dela tirar um efeito definido, que nela não existe primitivamente. São estas as três possibilidades da intelectualização da sensação.

Fernando Pessoa, *Páginas Íntimas e de Auto-Interpretação*,
Lisboa, Ática, [1972], pp. 192-193.

Para uma estética não-aristotélica

Toda a arte parte da sensibilidade e nela realmente se baseia. Mas, ao passo que o artista aristotélico subordina a sua sensibilidade à sua inteligência, para poder tornar essa sensibilidade humana e universal, ou seja para a poder tornar acessível e agradável, e assim poder *captar* os outros, o artista não-aristotélico subordina tudo à sua sensibilidade, converte tudo em substância de sensibilidade, para assim, tornando a sua sensibilidade *abstrata* como a inteligência (sem deixar de ser sensibilidade), *emissora* como a vontade (sem que seja por isso vontade), se tornar *um foco emissor abstrato sensível* que force os outros, queiram eles ou não, a sentir o que ele sentiu, que os domine pela força inexplicável, como o atleta mais forte domina o mais fraco, como o ditador espontâneo subjuga o povo todo (porque é ele todo sintetizado e por isso mais forte que ele todo somado), como o fundador de religiões converte dogmática e absurdamente as almas alheias na substância de uma doutrina que, no fundo, não é senão ele próprio.

O artista verdadeiro é um foco dinamogéneo; o artista falso, ou aristotélico, é um mero aparelho transformador, destinado apenas a converter a corrente contínua da sua própria sensibilidade na corrente alterna da inteligência alheia.

Ora entre os artistas «clássicos», isto é, aristotélicos, há verdadeiros e falsos artistas; e também nos não-aristotélicos há verdadeiros artistas e há simples simuladores – porque não é a teoria que faz o artista, mas o ter nascido artista. O que porém entendo e defendo é que todo o verdadeiro artista está dentro da minha teoria, julgue-se ele aristotélico ou não; e todo o falso artista está dentro da teoria aristotélica, mesmo que pretenda ser não-aristotélico. É o que falta explicar e demonstrar.

A minha teoria estética baseia-se – ao contrário da aristotélica, que assenta na ideia de beleza – na ideia de força. Ora a ideia de beleza pode ser uma força. Quando a «ideia» de beleza seja uma «ideia» da sensibilidade, uma *emoção* e não uma ideia, uma disposição sensível do temperamento, essa «ideia» de beleza é uma força. Só quando é uma simples ideia *intelectual* de beleza é que não é uma força.

Assim a arte dos gregos é grande mesmo no meu critério, *e sobretudo o é no meu critério*. A beleza, a harmonia, a proporção não eram para os gregos conceitos da sua inteligência, mas disposições íntimas da sua sensibilidade. É por isso que eles eram *um povo de estetas*, procurando, exigindo a beleza *todos, em tudo, sempre*. É por isso que com tal violência emitiram a sua sensibilidade sobre o mundo futuro que ainda vivemos súbditos da opressão dela. A nossa sensibilidade, porém, é já tão diferente – de trabalhada que tem sido por tantas e tão prolongadas forças sociais – que já não podemos receber essa emissão com a sensibilidade, mas apenas com a inteligência. Consumou este nosso desastre estético a circunstância de que recebemos em geral essa emissão da sensibilidade grega através dos romanos e dos franceses. Os primeiros, embora próximos dos gregos no tempo, eram, e foram sempre, a tal ponto incapazes de sentimento estético que tiveram que se valer da inteligência para *receber* a emissão da estética grega. Os segundos, estreitos de sensibilidade e pseudo-vivazes de inteligência, capazes portanto de «gosto» mas não de emoção estética, deformaram a já deformada romanização do helenismo, fotografaram elegantemente a pintura romana de uma estátua grega. Já é grande, para quem souber medi-la, a distância que vai da *Ilíada* à *Eneida* – tão grande que a não oculta mesmo uma tradução; a de um Píndaro a um Horácio parece infinita. Mas não é menor a que separa mesmo um Homero bidimensional como Virgílio, ou um Píndaro em projeção de Mercator como Horácio, da chateza morta dum Boileau, dum Corneille, dum Racine, de todo o insuperável lixo estético do «classicismo» francês, esse «classicismo» cuja retórica póstuma ainda estrangula e desvirtua a admirável sensibilidade emissora de Vítor Hugo.

Mas, assim como para os «clássicos», ou pseudo-clássicos – os «aristotélicos» propriamente ditos – a beleza pode estar, não nas disposições da sua sensibilidade, mas só nas preocupações da sua razão, assim, para os não-aristotélicos postiços, pode a força ser *uma ideia da inteligência* e não uma disposição da sensibilidade. E assim como a simples ideia intelectual de beleza não habilita a criar beleza, porque só a sensibilidade verdadeiramente cria, porque verdadeiramente *emite*, assim também a simples ideia intelectual de força, ou de não--beleza, não habilita a criar, mais que a outra, a força ou a não-beleza que pretende criar. É por isso que há – e em que abundância os há! – simuladores da arte da força ou da não-beleza, que nem criam beleza nem não-beleza, porque positivamente não podem criar nada; que nem fazem arte aristotélica falsa, porque a não querem fazer, nem arte não--aristotélica falsa, porque não pode haver arte não-aristotélica falsa. Mas em tudo isto fazem sem querer, e ainda que mal, arte aristotélica, porque fazem arte com a inteligência, e não com a sensibilidade. A maioria, senão a totalidade, dos chamados realistas, naturalistas, simbolistas, futuristas, são simples simuladores, não direi sem talento, mas pelo menos, e só alguns, só com o talento da simulação. O que escrevem, pintam ou esculpem pode ter interesse, mas é o interesse dos acrósticos, dos desenhos de um só traço e de outras coisas assim. Logo que se lhe não chame «arte», está bem.

De resto, até hoje, data em que aparece pela primeira vez uma autêntica doutrina não-aristotélica da arte, só houve três verdadeiras manifestações de arte não-aristotélica. A primeira está nos assombrosos poemas de Walt Whitman; a segunda está nos poemas mais que assombrosos do meu mestre Caeiro; a terceira está nas duas odes – a *Ode Triunfal* e a *Ode Marítima* – que publiquei no *Orpheu*. Não pergunto se isto é imodéstia. Afirmo que é verdade.

> Fernando Pessoa «Apontamentos para uma estética não-aristotélica (II)», in *Crítica. Ensaios, Artigos e Entrevistas*, Lisboa, Assírio & Alvim, 2000, pp. 242-245. Este artigo foi originariamente publicado no n.º 4 da revista *Athena* (Janeiro de 1925).

A génese dos heterónimos (carta a Adolfo Casais Monteiro, 13 de janeiro de 1935)

(...) Aí por 1912, salvo erro (que nunca pode ser grande), veio-me à ideia escrever uns poemas de índole pagã. Esbocei umas coisas em verso irregular (não no estilo Álvaro de Campos, mas num estilo de meia regularidade), e abandonei o caso. Esboçara-se-me, contudo, numa penumbra mal urdida, um vago retrato da pessoa que estava a fazer aquilo. (Tinha nascido, sem que eu soubesse, o Ricardo Reis.)

Ano e meio ou dois anos depois, lembrei-me um dia de fazer uma partida ao Sá-Carneiro – de inventar um poeta bucólico, de espécie complicada, e apresentar-lho, já me não lembro como, em qualquer espécie de realidade. Levei uns dias a elaborar o poeta mas nada consegui. Num dia em que finalmente desistira – foi em 8 de março de 1914 –, acerquei-me de uma cómoda alta, e, tomando um papel, comecei a escrever, de pé, como escrevo sempre que posso. E escrevi trinta e tantos poemas a fio, numa espécie de êxtase cuja natureza não conseguirei definir. Foi o dia triunfal da minha vida, e nunca poderei ter outro assim. Abri com um título, «O Guardador de Rebanhos». E o que se seguiu foi o aparecimento de alguém em mim, a quem dei desde logo o nome de Alberto Caeiro.

Desculpe-me o absurdo da frase: aparecera em mim o meu mestre. Foi essa a sensação imediata que tive. E tanto assim que, escritos que foram esses trinta e tantos poemas, imediatamente peguei noutro papel e escrevi, a fio, também, os seis poemas que constituem a «Chuva Oblíqua», de Fernando Pessoa. Imediatamente e totalmente... Foi o regresso de Fernando Pessoa-Alberto Caeiro a Fernando Pessoa ele só. Ou melhor, foi a reação de Fernando Pessoa contra a sai própria inexistência como Alberto Caeiro.

Aparecido Alberto Caeiro, tratei logo de lhe descobrir – instintiva e subconscientemente – uns discípulos. Arranquei do seu falso paganismo o Ricardo Reis latente, descobri-lhe o nome, e ajustei-o a si mesmo, porque nessa altura já o *via*. E, de repente, e em derivação oposta à de Ricardo Reis, surgiu-me impetuosamente um novo indivíduo. Num jato, e à máquina de escrever, sem interrupção nem emenda, surgiu a «Ode Triunfal» de Álvaro de Campos – a Ode com esse nome e o homem com o nome que tem.

Criei, então, uma *coterie* inexistente. Fixei aquilo tudo em moldes de realidade. Graduei as influências, conheci as amizades, ouvi, dentro de mim, as discussões e as divergências de critérios, e em tudo isto me parece que fui eu, criador de tudo, o menos que ali houve. Parece que tudo se passou independentemente de mim. E parece que assim ainda se passa. Se algum dia eu puder publicar a discussão estética entre Ricardo Reis e Álvaro de Campos, verá como eles são diferentes, e como eu não sou nada na matéria.

Quando foi da publicação de *Orpheu*, foi preciso, à última hora, arranjar qualquer coisa para completar o número de páginas. Sugeri então ao Sá-Carneiro que eu fizesse um poema «antigo» do Álvaro de Campos – um poema de como o Álvaro de Campos seria antes de ter conhecido Caeiro e ter caído sob a sua influência. E assim fiz o «Opiário», em que tentei dar todas as tendências latentes do Álvaro de Campos, conforme haviam de ser depois reveladas, mas sem haver ainda qualquer traço de contacto com o seu mestre Caeiro. Foi, dos poemas que tenho escrito, o que me deu mais que fazer, pelo duplo poder de despersonalização que tive de desenvolver. Mas, enfim, creio que não saiu mau, e que dá o Álvaro em botão...

Creio que lhe expliquei a origem dos meus heterónimos. Se há porém qualquer ponto em que precisa de um esclarecimento mais lúcido – estou escrevendo depressa, e quando escrevo depressa não sou muito lúcido –, diga, que de bom grado lho darei. E, é verdade, um complemento verdadeiro e histérico: ao escrever certos passos das *Notas para recordação do meu Mestre Caeiro*, do Álvaro de Campos, tenho chorado lágrimas verdadeiras. É para que saiba com quem está lidando, meu caro Casais Monteiro! (...)

Como escrevo em nome destes três?... Caeiro por pura e inesperada inspiração, sem saber ou sequer calcular que iria escrever. Ricardo Reis, depois de uma deliberação abstrata, que subitamente se concretiza numa ode. Campos, quando sinto um súbito impulso para escrever e não sei o quê. (O meu semi-heterónimo Bernardo Soares, que aliás em muitas coisas se parece com Álvaro de Campos, aparece sempre que estou cansado ou sonolento, de sorte que tenha um pouco suspensas as qualidades de raciocínio e de inibição; aquela prosa é um constante devaneio. É um semi-heterónimo porque, não sendo a personalidade a minha, é, não diferente da minha, mas uma simples mutilação dela. Sou eu menos o raciocínio e a afetividade. A prosa, salvo o que o raciocínio dá de *ténue* à minha, é igual a esta, e o português perfeitamente igual; ao passo que Caeiro escrevia mal o português, Campos razoavelmente mas com lapsos, como dizer «eu próprio» em vez de «eu mesmo», etc. Reis melhor do que eu, mas com um purismo que considero exagerado. O difícil para mim é escrever a prosa de Reis – ainda inédita – ou de Campos. A simulação é mais fácil, até porque é mais espontânea em verso.)

(...) Falta responder à sua pergunta quanto ao ocultismo. Pergunta-me se creio no ocultismo. Feita assim, a pergunta não é bem clara; compreendo porém a intenção e a ela respondo. Creio na existência de mundos superiores ao nosso e de habitantes nesses mundos, em existências de diversos graus de espiritualidade, subtilizando-se até se chegar a um Ente Supremo, que presumivelmente criou este mundo. Pode ser que haja outros Entes, igualmente Supremos, que hajam criado outros universos, e que esses universos co-existam com o nosso, interpenetradamente ou não. Por estas razões, e ainda outras, a Ordem Externa do ocultismo, ou seja a Maçonaria, evita (exceto a Maçonaria anglo-saxónica) a expressão «Deus», dadas as suas implicações teológicas e populares, e prefere dizer «Grande Arquiteto do Universo», expressão que deixa em branco o problema de se Ele é Criador ou simplesmente Governador, do mundo. Dadas essas escalas de seres, não creio na comunicação direta com Deus, mas, segundo a nossa afinação espiritual, poderemos ir comunicando com seres cada vez mais altos. Há três caminhos para o oculto: o caminho mágico (incluindo práticas como as do espiritismo, intelectualmente ao nível da bruxaria, que é magia também), caminho esse extremamente perigoso, em todos os sentidos; o caminho místico, que não tem propriamente perigos, mas é incerto e lento; e o que se chama o caminho alquímico, o mais difícil e o mais perfeito de todos, porque envolve uma transmutação da própria personalidade que a *prepara,* sem grandes riscos, antes com defesas que os outros caminhos não têm. Quanto a «iniciação» ou não, posso dizer-lhe só isto, que não sei se responde à sua pergunta: não pertenço a Ordem Iniciática nenhuma. A citação, epígrafe ao meu poema «Eros e Psique», de um trecho (traduzido, pois o Ritual é em latim) do Ritual do Terceiro Grau da Ordem Templária de Portugal, indica simplesmente – o que é facto – que me foi permitido folhear os Rituais dos três primeiros graus dessa Ordem, extinta, ou em dormência, desde cerca de 1888. Se não estivesse em dormência, eu não citaria o trecho do ritual, pois se não devem citar (indicando a origem) trechos de Rituais que estão em trabalho.

Fernando Pessoa, *Correspondência (1923-1935)*, Lisboa, Assírio & Alvim, 1999, pp. 342-347.

3. TEXTOS LITERÁRIOS[1]

Poemas de Fernando Pessoa

IMPRESSÕES DO CREPÚSCULO

I
Ó sino da minha aldeia,
Dolente na tarde calma,
Cada tua badalada
Soa dentro da minh'alma.

E é tão lento o teu soar,
Tão como triste da vida,
Que já a primeira pancada
Tem um som de repetida.

Por mais que me tanjas perto
Quando passo triste e errante,
És para mim como um sonho –
Soas-me sempre distante...

A cada pancada tua,
Vibrante no céu aberto,
Sinto mais longe o passado,
Sinto a saudade mais perto.

---

[1] Há, como se sabe, algumas divergências significativas, quanto ao texto fixado, entre as várias edições dos poemas pessoanos em circulação. Procurando chegar ao melhor texto possível, tivemos como referências fundamentais, no que respeita à antologia poética, a «edição crítica» da Imprensa Nacional-Casa da Moeda e as «Obras de Fernando Pessoa», da Assírio & Alvim.

II

Pauis de roçarem ânsias pela minh'alma em ouro...
Dobre longínquo de Outros Sinos... Empalidece o louro
Trigo na cinza do poente... Corre um frio carnal por
minh'alma...
Tão sempre a mesma, a Hora!... Balouçar de cimos de
palma!...
Silêncio que as folhas fitam em nós... Outono delgado
Dum canto de vaga ave... Azul esquecido em estagnado...
Oh que mudo grito de ânsia põe garras na Hora!
Que pasmo de mim anseia por outra coisa que o que
chora!
Estendo as mãos para além, mas ao estendê-las já vejo
Que não é aquilo que quero aquilo que desejo...
Címbalos de Imperfeição... Ó tão antiguidade
A hora expulsa de si-Tempo!... Onda de recuo que invade
O meu abandonar-me a mim próprio até desfalecer,
E recordar tanto o Eu presente que me sinto esquecer!...
Fluido de auréola, transparente de Foi, oco de ter-se...
O Mistério sabe-me a eu ser outro... Luar sobre o não
conter-se...
A sentinela é hirta – a lança que finca no chão
É mais alta do que ela... Pra que é tudo isto?... Dia chão...
Trepadeiras de despropósito lambendo de Hora os Aléns...
Horizontes fechando os olhos ao espaço em que são elos
de erro...
Fanfarras de ópios de silêncios futuros... Longes trens...
Portões vistos longe... através das árvores... tão de ferro!

DE «CHUVA OBLIQUA»

I

Atravessa esta paisagem o meu sonho dum porto infinito
E a cor das flores é transparente de as velas de grandes
                                                    navios
Que largam do cais arrastando nas águas por sombra
Os vultos ao sol daquelas árvores antigas...

O porto que sonho é sombrio e pálido
E esta paisagem é cheia de sol deste lado...
Mas no meu espírito o sol deste dia é porto sombrio
E os navios que saem do porto são estas árvores ao sol...

Liberto em duplo, abandonei-me da paisagem abaixo...
O vulto do cais e a estrada nítida e calma
Que se levanta e se ergue como um muro,
E os navios passam por dentro dos troncos das árvores
Com uma horizontalidade vertical,
E deixam cair amarras na água pelas folhas uma a uma
                                                    dentro...

Não sei quem me sonho...
Súbito toda a água do mar do porto é transparente
E vejo no fundo, como uma estampa enorme que lá
                                        estivesse desdobrada,
Esta paisagem toda, renque de árvores, estrada a arder em
                                                    aquele porto,
E a sombra duma nau mais antiga que o porto que passa
Entre o meu sonho do porto e o meu ver esta paisagem
E chega ao pé de mim, e entra por mim dentro,
E passa para o outro lado da minha alma...

III
A Grande Esfinge do Egito sonha por este papel dentro...
Escrevo – e ela aparece-me através da minha mão
                                        transparente
E ao canto do papel erguem-se as pirâmides...

Escrevo – perturbo-me de ver o bico da minha pena
Ser o perfil do rei Quéops...
De repente paro...
Escureceu tudo... Caio por um abismo feito de tempo...
Estou soterrado sob as pirâmides a escrever versos à luz
                                        clara deste candeeiro
E todo o Egito me esmaga de alto através dos traços que
                                        faço com a pena...
Ouço a Esfinge rir por dentro
O som da minha pena a correr no papel...
Atravessa o eu não poder vê-la uma mão enorme,
Varre tudo para o canto do teto que fica por detrás de mim,
E sobre o papel onde escrevo, entre ele e a pena que escreve
Jaz o cadáver do rei Quéops, olhando-me com olhos muito
                                        abertos,
E entre os nossos olhares que se cruzam corre o Nilo
E uma alegria de barcos embandeirados erra
Numa diagonal difusa
Entre mim e o que eu penso...

Funerais do rei Quéops em ouro velho e Mim!...

DE «PASSOS NA CRUZ»

IV

Ó tocadora de harpa, se eu beijasse
Teu gesto, sem beijar as tuas mãos!,
E, beijando-o, descesse plos desvãos
Do sonho, até que enfim eu o encontrasse

Tornado Puro Gesto, gesto-face
Da medalha sinistra – reis cristãos
Ajoelhando, inimigos e irmãos,
Quando processional o andor passasse!...

Teu gesto que arrepanha e se extasia...
O teu gesto completo, lua fria
Subindo, e em baixo, negros, os juncais...

Caverna em estalactites o teu gesto...
Não poder eu prendê-lo, fazer mais
Que vê-lo e que perdê-lo!... e o sonho é o resto...

XIII

Emissário de um rei desconhecido,
Eu cumpro informes instruções de além,
E as bruscas frases que aos meus lábios vêm
Soam-me a um outro e anómalo sentido...

Inconscientemente me divido
Entre mim e a missão que o meu ser tem,
E a glória do meu Rei dá-me o desdém
Por este humano povo entre quem lido...

Não sei se existe o Rei que me mandou.
Minha missão será eu a esquecer,
Meu orgulho o deserto em que em mim estou...

Mas há! Eu sinto-me altas tradições
De antes de tempo e espaço e vida e ser...
Já viram Deus as minhas sensações...

XIV
Como uma voz de fonte que cessasse
(E uns para os outros nossos vãos olhares
Se admiraram), pra além dos meus palmares
De sonho, a voz que do meu tédio nasce

Parou... Apareceu já sem disfarce
De música longínqua, asas nos ares,
O mistério silente como os mares,
Quando morreu o vento e a calma pasce...

A paisagem longínqua só existe
Para haver nela um silêncio em descida
Pra o mistério, silêncio a que a hora assiste...

E, por perto ou longe, grande lago mudo,
O mundo, o informe mundo onde há a vida...
E Deus, a Grande Ogiva ao fim de tudo...

AUTOPSICOGRAFIA

O poeta é um fingidor.
Finge tão completamente
Que chega a fingir que é dor
A dor que deveras sente.

E os que leem o que escreve,
Na dor lida sentem bem,
Não as duas que ele teve,
Mas só a que eles não têm.

E assim nas calhas de roda
Gira, a entreter a razão,
Esse comboio de corda
Que se chama o coração.

ISTO

Dizem que finjo ou minto
Tudo que escrevo. Não.
Eu simplesmente sinto
Com a imaginação.
Não uso o coração.

Tudo o que sonho ou passo,
O que me falha ou finda,
É como que um terraço
Sobre outra coisa ainda.
Essa coisa é que é linda.

Por isso escrevo em meio
Do que não está ao pé,
Livre do meu enleio,
Sério do que não é.
Sentir? Sinta quem lê!

EROS E PSIQUE

... E assim vedes, meu Irmão, que as verdades que vos foram dadas no Grau de Neófito, e aquelas que vos foram dadas no Grau de Adepto Menor, são, ainda que opostas, a mesma Verdade.

Do ritual do Grau de Mestre do Átrio
na Ordem Templária de Portugal

Conta a lenda que dormia
Uma princesa encantada
A quem só despertaria
Um infante, que viria
De além do muro da estrada.

Ele tinha que, tentado,
Vencer o mal e o bem,
Antes que, já libertado,
Deixasse o caminho errado
Por o que à Princesa vem.

A Princesa adormecida,
Se espera, dormindo espera.
Sonha em morte a sua vida,
E orna-lhe a fronte esquecida,
Verde, uma grinalda de hera.

Longe o Infante, esforçado,
Sem saber que intuito tem,
Rompe o caminho fadado.
Ele dela é ignorado.
Ela para ele é ninguém.

Mas cada um cumpre o Destino –
Ela dormindo encantada,
Ele buscando-a sem tino
Pelo processo divino
Que faz existir a estrada.

E, se bem que seja obscuro
Tudo pela estrada fora,
E falso, ele vem seguro,
E, vencendo estrada e muro,
Chega onde em sono ela mora.

E, inda tonto do que houvera,
À cabeça, em maresia,
Ergue a mão, e encontra hera,
E vê que ele mesmo era
A Princesa que dormia.

DA *MENSAGEM*

O [CAMPO] DOS CASTELOS

A Europa jaz, posta nos cotovelos:
De Oriente a Ocidente jaz, fitando,
E toldam-lhe românticos cabelos
Olhos gregos, lembrando.

O cotovelo esquerdo é recuado;
O direito é em ângulo disposto.
Aquele diz Itália onde é pousado;
Este diz Inglaterra onde, afastado,
A mão sustenta, em que se apoia o rosto.

Fita, com olhar esfíngico e fatal,
O Ocidente, futuro do passado.

O rosto com que fita é Portugal.

D. FERNANDO, INFANTE DE PORTUGAL

Deu-me Deus o seu gládio, por que eu faça
A sua santa guerra.
Sagrou-me seu em honra e em desgraça,
Às horas em que um frio vento passa
Por sobre a fria terra.

Pôs-me as mãos sobre os ombros e doirou-me
A fronte com o olhar;
E esta febre de Além, que me consome,
E este querer grandeza são seu nome
Dentro em mim a vibrar.

E eu vou, e a luz do gládio erguido dá
Em minha face calma.
Cheio de Deus, não temo o que virá,
Pois, venha o que vier, nunca será
Maior do que a minha alma.

NEVOEIRO

Nem rei nem lei, nem paz nem guerra,
Define com perfil e ser
Este fulgor baço da terra
Que é Portugal a entristecer –
Brilho sem luz e sem arder,
Como o que o fogo-fátuo encerra.

Ninguém sabe que coisa quer.
Ninguém conhece que alma tem,
Nem o que é mal nem o que é bem.
(Que ânsia distante perto chora?)
Tudo é incerto e derradeiro.
Tudo é disperso, nada é inteiro.
Ó Portugal, hoje és nevoeiro...

É a Hora!

DE «ELEGIA NA SOMBRA»

Lenta, a raça esmorece, e a alegria
É como uma memória de outrem. Passa
Um vento frio na nossa nostalgia
E a nostalgia torna-se desgraça.

Pesa em nós o passado e o futuro.
Dorme em nós o presente. E a sonhar
A alma encontra sempre o mesmo muro,
E encontra o mesmo muro ao despertar.

Quem nos roubou a alma? Que bruxedo
De que magia incógnita e suprema
Nos enche as almas de dolência e medo
Nesta hora inútil, apagada e extrema?

(...)

Ó incerta manhã de nevoeiro
Em que o Rei morto vivo tornará
Ao povo ignóbil e o fará inteiro –
És qualquer coisa que Deus quer ou dá?

Quando é a tua Hora e o teu Exemplo?
Quando é que vens, do fundo do que é dado,
Cumprir teu rito, reabrir teu Templo
Vendando os olhos lúcidos do Fado?

Quando é que soa, no deserto de alma
Que Portugal é hoje, sem sentir,
Tua voz, como um balouçar de palma
Ao pé do oásis do que possa vir?

Quando é que esta tristeza desconforme
Verá, desfeita a tua cerração,
Surgir um vulto, no nevoeiro informe,
Que nos faça sentir o coração?

Quando? Estagnamos. A melancolia
Das horas sucessivas que a alma tem
Enche de tédio a noite, e chega o dia
E o tédio aumenta porque o dia vem.

Pátria, quem te feriu e envenenou?
Quem, com suave e maligno fingimento
Teu coração suposto sossegou
Com abundante e inútil alimento?

Quem fez que durmas mais do que dormias?
Quem fez que jazas mais que até aqui?
Aperto as tuas mãos: como estão frias!
Mãe do meu ser que te ama, que é de ti?

Vives, sim, vives porque não morreste...
Mas a vida que vives é um sono
Em que indistintamente o teu ser veste
Todos os sambenitos do abandono.

Dorme, ao menos, de vez. O Desejado
Talvez não seja mais que um sonho louco
De quem, por muito te ter, Pátria, amado,
Acha que todo o amor por ti é pouco. (...)
2-6-1935

Alberto Caeiro

DE *O GUARDADOR DE REBANHOS*

I
Eu nunca guardei rebanhos,
Mas é como se os guardasse.
Minha alma é como um pastor,
Conhece o vento e o sol
E anda pela mão das Estações
A seguir e a olhar.
Toda a paz da Natureza sem gente
Vem sentar-se a meu lado.
Mas eu fico triste como um pôr-de-sol
Para a nossa imaginação,
Quando esfria no fundo da planície
E se sente a noite entrada
Como uma borboleta pela janela.

Mas a minha tristeza é sossego
Porque é natural e justa
E é o que deve estar na alma
Quando já pensa que existe
E as mãos colhem flores sem ela dar por isso.

Como um ruído de chocalhos
Para além da curva da estrada,
Os meus pensamentos são contentes.
Só tenho pena de saber que eles são contentes,
Porque, se o não soubesse,
Em vez de serem contentes e tristes,
Seriam alegres e contentes.

Pensar incomoda como andar à chuva
Quando o vento cresce e parece que chove mais.

Não tenho ambições nem desejos
Ser poeta não é uma ambição minha.
É a minha maneira de estar sozinho.

E se desejo às vezes,
Por imaginar, ser cordeirinho
(Ou ser o rebanho todo
Para andar espalhado por toda a encosta
A ser muita cousa feliz ao mesmo tempo),
É só porque sinto o que escrevo ao pôr-do-sol,
Ou quando uma nuvem passa a mão por cima da luz
E corre um silêncio pela erva fora.

Quando me sento a escrever versos
Ou, passeando pelos caminhos ou pelos atalhos,
Escrevo versos num papel que está no meu pensamento,
Sinto um cajado nas mãos
E vejo um recorte de mim
No cimo dum outeiro,
Olhando para o meu rebanho e vendo as minhas ideias,
Ou olhando para as minhas ideias e vendo o meu
                                    rebanho,
E sorrindo vagamente como quem não compreende
                              o que se diz
E quer fingir que compreende.

Saúdo todos os que me lerem,
Tirando-lhes o chapéu largo
Quando me veem à minha porta
Mal a diligência levanta no cimo do outeiro.
Saúdo-os e desejo-lhes sol,
E chuva, quando a chuva é precisa,
E que as suas casas tenham
Ao pé duma janela aberta
Uma cadeira predileta
Onde se sentem, lendo os meus versos.
E ao lerem os meus versos pensem
Que sou qualquer cousa natural –
Por exemplo, a árvore antiga
À sombra da qual quando crianças
Se sentavam com um baque, cansados de brincar,
E limpavam o suor da testa quente
Com a manga do bibe riscado.

XX
O Tejo é mais belo que o rio que corre pela minha aldeia,
Mas o Tejo não é mais belo que o rio que corre pela minha
aldeia
Porque o Tejo não é o rio que corre pela minha aldeia.

O Tejo tem grandes navios
E navega nele ainda,
Para aqueles que veem em tudo o que lá não está,
A memória das naus.

O Tejo desce de Espanha
E o Tejo entra no mar em Portugal.
Toda a gente sabe isso.
Mas poucos sabem qual é o rio da minha aldeia
E para onde ele vai
E donde ele vem.

E por isso porque pertence a menos gente,
É mais livre e maior o rio da minha aldeia.

Pelo Tejo vai-se para o Mundo.
Para além do Tejo há a América
E a fortuna daqueles que a encontram.
Ninguém nunca pensou no que há para além
Do rio da minha aldeia.

O rio da minha aldeia não faz pensar em nada.
Quem está ao pé dele está só ao pé dele.

XXVIII
Li hoje quase duas páginas
Do livro dum poeta místico,
E ri como quem tem chorado muito.

Os poetas místicos são filósofos doentes,
E os filósofos são homens doidos.

Porque os poetas místicos dizem que as flores sentem
E dizem que as pedras têm alma
E que os rios têm êxtases ao luar.

Mas as flores, se sentissem, não eram flores,
Eram gente;
E se as pedras tivessem alma, eram cousas vivas, não eram
pedras;
E se os rios tivessem êxtases ao luar,
Os rios seriam homens doentes.

É preciso não saber o que são flores e pedras e rios
Para falar dos sentimentos deles.
Falar da alma das pedras, das flores, dos rios,
É falar de si próprio e dos seus falsos pensamentos.

Graças a Deus que as pedras são só pedras,
E que os rios não são senão rios,
E que as flores são apenas flores.

Por mim, escrevo a prosa dos meus versos
E fico contente,
Porque sei que compreendo a Natureza por fora;
E não a compreendo por dentro
Porque a Natureza não tem dentro;
Senão não era a Natureza.

XLII
Passou a diligência pela estrada, e foi-se;
E a estrada não ficou mais bela, nem sequer mais feia.
Assim é a ação humana pelo mundo fora.
Nada tiramos e nada pomos; passamos e esquecemos;
E o sol é sempre pontual todos os dias.

XLVII
Num dia excessivamente nítido,
Dia em que dava a vontade de ter trabalhado muito
Para nele não trabalhar nada,
Entrevi, como uma estrada por entre as árvores,
O que talvez seja o Grande Segredo,
Aquele Grande Mistério de que os poetas falsos falam.

Vi que não há Natureza,
Que Natureza não existe,
Que há montes, vales, planícies,
Que há árvores, flores, ervas,
Que há rios e pedras,
Mas que não há um todo a que isso pertença,
Que um conjunto real e verdadeiro
É uma doença das nossas ideias.

A Natureza é partes sem um todo.
Isto é talvez o tal mistério de que falam.

Foi isto o que sem pensar nem parar,
Acertei que devia ser a verdade
Que todos andam a achar e que não acham,
E que só eu, porque a não fui achar, achei.

DE *POEMAS INCONJUNTOS (1913-1915)*

Se, depois de eu morrer, quiserem escrever a minha
                                    biografia,
Não há nada de mais simples.
Tem só duas datas – a da minha nascença e a da minha
                                    morte.
Entre uma e outra cousa todos os dias são meus.

Sou fácil de definir.
Vi como um danado.
Amei as coisas sem sentimentalidade nenhuma.
Nunca tive um desejo que não pudesse realizar, porque
                                    nunca ceguei.
Mesmo ouvir nunca foi para mim senão um
                                    acompanhamento de ver.
Compreendi que as coisas são reais e todas diferentes
                                    umas das outras;
Compreendi isto com os olhos, nunca com o pensamento.
Compreender isto com o pensamento seria achá-las todas
                                    iguais.

Um dia deu-me o sono como a qualquer criança.
Fechei os olhos e dormi.
Além disso, fui o único poeta da Natureza.

LUGARES SELETOS

Álvaro de Campos

SONETO

Olha, Daisy, quando eu morrer tu hás de
Dizer aos meus amigos aí de Londres,
Que, embora não o sintas, tu escondes
A grande dor da minha morte. Irás de

Londres pra York, onde nasceste (dizes –
Que eu nada que tu digas acredito...)
Contar àquele pobre rapazito
Que me deu tantas horas tão felizes

(Embora não o saibas) que morri.
Mesmo ele, a quem eu tanto julguei amar,
Nada se importará. Depois vai dar

A notícia a essa estranha Cecily
Que acreditava que eu seria grande...
Raios partam a vida e quem lá ande!...

ODE TRIUNFAL

À dolorosa luz das grandes lâmpadas elétricas da fábrica
Tenho febre e escrevo.
Escrevo rangendo os dentes, fera para a beleza disto,
Para a beleza disto totalmente desconhecida dos antigos.

Ó rodas, ó engrenagens, r-r-r-r-r-r-r eterno!
Forte espasmo retido dos maquinismos em fúria!
Em fúria fora e dentro de mim,
Por todos os meus nervos dissecados fora,
Por todas as papilas fora de tudo com que eu sinto!

Tenho os lábios secos, ó grandes ruídos modernos,
De vos ouvir demasiadamente de perto,
E arde-me a cabeça de vos querer cantar com um excesso
De expressão de todas as minhas sensações,
Com um excesso contemporâneo de vós, ó máquinas!

Em febre e olhando os motores como a uma Natureza
                           tropical –
Grandes trópicos humanos de ferro e fogo e força –
Canto, e canto o presente, e também o passado e o futuro,
Porque o presente é todo o passado e todo o futuro
E há Platão e Virgílio dentro das máquinas e das luzes
                           eléctricas
Só porque houve outrora e foram humanos Virgílio e
                           Platão,
E pedaços do Alexandre Magno do século talvez
                           cinquenta,
Átomos que hão de ir ter febre para o cérebro do Ésquilo
                           do século cem,
Andam por estas correias de transmissão e por estes
                           êmbolos e por estes volantes,
Rugindo, rangendo, ciciando, estrugindo, ferreando,
Fazendo-me um acesso de carícias ao corpo numa só
                           carícia à alma.

Ah, poder exprimir-me todo como um motor se exprime!
Ser completo como uma máquina!
Poder ir na vida triunfante como um automóvel último-
                           -modelo!
Poder ao menos penetrar-me fisicamente de tudo isto,
Rasgar-me todo, abrir-me completamente, tornar-me
                           passento
A todos os perfumes de óleos e calores e carvões
Desta flora estupenda, negra, artificial e insaciável!

Fraternidade com todas as dinâmicas!
Promíscua fúria de ser parte-agente
Do rodar férreo e cosmopolita
Dos comboios estrénuos,
Da faina transportadora-de-cargas dos navios,
Do giro lúbrico e lento dos guindastes,
Do tumulto disciplinado das fábricas,
E do quase-silêncio ciciante e monótono das correias
de transmissão!

(...)

Ó fazendas nas montras! ó manequins! ó últimos
figurinos!
Ó artigos inúteis que toda a gente quer comprar!
Olá grandes armazéns com várias secções!
Olá anúncios eléctricos que vêm e estão e desaparecem!
Olá tudo com que hoje se constrói, com que hoje se é
diferente de ontem!
Eh, cimento armado, beton de cimento, novos processos!
Progressos dos armamentos gloriosamente mortíferos!
Couraças, canhões, metralhadoras, submarinos,
aeroplanos!

Amo-vos a todos, a tudo, como uma fera.
Amo-vos carnivoramente.
Pervertidamente e enroscando a minha vista
Em vós, ó coisas grandes, banais, úteis, inúteis,
Ó coisas todas modernas,
Ó minhas contemporâneas, forma actual e próxima
Do sistema imediato do Universo!
Nova Revelação metálica e dinâmica de Deus!

(...)

Eu podia morrer triturado por um motor
Com o sentimento de deliciosa entrega duma mulher
possuída.

Atirem-me para dentro das fornalhas!
Metam-me debaixo dos comboios!
Espanquem-me a bordo de navios!
Masoquismo através de maquinismos!
Sadismo de não sei quê moderno e eu e barulho!

Up-lá hô jockey que ganhaste o Derby,
Morder entre dentes o teu *cap* de duas cores!

(Ser tão alto que não pudesse entrar por nenhuma porta!
Ah, olhar é em mim uma perversão sexual!)

Eh-lá, eh-lá, eh-lá, catedrais!
Deixai-me partir a cabeça de encontro às vossas esquinas.
E ser levantado da rua cheio de sangue
Sem ninguém saber quem eu sou!

(...)

(Na nora do quintal da minha casa
O burro anda à roda, anda à roda,
E o mistério do mundo é do tamanho disto.
Limpa o suor com o braço, trabalhador descontente.
A luz do sol abafa o silêncio das esferas
E havemos todos de morrer,
Ó pinheirais sombrios ao crepúsculo,
Pinheirais onde a minha infância era outra coisa
Do que eu sou hoje...)

(...)

Eia comboios, eia pontes, eia hotéis à hora do jantar,
Eia aparelhos de todas as espécies, férreos, brutos, mínimos,
Instrumentos de precisão, aparelhos de triturar, de cavar,
Engenhos brocas, máquinas rotativas!
Eia! eia! eia!
Eia electricidade, nervos doentes da Matéria!
Eia telegrafia-sem-fios, simpatia metálica do Inconsciente!

Eia túneis, eia canais, Panamá, Kiel, Suez!
Eia todo o passado dentro do presente!
Eia todo o futuro já dentro de nós! eia!
Eia! eia! eia!
Frutos de ferro e útil da árvore-fábrica cosmopolita!
Eia! eia! eia! eia-hô-ô-ô!
Nem sei que existo para dentro. Giro, rodeio, engenho-me.
Engatam-me em todos os comboios.
Içam-me em todos os cais.
Giro dentro das hélices de todos os navios.
Eia! eia-hô! eia!
Eia! sou o calor mecânico e a electricidade!
Eia! e os *rails* e as casas de máquinas e a Europa!
Eia e hurrah por mim-tudo e tudo, máquinas a trabalhar, eia!

Galgar com tudo por cima de tudo! Hup-lá!

Hup lá, hup lá, hup-lá-hô, hup-lá!
Hé-lá! He-hô! Ho-o-o-o-o!
Z-z-z-z-z-z-z-z-z-z-z-z!

Ah não ser eu toda a gente e toda a parte!

Londres, 1914 – Junho

TABACARIA

Não sou nada.
Nunca serei nada.
Não posso querer ser nada.
À parte isso, tenho em mim todos os sonhos do mundo.

Janelas do meu quarto,
Do meu quarto de um dos milhões do mundo que ninguém
sabe quem é

(E se soubessem quem é, o que saberiam?),
Dais para o mistério de uma rua cruzada constantemente
por gente,
Para uma rua inacessível a todos os pensamentos,
Real, impossivelmente real, certa, desconhecidamente
certa,
Com o mistério das coisas por baixo das pedras e dos seres,
Com a morte a pôr humidade nas paredes e cabelos brancos
nos homens,
Com o Destino a conduzir a carroça de tudo pela estrada
de nada.

Estou hoje vencido, como se soubesse a verdade.
Estou hoje lúcido, como se estivesse para morrer,
E não tivesse mais irmandade com as coisas
Senão uma despedida, tornando-se esta casa e este lado da rua
A fileira de carruagens de um comboio, e uma partida
apitada
De dentro da minha cabeça,
E uma sacudidela dos meus nervos e um ranger de ossos
na ida.
Estou hoje perplexo, como quem pensou e achou e esqueceu.
Estou hoje dividido entre a lealdade que devo
À Tabacaria do outro lado da rua, como coisa real por fora,
E à sensação de que tudo é sonho, como coisa real por
dentro.

Falhei em tudo.
Como não fiz propósito nenhum, talvez tudo fosse nada.
A aprendizagem que me deram,
Desci dela pela janela das traseiras da casa.
Fui até ao campo com grandes propósitos,
Mas lá encontrei só ervas e árvores,
E quando havia gente era igual à outra.
Saio da janela, sento-me numa cadeira. Em que hei de
pensar?

Que sei eu do que serei, eu que não sei o que sou?
Ser o que penso? Mas penso ser tanta coisa!
E há tantos que pensam ser a mesma coisa que não pode
                              haver tantos!

Génio? Neste momento
Cem mil cérebros se concebem em sonho génios como eu,
E a história não marcará, quem sabe?, nem um,
Nem haverá senão estrume de tantas conquistas futuras.
Não, não creio em mim.
Em todos os manicómios há doidos malucos com tantas
                              certezas!
Eu, que não tenho nenhuma certeza, sou mais certo ou
                              menos certo?
Não, nem em mim...
Em quantas mansardas e não-mansardas do mundo
Não estão nesta hora génios-para-si-mesmos sonhando?
Quantas aspirações altas e nobres e lúcidas –
Sim, verdadeiramente altas e nobres e lúcidas –,
E quem sabe se realizáveis,
Nunca verão a luz do sol real nem acharão ouvidos de
                              gente?
O mundo é para quem nasce para o conquistar
E não para quem sonha que pode conquistá-lo, ainda que
                              tenha razão.
Tenho sonhado mais que o que Napoleão fez.
Tenho apertado ao peito hipotético mais humanidades do
                              que Cristo.
Tenho feito filosofias em segredo que nenhum Kant
                              escreveu.
Mas sou, e talvez serei sempre, o da mansarda,
Ainda que não more nela;
Serei sempre o *que não nasceu para isso*;
Serei sempre só o *que tinha qualidades*;
Serei sempre o que esperou que lhe abrissem a porta ao pé
                              de uma parede sem porta,

E cantou a cantiga do Infinito numa capoeira,
E ouviu a voz de Deus num poço tapado.
Crer em mim? Não, nem em nada.
Derrame-me a Natureza sobre a cabeça ardente
O seu sol, a sua chuva, o vento que me acha o cabelo,
E o resto que venha se vier, ou tiver que vir, ou não venha.
Escravos cardíacos das estrelas,
Conquistámos todo o mundo antes de nos levantar da
cama;
Mas acordámos e ele é opaco,
Levantámo-nos e ele é alheio,
Saímos de casa e ele é a terra inteira,
Mais o sistema solar e a Via Láctea e o Indefinido.

(Come chocolates, pequena;
Come chocolates!
Olha que não há mais metafísica no mundo senão
chocolates.
Olha que as religiões todas não ensinam mais que a
confeitaria.
Come, pequena suja, come!
Pudesse eu comer chocolates com a mesma verdade com
que comes!
Mas eu penso e, ao tirar o papel de prata, que é de folha
de estanho,
Deito tudo para o chão, como tenho deitado a vida.)

Mas ao menos fica da amargura do que nunca serei
A caligrafia rápida destes versos,
Pórtico partido para o Impossível.
Mas ao menos consagro a mim mesmo um desprezo sem
lágrimas,
Nobre ao menos no gesto largo com que atiro
A roupa suja que sou, sem rol, pra o decurso das coisas,
E fico em casa sem camisa.

(Tu, que consolas, que não existes e por isso consolas,
Ou deusa grega, concebida como estátua que fosse viva,
Ou patrícia romana, impossivelmente nobre e nefasta,
Ou princesa de trovadores, gentilíssima e colorida,
Ou marquesa do século dezoito, decotada e longínqua,
Ou cocotte célebre do tempo dos nossos pais,
Ou não sei quê moderno – não concebo bem o quê –,
Tudo isso, seja o que for, que sejas, se pode inspirar que
                                        inspire!
Meu coração é um balde despejado.
Como os que invocam espíritos invocam espíritos invoco
A mim mesmo e não encontro nada.
Chego à janela e vejo a rua com uma nitidez absoluta.
Vejo as lojas, vejo os passeios, vejo os carros que passam,
Vejo os entes vivos vestidos que se cruzam,
Vejo os cães que também existem,
E tudo isto me pesa como uma condenação ao degredo,
E tudo isto é estrangeiro, como tudo.)

Vivi, estudei, amei, e até cri,
E hoje não há mendigo que eu não inveje só por não ser eu.
Olho a cada um os andrajos e as chagas e a mentira,
E penso: talvez nunca vivesses nem estudasses nem
                                        amasses nem cresses
(Porque é possível fazer a realidade de tudo isso sem fazer
                                        nada disso);
Talvez tenhas existido apenas, como um lagarto a quem
                                        cortam o rabo
E que é rabo para aquém do lagarto remexidamente.

Fiz de mim o que não soube,
E o que podia fazer de mim não o fiz.
O dominó que vesti era errado.
Conheceram-me logo por quem não era e não desmenti,
                                        e perdi-me.

Quando quis tirar a máscara,
Estava pegada à cara.
Quando a tirei e me vi ao espelho,
Já tinha envelhecido.
Estava bêbado, já não sabia vestir o dominó que não tinha
tirado.
Deitei fora a máscara e dormi no vestiário
Como um cão tolerado pela gerência
Por ser inofensivo
E vou escrever esta história para provar que sou sublime.

Essência musical dos meus versos inúteis,
Quem me dera encontrar-te como coisa que eu fizesse,
E não ficasse sempre defronte da Tabacaria de defronte,
Calcando aos pés a consciência de estar existindo,
Como um tapete em que um bêbado tropeça
Ou um capacho que os ciganos roubaram e não valia nada.

Mas o Dono da Tabacaria chegou à porta e ficou à porta.
Olho-o com o desconforto da cabeça mal voltada
E com o desconforto da alma mal-entendendo.
Ele morrerá e eu morrerei.
Ele deixará a tabuleta, eu deixarei versos.
A certa altura morrerá a tabuleta também, e os versos
também.
Depois de certa altura morrerá a rua onde esteve a
tabuleta,
E a língua em que foram escritos os versos.
Morrerá depois o planeta girante em que tudo isto se deu.
Em outros satélites de outros sistemas qualquer coisa
como gente
Continuará fazendo coisas como versos e vivendo por
baixo de coisas como tabuletas,
Sempre uma coisa defronte da outra,
Sempre uma coisa tão inútil como a outra,
Sempre o impossível tão estúpido como o real,

Sempre o mistério do fundo tão certo como o sono de
mistério da superfície,
Sempre isto ou sempre outra coisa ou nem uma coisa nem
outra.
Mas um homem entrou na Tabacaria (para comprar
tabaco?),
E a realidade plausível cai de repente em cima de mim.
Semiergo-me enérgico, convencido, humano,
E vou tencionar escrever estes versos em que digo o
contrário.

Acendo um cigarro ao pensar em escrevê-los
E saboreio no cigarro a libertação de todos os pensamentos.
Sigo o fumo como a uma rota própria,
E gozo, num momento sensitivo e competente,
A libertação de todas as especulações
E a consciência de que a metafísica é uma consequência de
estar mal disposto.

Depois deito-me para trás na cadeira
E continuo fumando.
Enquanto o Destino mo conceder, continuarei fumando.

(Se eu casasse com a filha da minha lavadeira
Talvez fosse feliz.)
Visto isto, levanto-me da cadeira. Vou à janela.

O homem saiu da Tabacaria (metendo troco na algibeira
das calças?).
Ah, conheço-o: é o Esteves sem metafísica.
(O Dono da Tabacaria chegou à porta.)
Como por um instinto divino o Esteves voltou-se e viu-me.
Acenou-me adeus, gritei-lhe *Adeus ó Esteves!*, e o universo
Reconstruiu-se-me sem ideal nem esperança, e o Dono da
Tabacaria sorriu.

Lisboa, 15 de Janeiro de 1928

Ricardo Reis

31
OS JOGADORES DE XADREZ

Ouvi dizer que outrora, quando a Pérsia
Tinha não sei qual guerra,
Quando a invasão ardia na Cidade
E as mulheres gritavam,
Dois jogadores de xadrez jogavam
O seu jogo contínuo.

À sombra de ampla árvore fitavam
O tabuleiro antigo,
E, ao lado de cada um, esperando os seus
Momentos mais folgados,
Quando havia movido a pedra, e agora
Esperava o adversário,
Um púcaro com vinho refrescava
Sobriamente a sua sede.

Ardiam casas, saqueadas eram
As arcas e as paredes,
Violadas, as mulheres eram postas
Contra os muros caídos,
Trespassadas de lanças, as crianças
Eram sangue nas ruas...
Mas onde estavam, perto da cidade,
E longe do seu ruído,
Os jogadores de xadrez jogavam
O jogo do xadrez.

Inda que nas mensagens do ermo vento
Lhes viessem os gritos,
E, ao refletir, soubessem desde a alma

Que por certo as mulheres
E as tenras filhas violadas eram
Nessa vitória próxima,
Inda que, no momento que o pensavam,
Uma sombra ligeira
Lhes passasse na fronte alheada e vaga,
Breve seus olhos calmos
Volviam sua atenta confiança
Ao tabuleiro velho.

Quando o rei de marfim está em perigo,
Que importa a carne e o osso
Das irmãs e das mães e das crianças?
Quando a torre não cobre
A retirada da rainha alta,
Pouco importa a vitória.
E quando a mão confiada leva o xeque
Ao rei do adversário,
Pouco pesa na alma que lá longe
Estejam morrendo filhos.

Mesmo que, de repente, sobre o muro
Surja a sanhuda face
Dum guerreiro invasor, e breve deva
Em sangue ali cair
O jogador solene de xadrez,
O momento antes desse
É ainda entregue ao jogo predileto
Dos grandes indif'rentes.

Caiam cidades, sofram povos, cesse
A liberdade e a vida,
Os haveres tranquilos e avitos
Ardem e que se arranquem,
Mas quando a guerra os jogos interrompa,
Esteja o rei sem xeque,

E o de marfim peão mais avançado
Pronto a comprar a torre.

Meus irmãos em amarmos Epicuro
E o entendermos mais
De acordo com nós-próprios que com ele,
Aprendamos na história
Dos calmos jogadores de xadrez
Como passar a vida.

Tudo o que é sério pouco nos importe,
O grave pouco pese,
O natural impulso dos instintos
Que ceda ao inútil gozo
(Sob a sombra tranquila do arvoredo)
De jogar um bom jogo.

O que levamos desta vida inútil
Tanto vale se é
A glória, a fama, o amor, a ciência, a vida,
Como se fosse apenas
A memória de um jogo bem jogado
E uma partida ganha
A um jogador melhor.

A glória pesa como um fardo rico,
A fama como a febre,
O amor cansa, porque é a sério e busca,
A ciência nunca encontra,
E a vida passa e dói porque o conhece...
O jogo do xadrez
Prende a alma toda, mas, perdido, pouco
Pesa, pois não é nada.

Ah! sob as sombras que sem qu'rer nos amam,
Com um púcaro de vinho

Ao lado, e atentos só à inútil faina
Do jogo do xadrez,
Mesmo que o jogo seja apenas sonho
E não haja parceiro,
Imitemos os persas desta história,
E, enquanto lá por fora,
Ou perto ou longe, a guerra e a pátria e a vida
Chamam por nós, deixemos
Que em vão nos chamem, cada um de nós
Sob as sombras amigas
Sonhando, ele os parceiros, e o xadrez
A sua indiferença.

1-6-1916

32
Prefiro rosas, meu amor, à pátria,
E antes magnólias amo
Que a glória e a virtude.

Logo que a vida me não canse, deixo
Que a vida por mim passe
Logo que eu fique o mesmo.

Que importa àquele a quem já nada importa
Que um perca e outro vença,
Se a aurora raia sempre,

Se cada ano com a primavera
Aparecem as folhas
E com o outono cessam?

E o resto, as outras coisas que os humanos
Acrescentam à vida,
Que me aumentam na alma?

133

Nada, salvo o desejo de indif'rença
E a confiança mole
Na hora fugitiva.
1-6-1916

105
Quando, Lídia, vier o nosso outono
Com o inverno que há nele, reservemos
Um pensamento, não para a futura
Primavera, que é de outrem,
Nem para o estio, de quem somos mortos,
Senão para o que fica do que passa –
O amarelo atual que as folhas vivem
E as torna diferentes.
13-6-1930

134
Nada fica de nada. Nada somos.
Um pouco ao sol e ao ar nos atrasamos
Da irrespirável treva que nos pese
Da húmida terra imposta,
Cadáveres adiados que procriam.

Leis feitas, estátuas altas, odes findas –
Tudo tem cova sua. Se nós, carnes
A que um íntimo sol dá sangue, temos
Poente, porque não elas?
Somos contos contando contos, nada.
28-9-1932

136
Para ser grande, sê inteiro: nada
Teu exagera ou exclui.
Sê todo em cada coisa. Põe quanto és
No mínimo que fazes.
Assim em cada lago a lua toda
Brilha, porque alta vive.
27-2-1933

DO *LIVRO DO DESASSOSSEGO*, DE BERNARDO SOARES

1.
Nasci em um tempo em que a maioria dos jovens haviam perdido a crença em Deus, pela mesma razão que os seus maiores a haviam tido – sem saber porquê. E então, porque o espírito humano tende naturalmente para criticar porque sente, e não porque pensa, a maioria desses jovens escolheu a Humanidade para sucedâneo de Deus. Pertenço, porém, àquela espécie de homens que estão sempre na margem daquilo a que pertencem, nem veem só a multidão de que são, senão também os grandes espaços que há ao lado. Por isso nem abandonei Deus tão amplamente como eles, nem aceitei nunca a Humanidade. Considerei que Deus, sendo improvável, poderia ser, podendo pois dever ser adorado; mas que a Humanidade, sendo uma mera ideia biológica, e não significando mais que a espécie animal humana, não era mais digna de adoração do que qualquer outra espécie animal. Este culto da Humanidade, com seus ritos de Liberdade e Igualdade, pareceu-me sempre uma revivescência dos cultos antigos, em que animais eram como deuses, ou os deuses tinham cabeças de animais.

Assim, não sabendo crer em Deus, e não podendo crer numa soma de animais, fiquei, como outros da orla das gentes, naquela distância de tudo a que comummente se chama a Decadência. A Decadência é a perda total da inconsciência; porque a inconsciência é o fundamento da vida. O coração, se pudesse pensar, pararia.

A quem, como eu, assim, vivendo não sabe ter vida, que resta senão, como a meus poucos pares, a renúncia por modo e a contemplação por destino? Não sabendo o que é a vida religiosa, nem podendo sabê-lo, porque se não tem fé com a razão; não podendo ter fé na abstração do homem, nem sabendo mesmo que fazer dela perante nós, ficava-nos, como motivo de ter alma, a contemplação estética da vida. E, assim, alheios à solenidade de todos os mundos, indiferentes ao divino e desprezadores do humano, entregamo-nos futilmente à sensação sem propósito, cultivada num epicurismo subtilizado, como convém aos nossos nervos cerebrais.

Retendo, da ciência, somente aquele seu preceito central, de que tudo é sujeito às leis fatais, contra as quais se não reage independentemente, porque reagir é elas terem feito que reagíssemos; e verificando como esse preceito se ajusta ao outro, mais antigo, da divina fatalidade das coisas, abdicamos do esforço como os débeis do entretimento dos atletas, e curvamo-nos sobre o livro das sensações com um grande escrúpulo de erudição sentida.

Não tomando nada a sério, nem considerando que nos fosse dada, por certa, outra realidade que não as nossas sensações, nelas nos abrigamos, e a elas exploramos como a grandes países desconhecidos. E, se nos empregamos assiduamente, não só na contemplação estética mas também na expressão dos seus modos e resultados, é que a prosa ou o verso que escrevemos, destituídos de vontade de querer convencer o alheio entendimento ou mover a alheia vontade, é apenas como o falar alto de quem lê, feito para dar plena objetividade ao prazer subjetivo da leitura.

Sabemos bem que toda a obra tem que ser imperfeita, e que a menos segura das nossas contemplações estéticas será a daquilo que escrevemos. Mas imperfeito é tudo, nem há poente tão belo que o não pudesse ser mais, ou brisa leve que nos dê sono que não pudesse dar-nos um sono mais calmo ainda. E assim, contempladores iguais das montanhas e das estátuas, gozando os dias como os livros, sonhando tudo, sobretudo, para o converter na nossa íntima substância, faremos também descrições e análises, que, uma vez feitas, passarão a ser coisas alheias, que podemos gozar como se viessem na tarde.

Não é este o conceito dos pessimistas, como aquele de Vigny, para quem a vida é uma cadeia, onde ele tecia palha para se distrair. Ser pessimista é tomar qualquer coisa como trágico, e essa atitude é um exagero e um incómodo. Não temos, é certo, um conceito de valia que apliquemos à obra que produzimos. Produzimo-la, é certo, para nos distrair, porém não como o preso que tece a palha, para se distrair do Destino, senão da menina que borda almofadas, para se distrair, sem mais nada.

Considero a vida uma estalagem onde tenho que me demorar até que chegue a diligência do abismo. Não sei onde ela me levará, porque não sei nada. Poderia considerar esta estalagem uma prisão, porque estou compelido a aguardar nela; poderia considerá-la um lugar de sociáveis, porque aqui me encontro com outros. Não sou, porém, nem impaciente nem comum. Deixo ao que são os que se fecham no quarto, deitados moles na cama onde esperam sem sono; deixo ao que fazem os que conversam nas salas, de onde as músicas e as vozes chegam cómodas até mim. Sento-me à porta e embebo meus olhos e ouvidos nas cores e nos sons da paisagem, e canto lento, para mim só, vagos cantos que componho enquanto espero.

Para todos nós descerá a noite e chegará a diligência. Gozo a brisa que me dão e a alma que me deram para gozá-la, e não interrogo mais nem procuro. Se o que deixar escrito no livro dos viajantes puder, relido um dia por outros, entretê-los também na passagem, será bem. Se não o lerem, nem se entretiverem, será bem também. (Lisboa, Assírio & Alvim, 1998, pp. 45-47)

33.

Nos primeiros dias do outono subitamente entrado, quando o escurecer toma uma evidência de qualquer coisa prematura, e parece que tardámos muito no que fazemos de dia, gozo, mesmo entre o trabalho quotidiano, esta antecipação de não trabalhar que a própria sombra traz consigo, por isso que é noite e a noite é sono, lares, livramento. Quando as luzes se acendem no escritório amplo que deixa de ser escuro, e fazemos serão sem que cessássemos de trabalhar de dia, sinto um conforto absurdo como uma lembrança de outrem, e estou sossegado com o que escrevo como se estivesse lendo até sentir que irei dormir.

Somos todos escravos de circunstâncias externas: um dia de sol abre-nos campos largos no meio de um café de viela; uma sombra no campo encolhe-nos para dentro, e abrigamo-nos mal na casa sem portas de nós mesmos; um chegar da noite, até entre coisas do dia, alarga, como um leque [que] se abra lento, a consciência íntima de dever-se repousar.

Mas com isso o trabalho não se atrasa: anima-se. Já não trabalhamos; recreamo-nos com o assunto a que estamos condenados. E, de repente, pela folha vasta e pautada do meu destino numerador, a casa velha das tias antigas alberga, fechada contra o mundo, o chá das dez horas sonolentas, e o candeeiro de petróleo da minha infância perdida brilhando somente sobre a mesa de linho obscurece-me, com a luz, a visão do Moreira, iluminado a uma eletricidade negra infinitos para além de mim. Trazem o chá – é a criada mais velha que as tias que o traz com os restos do sono e o mau humor paciente da ternura da velha vassalagem – e eu escrevo sem errar uma verba ou uma soma através de todo o meu passado morto. Reabsorvo-me, perco-me em mim, esqueço-me a noites longínquas, impolutas de dever e de mundo, virgens de mis-tério e de futuro.

E tão suave é a sensação que me alheia do débito e do crédito que, se acaso uma pergunta me é feita, respondo suavemente, como se tivesse o meu ser oco, como se não fosse mais que a máquina de escrever que trago comigo, portátil de mim mesmo aberto. Não me choca a interrupção dos meus sonhos: de tão suaves que são, continuo sonhando-os por detrás de falar, escrever, responder, conversar até. E através de tudo o chá perdido finda, e o escritório vai fechar... Ergo do livro, que cerro lentamente, olhos cansados do choro que não tiveram, e, numa mistura de sensações, sofro que ao fechar o escritório se me feche o sonho também; que no gesto da mão com que cerro o livro encubra o passado irreparável; que vá para a cama da vida sem sono, sem companhia nem sossego, no fluxo e refluxo da minha consciência misturada, como duas marés na noite negra, no fim dos destinos da saudade e da desolação. (pp. 69-70)

DE *A EDUCAÇÃO DO ESTÓICO*, DO BARÃO DE TEIVE

Há qualquer coisa de sórdido, e de tanto mais sórdido quanto é ridículo, neste uso, que têm os fracos, de erigir em tragédias do universo as comédias tristes das tragédias próprias.

O reconhecimento deste facto estorvou-me sempre – reconheço que com injustiça – o receber uma perfeita emoção dos versos dos grandes poetas pessimistas. Pior foi o meu descontentamento quando conheci suas vidas. Os três grandes poetas pessimistas do século passado – Leopardi, Vigny e Antero – tornaram-se-me insuportáveis. A base sexual dos seus pessimismos deixou-me, desde que a entrevi nas obras e a confirmei na notícia de suas vidas, uma sensação de náusea na inteligência. Reconheço que tragédia possa representar para qualquer homem – e mormente para um homem de grande sensibilidade como qualquer dos três poetas – o ser privado, seja qual for a razão, de relações sexuais, como nos casos de Leopardi e Antero, ou de tantas ou tais como quereria, como na circunstância de Vigny. Essas coisas, porém, são da vida íntima, e por isso não podem nem devem ser trazidas para a publicidade do verso exposto; são da vida particular e não são próprias para virem até à generalidade da literatura, pois nem a privação de relações sexuais, nem a insatisfação das que se têm, representam qualquer coisa de típico ou de largo na experiência da humanidade.

Ainda assim, se esses poetas houvessem cantado diretamente esses seus males inferiores – porque inferiores são, qualquer que seja o uso poético deles —, se houvessem posto a nu as suas almas, mas a nu de nudez e não de *maillot* com enchidos, a própria violência da causa da dor poderia arrancar-lhes gritos dignos, em certo modo, removendo, pela falta de ocultação, o ridículo social que, com justiça ou sem ela, pesa sobre essas pobrezas da emoção comum. Se um homem for cobarde, pode, ou não falar nisso – o que é o melhor – ou então dizer, «sou cobarde», pela palavra própria e brutal. Num caso tem a vantagem da dignidade, no outro a da sinceridade; em ambos escapará ao cómico: pois num caso nada há dito, e nada há pois de que rir, e no outro não há nada que descobrir, porque ele mesmo o revelou. Mas o cobarde que se julga na necessidade de provar que o não é, ou de dizer que a cobardia é universal, ou de confessar a sua fraqueza de um modo confuso e translato, que nada revela mas também nada vela – este é ridículo para o geral e irritante para a inteligência. É sob esta espécie que concebo os poetas pessimistas, e todos aqueles que erigem em universais as dores particulares que os afligem.

Como posso eu encarar com seriedade e com pena o ateísmo de Leopardi se sei que esse ateísmo se curaria com a cópula? Como posso eu respeitar com bom grado e compreensão o devaneio, a tristeza, a desolação de Antero, se reconheço que tudo isso é função do desalento da alma que não teve complemento real, psíquico ou físico, pouco importa?

Como me pode impressionar o pessimismo de Vigny contra a mulher, a declamação admirável e excessiva da «Colère de Samson», se no próprio excesso da composição reconheço o «peu ou mal aimé et en souffrant cruellement» de que disse Faguet a seu respeito – a projecção solene daquilo a que o povo chama sem solenidade a «dor de corno»?

Que maneira de seriedade se pode usar perante este argumento, que é o que está no fundo da obra de Leopardi: «sou tímido com mulheres, portanto Deus não existe»? Como não repugnar a conclusão de Antero: «tenho pena de não ter mulher que mostre amor, portanto a dor é universal»? Hei-de aceitar sem desprezo involuntário a atitude de Vigny: «Não sou amado como quero, por isso a mulher é um ente reles, mesquinho, vil, contrastando com a bondade e a nobreza do homem»? Princípios absolutos, e por isso falsos; ridículos e por isso inestéticos. Rara é a coisa, aliás, que causa o riso público que contenha em si uma perfeita segurança e dignidade. Ou tem uma qualidade que se impõe às massas, ainda que elas não compreendam; ou uma qualidade que se subtrai a elas, de modo que elas não riem pela simples razão que não veem. A plebe não ri da *Crítica da Razão Pura*. (Lisboa, Assírio & Alvim, 1999, pp. 52-55).

4.

DISCURSO DIRETO

DISCURSO DIRETO

Em **Discurso direto** apresentam-se depoimentos de Fernando Pessoa sobre temas abordados em entrevistas e em inquéritos a que o escritor deu resposta. A ordenação das referidas entrevistas e inquéritos é cronológica.

Sobre a Arte e a Literatura Portuguesas

Entrevistar Fernando Pessoa não é fácil. Só é fácil entrevistar os que não pensam, os que não se importam de jogar palavras, ao acaso, atirando-as impudicamente ao vento.

Fernando Pessoa, quer como Fernando Pessoa, quer como Álvaro de Campos – o engenheiro alucinado que comporta o seu segundo eu, e que aparece em toda a parte, enchendo a voz de louvores e raios para a Vida – raios partam a Vida e quem lá ande! – é sempre um voluptuoso do raciocínio, um amante da inteligência, podemos dizer: um criador duma nova Razão. Paradoxal? Sem dúvida. Mas há tantas maneiras de ser paradoxal!

A entrevista que se segue, toda escrita por Fernando Pessoa nem podia deixar de ser visto Fernando Pessoa possuir uma sintaxe própria para a lógica própria dos seus pensamentos, misto de seriedade e de ironia, vai decerto prender o espírito dos leitores...

Atenção! Fernando Pessoa vai responder às perguntas que lhe fizemos:

– Que pensa da nossa crise? Dos seus aspetos – político, moral e intelectual?

– A nossa crise provém, essencialmente, do excesso de civilização dos incivilizáveis. Esta frase, como todas que envolvem uma contradição, não envolve contradição nenhuma. Eu explico.

Todo povo se compõe de uma aristocracia e de ele mesmo. Como o povo é um, esta aristocracia e este ele mesmo têm uma substância idêntica; manifestam-se, porém, diferentemente. A aristocracia manifesta-se como indivíduos, incluindo alguns indivíduos amadores; o povo revela-se como todo ele um indivíduo só. Só coletivamente é que o povo não é coletivo.

O povo português é, essencialmente, cosmopolita. Nunca um verdadeiro português foi português: foi sempre tudo. Ora ser tudo em um indivíduo é ser tudo; ser tudo em uma colectividade é cada um dos indivíduos não ser nada. Quando a atmosfera da civilização é cosmopolita, como na Renascença, o português pode ser português, pode portanto ser indivíduo, pode portanto ter aristocracia. Quando a atmosfera da civilização não é cosmopolita – como no tempo entre o fim da Renascença e o princípio, em que estamos, de uma Renascença nova – o português deixa de poder respirar individualmente. Passa a ser só portugueses. Passa a não poder ter aristocracia. Passa a não passar. (Garanto-lhe que estas frases têm uma matemática íntima.)

Ora um povo sem aristocracia não pode ser civilizado. A civilização, porém, não perdoa. Por isso esse povo civiliza-se com o que pode arranjar, que é o seu conjunto. E como o seu conjunto é individualmente nada, passa a ser tradicionalista e a imitar o estrangeiro, que são as duas maneiras de não ser nada. É claro que o português, com a sua tendência para ser tudo, forçosamente havia de ser nada de todas as maneiras possíveis, Foi neste vácuo de si-próprio que o português abusou de civilizar-se. Está nisto, como lhe disse, a essência da nossa crise.

As nossas crises particulares procedem desta crise geral. A nossa crise política é o sermos governados por uma maioria

Discurso Direto

que não há. A nossa crise moral é que desde 1580 – fim da Renascença em nós e de nós na Renascença – deixou de haver indivíduos em Portugal para haver só portugueses. Por isso mesmo acabaram os portugueses nessa ocasião. Foi então que começou o português à antiga portuguesa, que é mais moderno que o português, e é o resultado de estarem interrompidos os portugueses. A nossa crise intelectual é simplesmente o não termos consciência disto.

Respondi, creio, à sua pergunta. Se v. reparar bem para o que lhe, disse, verá que tem um sentido. Qual, não me compete a mim dizer.

– *Que pensa dos nossos escritores do momento, prosadores, poetas e dramaturgos?*

– Citar é ser injusto. Enumerar é esquecer. Não quero esquecer ninguém de quem me não lembre. Confio ao silêncio a injustiça. A ânsia de ser completo leva ao desespero de o não poder ser. Não citarei ninguém. Julgue-se citado quem se julgue com direito a sê-lo. Resolvo assim todos. Lavo as mãos, como Pilatos; lavo-as, porém, inutilmente, porque é sempre inutilmente que se faz um gesto simplificador. Que sei eu do presente, salvo que ele é já o futuro? Quem são os meus contemporâneos? Só o futuro o poderá dizer. Coexiste comigo muita gente que vive comigo apenas porque dura comigo. Esses são apenas os meus conterrâneos no tempo; e eu não quero ser bairrista em matéria de imortalidade. Na dúvida, repito, não citarei ninguém.

– *Estaremos em face de uma renascença espiritual?*

– Estamos tão desnacionalizados que devemos estar renascendo. Para os outros povos, na sua totalidade eles-próprios, o desnacionalizar-se é o perder-se. Para nós, que não somos nacionais, o desnacionalizar-se é o encontrar-se. Apesar dos grandes obstáculos à nossa regeneração – todas as doutrinas de regeneração – estamos no início de tornar a começar a existir. Chegámos ao ponto em que coletivamente estamos fartos de tudo e individualmente fartos de estar fartos. Extraviámo-nos a tal ponto que devemos estar no bom caminho. Os sinais do nosso ressurgimento próximo estão patentes para os que não veem o visível. São o caminho de ferro de Antero a Pascoaes e a nova linha que está quase construída. Falo em termos de vida metálica porque a época renasce nestes termos. O símbolo, porém, nasceu antes dos engenheiros.

Nada há a esperar, é certo, das classes dirigentes, porque não são dirigentes; e ainda menos da proletariagem, porque ser inferior não é uma superioridade. Com razão lhes chamei eu, a estes, *sub-gente*, num artigo da antiga *Águia* – da *Águia* que voava. Só a burguesia, que é a ausência da classe social, pode criar o futuro. Só de uma classe que não há pode nascer uma classe que não há ainda. Seja como for, avancemos confiadamente. Todos os caminhos vão dar à ponte quando o rio não tem nenhuma.

– *O que se deve entender por arte portuguesa? Concorda com este termo? Há arte verdadeiramente portuguesa?*

– Por arte portuguesa deve entender-se uma arte de Portugal que nada tenha de português, por nem sequer imitar o estrangeiro. Ser português no sentido decente da palavra, é ser europeu sem a má-criação de nacionalidade. Arte portuguesa será aquela em que a Europa – entendendo por Europa principalmente a Grécia antiga e o universo inteiro – se mire e se reconheça sem se lembrar do espelho. Só duas nações – a Grécia passada e Portugal futuro – receberam dos deuses a concessão de serem não só elas mas também todas as outras. Chamo a sua atenção para o facto, mais importante que geográfico, de que Lisboa e Atenas estão quase na mesma latitude.

– *O regionalismo na literatura e na pintura?*

– O regionalismo é uma degeneração gordurosa do nacionalismo, e o nacionalismo também. E como o nacionalismo é anti-português (sendo bom, cá no Sul, só para os povos latinos e ibéricos), o regionalismo em Portugal é uma doença do que não há. Amar a nossa terra não é gostar do nosso quintal. E isto de quintal também tem interpretações. O meu quintal em Lisboa está ao mesmo tempo em Lisboa, em Portugal e na

Europa. O bom regionalismo é amá-lo por ele estar na Europa. Mas quando chego a este regionalismo, sou já português, e já não penso no meu quintal. (O facto de o meu quintal ser inteiramente metafórico não diminui a verdade de tudo isto: Deus, e o próprio universo, são metáforas também.)

– *Teriam existido em toda a nossa história literária períodos de criação?*

– O nosso único período de criação foi dedicado a criar um mundo. Não tivemos tempo para pensar nisso. O próprio Camões não foi mais que o que esqueceu fazer. *Os Lusíadas* é grande, mas nunca se escreveu a valer. Literariamente, o passado de Portugal está no futuro. O Infante, Albuquerque e os outros semideuses da nossa glória esperam ainda o seu cantor. Este poderá não falar deles; basta que os valha em seu canto, e falará deles. Camões estava muito perto para poder sonhá-los. Nas faldas do Himalaia o Himalaia é só as faldas do Himalaia. É na distância, ou na memória, ou na imaginação que o Himalaia é da sua altura, ou talvez um pouco mais alto. Há só um período de criação na nossa história literária: não chegou ainda.

– *Continuará sendo o lirismo a nossa feição literária predominante?*

– Há duas feições literárias – a épica e a dramática. O lirismo é a incapacidade comovida de ter qualquer delas. O que é ser lírico? É cantar as emoções que se têm. Ora cantar as emoções que se têm faz-se até sem cantar. O que custa é cantar as emoções que se não têm. Sentir profundamente o que se não sente é a flâmula de almirante da inspiração. O poeta dramático faz isto diretamente; o poeta épico fá-lo indiretamente, sentindo o conjunto da obra mais que as partes dela, isto é, sentindo exatamente aquele elemento da obra de que não pode haver emoção nenhuma pessoal, porque é abstrato e por isso impessoal. Fomos esboçadamente épicos. Seremos inviolavelmente dramáticos. Fomos líricos quando não fomos nada. O lirismo só continuará sendo a nossa feição predominante se não formos capazes de ter feição predominante.

– *O que calcula que seja o futuro da raça portuguesa?*

– O Quinto Império. O futuro de Portugal – que não calculo, mas sei – está escrito já, para quem saiba lê-lo, nas trovas do Bandarra, e também nas quadras de Nostradamus. Esse futuro é lermos tudo. Quem, que seja português, pode viver a estreiteza de uma só personalidade, de uma só nação, de uma só fé? Que português verdadeiro pode, por exemplo, viver a estreiteza estéril do catolicismo, quando fora dele há que viver todos os protestantismos, todos os credos orientais, todos os paganismos mortos e vivos, fundindo-os portuguesmente no Paganismo Superior? Não queiramos que fora de nós fique um único deus! Absorvamos os deuses todos! Conquistámos já o Mar: resta que conquistemos o Céu, ficando a terra para os Outros, os eternamente Outros, os Outros de nascença, os europeus que não são europeus porque não são portugueses. Ser tudo, de todas as maneiras, porque a verdade não pode estar em faltar ainda alguma cousa! Criemos assim o Paganismo Superior, o Politeísmo Supremo! Na eterna mentira de todos os deuses, só os deuses todos são verdade.

> In *Revista Portuguesa*, 23-24, 13 de Outubro de 1923. Reproduzida em Fernando Pessoa, *Crítica. Ensaios, Artigos e Entrevistas*, Lisboa, Assírio & Alvim, 2000, pp. 194-199.

Sobre *Athena*

Lançar uma revista de arte num meio acanhado como o nosso, onde quase todas as tentativas literárias e artísticas falham por falta de auxílio do público, é, já por si, digno de admiração, pelo que tem de arrojado.

Fernando Pessoa, artista original e interessante que rapidamente se distinguiu dentre a multidão de escritores da sua geração, acaba de lançar, com Ruy Vaz, outro artista de valor, uma nova revista de arte. Quisemos ouvi-lo sobre a sua interessante iniciativa:

– A *que veio a* Athena?
– Dar ao público português, tanto quanto possível, uma revista puramente de arte, isto é, nem de ocasião e início como o *Orpheu*, nem quase de pura decoração, como a admirável *Contemporânea.*
– *Mas em que é que consiste uma revista «puramente de arte»?*
– Há três públicos – um que vê, outro que lê, outro que não há. O primeiro é composto da maioria, o segundo da minoria, o terceiro de indivíduos. O primeiro quer ver, o segundo quer conhecer, o terceiro quer compreender. Uma revista «puramente de arte» é feita para o público que «compreende» a arte, e, ao mesmo tempo, para que os públicos, que a não compreendem, compreendam, um que ela tem que compreender, o outro que ela pode ser compreendida, visto que há quem a compreenda.
– *E isso como se faz?*
– Fazendo-se. Exclui-se, primeiro, o critério de homogeneidade (escola ou corrente); assim se acentua e se ensina que a arte é essencialmente multiforme, o que é uma das primeiras cousas que tem que aprender muita gente que já o sabe. Nas estampas da primeira *Athena* verá reproduções de obras de um clássico, de um romântico, de um contemporâneo. Na parte literária igual diversidade se busca, como se vê e verá. Depois...
– *Depois?*
– Exclui-se o critério de fragmentação (amostras e retalhos): não se publicam nem trechos esteticamente compreensíveis só como fragmentários – isto é, incompreensíveis – nem poucas produções de um autor para cuja compreensão sejam precisas muitas. É em obediência a esse critério que a primeira *Athena* insere nada menos que onze reproduções de quadros do Visconde de Menezes, e nada menos que o primeiro livro, inteiro, das *Odes*, de Ricardo Reis. Por fim...

– *Por fim?*
– Exclui-se o critério de não dar novidade nenhuma. Em igualdade estética, preferimos o autor desconhecido ao conhecido, o obscuro ao que sofreu publicidade, e, de autores conhecidos, os novos aos velhos aspetos de sua obra. Tomáramos nós poder, em todos os números, aliar à novidade da obra a revelação do artista!

– *A separação «tranchée», entre a parte literária e a artística, obedece a algum critério especial?*

– Obedece a um critério especial, que é o geral. As revistas para se ler, ou não têm gravuras, ou só as têm que ilustrem o texto. As revistas para se ver, têm as gravuras alheias ao texto e cortando-o, porque não são para se ler. As revistas para se compreender separam rigorosamente os seus elementos, e, portanto, as estampas do texto impresso. Assim se faz na *Athena*: é que ela é uma revista para se compreender, isto é, é a revista que é, e não a revista que não é. Para compreender, dividem-se os assuntos, como para vencer se divide o inimigo.

– *É então uma revista com orientação?*

– Mais: é uma revista com orientadores. E, se quiser isto dito de outro modo, ponhamo-lo do mesmo modo: é uma revista não só com diretores, mas também com direção.

– *Bem. E o que julga que será o futuro da* Athena?

– Não fui consultado para a criação do sistema do universo: não é natural que o seja para aquela pequena parte do futuro dele, que é o futuro desta revista. Ruy Vaz e eu faremos por que ela «mereça»; o resto é com o Destino.

In *Diário de Lisboa*, 3 de Novembro de 1924.
Reproduzida em Fernando Pessoa, *Crítica. Ensaios, Artigos e Entrevistas*, Lisboa, Assírio & Alvim, 2000, pp. 224-226.

DISCURSO DIRETO

Resposta ao inquérito «Portugal, vasto Império»

I – Sim ou não Portugal, potência de primeira grandeza na Renascença, guarda em si a vitalidade necessária para manter no futuro, na nova Renascença que há-de seguir-se à Idade Média que atravessamos, o lugar de uma grande potência?

(...)Portugal, grande potência guerreira, ou desagregadora, é invisionável, o que não quer dizer que seja impossível, pois não podemos prever que alianças ou combinações poderão surgir do abismo do futuro. A pergunta, porém, refere-se às condições que Portugal *tem*, que não àquelas que poderá um dia vir a ter; e por «condições que tem» se entendem aquelas que ou estão hoje claramente latentes nele, ou em qualquer forma ou esboço nele se revelaram no passado. Ora, pondo de parte, por irrisório neste respeito, o que somos hoje, o facto é que nunca tivemos condições ou propensão para a forma guerreira de grande potência. Nem para tal nos dispunha a nossa situação terrestre de nação pequena e excêntrica em continente e península; nem, em prova disso, nos empenhámos nunca com vantagem em guerras puramente agressivas, exceto as que procederam inevitavelmente do nosso mester orgânico de descobridores. E estas viveram na atmosfera triunfal do fenómeno que lhes deu origem.

Portugal grande potência económica é talvez ainda mais invisionável do que Portugal grande potência guerreira. Uma potência guerreira forma-se e desenvolve-se com mais facilidade e rapidez do que uma potência económica, pois procede de instintos e forças mais primitivos do que esta. E se de potência guerreira não temos tradição senão por assim dizer corolária, de potência económica não temos tradição nenhuma, ou a temos negativa. Ainda, pois, que uma expansão ou federação futura nos convertesse em grande nação – sem o que se não pode ser uma grande potência económica –, nossa ação nesse campo seria sempre limitada pela de núcleos não só quantita-

153

tivamente superiores ao nosso, mas ainda preparados tradicionalmente para o exercício dessa espécie de influência. Portugal grande potência cultural é uma hipótese já de outro género. O exercício da grande influência guerreira ou económica implica a existência de uma nação grande, unida, disciplinada; o da grande influência cultural dispensa estes característicos. Exerceu-a a Itália quando nem sequer era nação, se não uma justaposição de pequenos Estados, em conflito perpétuo uns com os outros, e cada um em quase constante desordem interna. Nem a nossa condição atual é, pois, obstáculo neste respeito; é-o, porém, a nossa carência quase absoluta de tradição cultural, propriamente dita. Quantitativamente, nunca a tivemos; qualitativamente, pouco. No fim da chamada Idade Média, e no princípio da Renascença, esboçámos, é certo, um acentuado movimento cultural, que abrange os Cancioneiros, os Romances de Cavalaria, e um ou outro fenómeno como a especulação de Francisco Sanches, aliás formado em outro ambiente; mas em breve o vinco, muito mais tipicamente nacional, das descobertas arrastava para si toda a vitalidade portuguesa, e o catolicismo, então em período de reação, se encarregou de anular aquela liberdade de especulação, sem a qual a cultura é impossível. Ficámos no estado vil de inteligência, servil e mimético, em que desde esse tempo temos vegetado. Se, porém, a necessidade cultural fosse, por qualquer razão, em nós orgânica, teria havido dela sinais, sobretudo desde que entrámos, com o mimetismo já citado, em regímen liberal e depois em República. Mas o que tem havido é menos que pouco; a nossa indisposição cultural permanece evidente.

Portugal grande potência construtiva, Portugal Império – aqui, sim, é que, através de grandeza e de decadência, se revela o nosso instinto, e se mantém a nossa tradição. Somos, por índole, uma nação criadora e imperial. Com as Descobertas, e o estabelecimento do Imperialismo Ultramarino, criámos o mundo moderno – criação absoluta, tanto quanto socialmente isso é possível, que não simples elaboração ou renovação de criações alheias. Nas mais negras horas da nossa decadência, prosseguiu, sobretudo no Brasil, a nossa ação imperial, pela colonização; e foi nessas mesmas horas que em nós nasceu o sonho sebastianista, em que a ideia do Império Português atinge o estado religioso.

Portugal tem pois condições orgânicas para ser uma grande potência construtiva ou criadora, um Império. Uma coisa, porém, é dizer-se que Portugal tem condições para sê-lo; outra é predizer que o será. A pergunta não exige esta segunda demonstração, que, aliás, por extensa não poderia ser aqui dada. Nem há mester que se diga, também, em que consistirá presumivelmente essa criação portuguesa, qual será o sentido e o conteúdo desse Quinto Império. Fora preciso um livro inteiro para o dizer, nem chegou ainda a hora de dizer-se.

II – Sim ou não Portugal, sendo a terceira potência colonial, tem todos os direitos a ser considerada uma grande potência europeia?

Como Portugal, grande potência, está no futuro – ou, se se preferir, só pode estar no futuro –, não pode exigir ao presente que o considere por aquilo que ele ainda não é, nem se sabe ao certo se será. Mas, como é a terceira potência colonial, pode e deve exigir que o tratem como a terceira potência colonial.

III – Sim ou não Portugal, amputado das suas colónias, perderá toda a razão de ser como povo independente no concerto europeu?

Para o destino que presumo que será o de Portugal, as Colónias não são precisas. A perda delas, porém, também não é precisa para esse destino. E, por certo, sem Colónias ficaria Portugal diminuído ante o mundo e perante si mesmo, material como moralmente. As Colónias, portanto, não sendo uma necessidade, são contudo uma vantagem.

IV – Sim ou não o moral da Nação pode ser levantado por uma intensa propaganda, pelo jornal, pela revista e pelo livro, de forma a criar uma mentalidade coletiva capaz de impor aos políticos uma política de grandeza nacional?
Na hipótese afirmativa, qual o caminho a seguir?

Há só uma espécie de propaganda com que se pode levantar o moral de uma nação – a construção ou renovação e a difusão consequente e multímoda de um grande mito nacional. De instinto, a humanidade odeia a verdade, porque sabe, com o mesmo instinto, que não há verdade, ou que a verdade é inatingível. O mundo conduz-se por mentiras; quem quiser despertá-lo ou conduzi-lo terá que mentir-lhe delirantemente, e fá-lo-á com tanto mais êxito quanto mais mentir a si mesmo e se compenetrar da verdade da mentira que criou. Temos, felizmente, o mito sebastianista, com raízes profundas no passado e na alma portuguesa. Nosso trabalho é pois mais fácil; não temos que criar um mito, senão que renová-lo. Comecemos por nos embebedar desse sonho, por o integrar em nós, por o incarnar. Feito isso, por cada um de nós independentemente e a sós consigo, o sonho se derramará sem esforço em tudo que dissermos ou escrevermos, e a atmosfera estará criada, em que todos os outros, como nós, o respirem. Então se dará na alma da nação o fenómeno imprevisível de onde nascerão as Novas Descobertas, a Criação do Mundo Novo, o Quinto Império. Terá regressado El-Rei D. Sebastião.

In *Jornal do Comércio e das Colónias*,
nos números correspondentes a 28 de Maio e 5 de Junho de 1926.
O depoimento foi também recolhido, pelo organizador
do inquérito, no livro intitulado *Portugal, Vasto Império* (1934).
Reproduzido em Fernando Pessoa,
Crítica. Ensaios, Artigos e Entrevistas,
Lisboa, Assírio & Alvim, 2000, pp. 326, 328-332

Entrevista sobre *Mensagem*

A calva socrática, os olhos de corvo de Edgar Poe, e um bigode risível, chaplinesco – eis a traços tão fortes como precisos a máscara de Fernando Pessoa. Encontramo-lo friorento e encharcado desta chuva cruel de Dezembro a uma mesa do Martinho da Arcada, última estampa romântica dos cafés do século XX. É ali que vivem agora os derradeiros abencerragens do Orpheu. A lira não se partiu. Ecoa ainda, mas menos bárbara, trazida da velha Grécia, no peito duma sereia, até à foz romana do Tejo. Fernando Pessoa tem três almas, batizadas na pia lustral da estética nova: Álvaro de Campos, o das odes, convulsivo de dinamismo, Ricardo Reis, o clássico, que trabalha maravilhosamente a prosa, descobrindo na cinza dos túmulos tesouros de imagens, e Alberto Caeiro, o super--clássico, majestoso como um príncipe. Mas desta vez fala Fernando Pessoa – em «pessoa». O título da sua obra recente, Mensagem, *está entre nós, como um hífen de amizade literária. Porquê o título?*

O poeta desce a escada de Jacob, lentamente, coberto de neblinas e de signos misteriosos. A sua inteligência geometriza palavras, que vai retificando empós. A sua confidência é quase soturna, trágica de inspiração íntima:

– *Mensagem* é um livro nacionalista, e, portanto, na tradição cristã representada primeiro pela busca do Santo Graal, e depois pela esperança do Encoberto.

É difícil de entender, mas os poetas falam como as cavernas com boca de mistério. De resto os versos são oiro de língua, fortes como tempestades.

– *É um livro novo?*
– Escrito em mim há muito tempo. Há poemas que são de 1914, quase do tempo do *Orpheu*.

157

– *Mas estes são agora mais clássicos, digamos. Versos de almas tranquilas...*
– Talvez. É que eu tenho várias maneiras de escrever – nunca uma.
– *E como estabelece o contacto com o deserto branco do papel?*
Pessoa, numa nuvem do ópio:
– Por impulso, por intuição, que depois altero. O autor dá lugar ao crítico, mas este sabe o que aquele quis fazer...
– *A sua* Mensagem...
– Projetar no momento presente uma coisa que vem através de Portugal, desde os romances de cavalaria. Quis marcar o destino imperial de Portugal, esse império que perpassou através de D. Sebastião, e que continua «há de ser».
Fernando Pessoa recolhe-se. Disse tudo. Sobe a escada de Jacob e desaparece à nossa vista, num céu constelado de enigmas e de belas imagens. Ferreira Gomes que está ao nosso lado olha-nos com mistério. Que é do poeta?

In *Diário de Lisboa*, 14 de Dezembro de 1934.
Reproduzida em Fernando Pessoa,
Crítica. Ensaios, Artigos e Entrevistas,
Lisboa, Assírio & Alvim, 2000, pp. 496-497.

5.

DISCURSO CRÍTICO

DISCURSO CRÍTICO

O conjunto de textos críticos a seguir transcritos ilustra de forma diversificada e plural diferentes aspetos da obra literária de Fernando Pessoa. Tendencialmente, estes textos representam leituras críticas atuais, desvalorizando-se, por isso e neste contexto, a componente de *história crítica*.

A arrumação dos textos é temática, sendo os respetivos títulos da responsabilidade do autor deste volume. Foram suprimidas notas, quando se entendeu que não eram essenciais para a boa compreensão dos textos.

A Poesia Inglesa[1]

Embora se tenha tornado já um lugar comum a abordagem de Fernando Pessoa através da metáfora da viagem, outra não encontrei que melhor exprimisse as múltiplas e constantes digressões do poeta no mundo multiforme e multifacetado do seu Eu, primeiro em inglês e, mais tarde, em português. Ele próprio se referiu tão insistentemente (em verso e prosa, sob vários nomes) à sua viagem interior nas formas que revestiu que, a partir dessa orientação de leitura, tornou-se

---

[1] Na sequência da edição, sob a sua responsabilidade, dos três volumes da poesia inglesa de Fernando Pessoa, publicados pela Assírio & Alvim, Luísa Freire publicou o ensaio de onde se extraiu este excerto, que tem como nota principal a constatação de que na temporã poesia em língua inglesa do autor da *Mensagem* já se encontra esboçada toda a sua obra posterior escrita no idioma português.

difícil a qualquer estudioso da sua obra omitir essa visão ou deixar de se servir dela como ponto de partida, também, para novas digressões (ou incursões na sua obra), seguindo os seus trilhos e as suas experiências.

No entanto essas viagens do espírito raramente se realizaram a sós, já que Pessoa foi, desde muito cedo, um solitário acompanhado. Na impossibilidade de fazer um grande amigo, e o próprio dizia em jovem que «um amigo é um dos meus ideais, um dos meus sonhos quotidianos», o poeta rodeou-se de amigos criados pela sua imaginação, dos quais o Chevalier de Pas, dos seus seis anos, seria a invenção mais remota.

Assim, e ainda antes da criação dos três grandes heterónimos, já outros amigos com nomes portugueses, ingleses e franceses o tinham visitado e convivido com ele, nomes sob os quais ensaiou a sua primeira escrita em prosa e em poesia. Ao deixar a África do Sul e ao regressar definitivamente a Portugal, em 1905, com ele viriam ainda Jean Seul de Méluret, Charles Robert Anon, Charles James Search e Alexander Search, personalidade de que nos ocuparemos na primeira parte deste trabalho, deixando para trás os outros nomes sob os quais se exprimiu em inglês.

Personalidades literárias e heterónimos – *How many masks wear we, and undermasks* – máscaras e submáscaras (*personae*) a ocultar um rosto que se tornou de ninguém (*persona*), já que o próprio Pessoa-em-seu-nome é geralmente considerado uma outra máscara.

Na floresta de símbolos em que o poeta se nos apresenta, também o simbolismo de um nome predestinado. No fundo, um Eu em trânsito pelos vários eus, um Eu inter-dito pelas personagens ou vozes que foi assumindo e assinando e em que se foi escrevendo no seu «drama em gente», do qual foi autor, ator e espetador atento.

No âmago de toda a despersonalização, a sua solidão radical e essencial, que a companhia das suas «criaturas» não conseguiu superar nem iludir – *all the elusive selves / We never can obtain*. Assim, a criação heteronímica poderá ser encarada como um recurso espontâneo, fruto de uma solidão existencial e ôntica e de uma alteridade latente, como um processo iniciático, ou ainda como uma metodologia consciente a caminho do auto-conhecimento e da sua expressão plena – «Fingir é conhecer-se».

Reconhecendo em si vários eus contraditórios, não abarcáveis numa única identidade, não exprimíveis numa só voz (nem numa só língua), o poeta viaja-se ou «voa» outros, isto é, desprende-se de si libertando-se nesses outros e dizendo-se entre vozes, entre línguas: linguagens divergentes porque várias, convergentes porque nele – uma aventura polifónica de vozes transcendentes a si, porque alheias e individualizadas, imanentes também, porque dele partindo e a ele regressando; vozes que se repetem ou se opõem, mas que, contudo, se encaixam como elos da mesma cadeia circular – pensamentos e sensibilidades do mesmo todo pensante e sensível, que se torna «ponto de reunião de uma pequena humanidade». (...)

Desde os anos 70 até aos nossos dias o caráter dialógico da obra pessoana tem merecido a atenção dos críticos e tem sido posto em destaque em vários estudos, focando a obra de Pessoa (em verso e prosa) a partir do ano da criação heteronímica.

Destaco, neste sentido, duas teses que marcaram o início da abordagem dialógica, partindo das várias indicações de leitura fornecidas pelo próprio Pessoa, entre elas a de que «o ponto central da minha personalidade como artista é que sou um poeta dramático» ou: «Desde que o crítico fixe, porém, que sou essencialmente poeta dramático, tem a chave da minha personalidade»; ou ainda: «O que sou essencialmente – por trás das máscaras involuntárias do poeta, do raciocinador e do que mais haja – é dramaturgo».

Seguindo à letra as pistas oferecidas pelo poeta, Teresa Rita Lopes encena *Le Théâtre de l'Être*, pondo em confronto as diversas personagens do drama lírico, dentro de uma dinâmica perspetivada pelo grau de despersonalização que as motivou.

Mais «les critiques» en général ont dédaigné cette offre: ils n'ont pas su le prendre au sérieux. C'est qu'il fallait survoler cette forêt amazonique qu'est l'oeuvre de Pessoa pour se rendre compte à la fois de son ample richesse et de sa rigoureuse unité. [...] J'ai essayé tout d' abord de rétablir les rapports qui ont été à l'origine de la création de ce que Pessoa a appelé «sa petite humanité». Pessoa – Personne, le vrai metteur en scène, est au-delà des rideaux. L'écho multiple des voix s'incarne dans les différents personnages sur scène – et il les place sur différents niveaux d'après leur degré de dépersonnalisation.

Operando na mesma direção e considerando «as diferenças estruturais entre as linguagens dos heterónimos» aos diversos níveis, J.A. Seabra chega à caracterização da obra pessoana como um «sistema poetodramático»:

> É com efeito alhures que temos de detetar o drama: ele reside, mais propriamente, no diálogo das linguagens poéticas no interior da obra (das obras) dos heterónimos. Um recenseamento minucioso dos germes e temas polares da sua poesia revela-nos as suas múltiplas correspondências (identidades, oposições), numa rede de relações que é como a de múltiplos ecos que se vão repercutindo e entrecruzando: palavra a palavra, verso a verso, poema a poema, texto a texto. [...] A multiplicidade dos sujeitos poéticos – o poetodrama – é aqui a condição da realização do lirismo dramático – do poemodrama.

No entanto, a sua produção anterior a 1914, em inglês, aparece apenas mencionada por alguns críticos pelo contributo possível, e certamente relevante, para a exegese e compreensão da posterior criação do poeta, em português.

O que este trabalho pretende mostrar é a existência de um diálogo muito mais amplo e abrangente do que o suposto, que começa em 1903 e se processa em toda a obra escrita nas duas línguas. Não só um diálogo entre personagens, mas entre as duas línguas em que o poeta se disse «de todas as maneiras», já que, para ele, *a real man cannot be, with pleasure and profit, anything more than bilingual.*

Assim, e tendo como ponto de partida desta cadeia dialógica o adolescente Alexander Search (texto matriz, a diversos títulos), veremos que Caeiro responde a Search; Pessoa-Fausto reafirma e repete Search, respondendo a Caeiro; Reis faz-se eco dos *35 Sonnets*, conciliando alguns aspetos contraditórios dos restantes; Campos prolonga Search, muitas vezes em reconhecida oposição ao Mestre Caeiro; Bernardo Soares retoma e repensa ideias e temas levantados na poesia inglesa e projetados na portuguesa; Pessoa-em-seu-nome, refletindo Search, desenvolve nos *35 Sonnets* a especulação metafísica e em *The Mad Fiddler* a faceta religiosa e contemplativa, dois traços que marcarão a sua escrita em português até ao final da vida.

Luísa Freire, *Fernando Pessoa – Entre Vozes, Entre Línguas*
(Da Poesia Inglesa à Poesia Portuguesa),
Lisboa, Assírio & Alvim, 2004, pp. 13-17.

Personagens e Enredos[2]

Era uma vez um homem que tinha várias sombras. Chamava-se Pessoa, como por acaso. Desde muito cedo começou a conversar com elas: cada sombra representava o seu papel.

---

[2] A publicação em 1990 dos dois volumes de *Pessoa por Conhecer* constituiu, sem dúvida, na época, um contributo notável para um maior conhecimento da obra pessoana. Várias das personagens secundárias do poetodrama já haviam, no entanto, sido reveladas pela autora em *Fernando Pessoa et le drame symboliste: héritage et création* (1977).

Era um menino órfão: o pai morreu-lhe aos cinco anos e, pouco depois, um irmão pequeno, de meses, que não chegou a ser seu parceiro de jogos mas tão-só o primeiro soldadinho de chumbo em carne viva atirado pela morte para a vala do esquecimento. Foi então que batizou de Chevalier de Pas a primeira sombra-pessoa em que se desdobrou. Com ele brincou e, mais tarde, em seu nome, começou a escrever cartas a si próprio. Era francês, como o nome indica, sabe-se lá porquê. Talvez porque com a mãe começou, então, a balbuciar essa língua em que, no ano da sua morte, se lhe dirigia num poema que é mais o apelo de um menino perdido na floresta, a chamar pela mãe, que um texto literário como tal concebido.

Nessas primeiras conversas – como as que todos os meninos têm com os interlocutores que inventam: soldadinhos de chumbo ou bichos da floresta – aparece logo um outro francês: um tal *capitaine* Thibeaut com quem o Chevalier de Pas tinha os seus desaguisados. (Seriam estes franceses figuras saídas das cartinhas de jogar, com figuras batizadas em francês, que transportou consigo, ao longo das suas viagens por mar e peregrinações por quartos de aluguer, na célebre arca dos seus tesouros, e que a família ainda hoje guarda?)

Os dois franceses embarcaram com certeza com ele em janeiro de 1895 rumo à África do Sul (Durban) onde a mãe foi refazer a sua vida de mulher e mãe. O padrasto era português e cônsul. Até, por sinal, tem um ar bondoso nas fotografias em que aparece como pai de família de uma prole que foi ficando numerosa: seis filhos de que morreram dois em crianças. Uma fotografia conhecida mostra a família, então constituída pela mãe, pelo padrasto-pai, três meios-irmãos pequenos e a solitária pessoa de um Fernando adolescente, todos sentados nos degraus da casa colonial, em Durban. Apesar de aparentemente enquadrado pela família, acomodado nesse colo, Fernando tem o ar de um passaroco diferente, órfão de outra ninhada, acolhido naquele ninho mas não dali.

Por essa altura os seus parceiros franceses ainda subsistiam provavelmente: a irmã do poeta contou-me que ele brin-

Discurso Crítico

cava com ela na companhia de um «tenente francês» (seria o tal Thibeaut?). Brincava, é como quem diz, sete anos de vida os separavam que, nessa idade, eram um tremendo desnível. Mas a esses companheiros de língua francesa outros, de língua inglesa, se tinham vindo juntar. Com eles dialogava através de textos em verso e prosa que, em nome deles, escrevia. De um tal David Merrick, que até, por sinal, tinha um irmão Lucas, conserva a família um caderno em que colaborava também, com versos, um Charles Robert Anon. Isto passava-se por volta de 1903, 1904, 1905.

Convém não esquecer que já então o jovem Pessoa tinha os seus desdobramentos em português: a estadia de um ano em Portugal tinha-o reenraizado na pátria-língua-portuguesa. Escrevera então algumas das primeiras composições em português, atribuídas a Eduardo Lança, a um tal Dr. Pancrácio e a muitos outros colaboradores dos seus jornais. De volta a Durban e à língua inglesa, é muito curioso verificar que o Dr. Pancrácio também toma o navio de regresso. E vai reaparecer num outro jornaleco, também em português, que «publica» em Durban (manuscrito, claro, como o outro), intitulado *O Palrador*. A este Pancrácio, outros colaboradores, todos eles desdobramentos de Pessoa, se vêm juntar: o Dr. Gaudêncio Nabos, o Professor Trochee, entre outros. Jean Seul de Méluret aparece a dar voz escrita aos companheiros franceses da infância.

Mas com o regresso à língua inglesa, os interlocutores privilegiados do jovem Pessoa vão ser ingleses. Além dos já mencionados, há que considerar Horace James Faber e os irmãos Search. Destes, apenas Alexander (irmão gémeo de Pessoa), é conhecido. Regressou com Pessoa, em 1905, a Portugal (onde, como ele, tinha nascido no mesmo dia e ano).

Imagino que o Alexander se terá sentido preterido quando aqueles que Pessoa considerava, eles só, seus Heterónimos foram dados à luz: Álvaro de Campos, Ricardo Reis e Alberto Caeiro... Alexander era apenas o que Pessoa chamou uma sua «personalidade literária». Por isso morre em 1908, aos vinte anos.

«Personalidade literária» era igualmente esse que ao longo da sua vida escreveu o diário íntimo que se chamou *Livro do Desassossego*, esse «ajudante de guarda-livros» – como Pessoa o apresentou –, Bernardo Soares, que foi, de certo modo, o seu próprio ajudante. Pessoa explicou que Soares não chegava a ser seu Heterónimo porque era apenas uma sua «mutilação»: era ele, afinal, manga de alpaca da Baixa lisboeta, mas ainda mais apagado e triste. Era ele, sem o seu génio, sem as suas asas. Mas, assim como Guedes, Carlos Otto, Moura Costa, Faustino Antunes, Teive, Quaresma, os irmãos Crosse, Coelho Pacheco, Baldaya, Pantaleão, Mora, entre outros, ocupa um lugar próprio no romance-drama pessoano, embora com menos destaque que Campos, Reis, Caeiro, os que Pessoa considerou seus únicos Heterónimos. Não é por acaso que são apenas três, o número que Pessoa indica como o da «criação». Enquanto que as «personalidades literárias» são sombras siamesas que desdobram, na horizontal, rente ao chão, o leque de personagens através das quais Pessoa representava o «interlúdio» de viver, os Heterónimos desprendem-se do corpo que os projecta e voam com as suas próprias asas ao encontro desse Ser único de que são manifestações avulsas. (...)

O romance-drama-em-gente é constituído não apenas pelos monólogos de cada personagem e pela sua interacção, mas também pelos fios narrativos que os congregam numa teia única. É uma teia tecida a várias mãos, um conto contado a várias vozes.

Pessoa conta os seus «outros» e os seus «outros» contam-no também a ele. Disse, pela voz de Reis: «Somos contos contando contos...». E, às vezes, contam-se também uns aos outros, como seres dessa «pequena humanidade» de que Pessoa afirmou ser o «centro», ou, por outras palavras, «o coração de ninguém».

Acontece que o criador Pessoa sempre se sentiu «um lugar», um palco por onde passam vários actores representando várias cenas (afirmou, pela pena de Soares). Esse «ninguém», essa ausência que se sente ser, por ser apenas o tablado do teatro, precisou, para ter uma imagem de si próprio na sua própria pessoa, de ser visto, descrito e nomeado pelos seus «outros»: é assim que em vários textos (alguns publicados mas sobretudo nos inéditos) os membros da família Pessoa falam do seu criador, descrevendo-o e, às vezes, criticando-o, como se ele vivesse no mesmo plano que eles.

Contar este romance dramatizado ou este drama narrado que é a vida-obra pessoana é o desafio maior de todos. (...)

Ao tentar estabelecer uma lista das *dramatis personae* do romance-drama-em-gente, será necessário adoptar um critério para não aumentar ainda mais o seu número. Não considerei nesta lista o Chevalier de Pas nem o seu interlocutor Capitaine Thibeaut (referido a Casais Monteiro no rascunho de uma carta não enviada), nem alguns *outros* nomeados. Só quando o brincar a ser muitos atingiu o nível da escrita e a personalidade assinou o que escreveu, a terei em conta. (Escrevo, logo existo). Se o Íbis pode entrar nesta enumeração, é porque, além de ser um companheiro desde a infância, também assinou poemas e cartas que escreveu. Ter, portanto, o seu nome ligado a um texto escrito, foi exigência para aqui o incluir. (...)

A lista que agora estabeleci, e que não pretende ser definitiva, reúne «personalidades» que ao longo destes dois volumes foram apresentadas e desempenharam um papel de maior ou menor relevo no romance-drama. A «ordem de entrada em cena» pela qual as apresento é aproximada, pois é impossível datar o aparecimento da maior parte delas. Respeitei as «gerações» a que pertencem, como fiz na Parte II: existiram em grupos de amigos, às vezes de irmãos. Foram ficando, a maior parte, pelo caminho da vida-obra: uns morreram, deixando um livro ao cuidado de Pessoa (Torquato da Cunha Rey, V. Guedes, Teive, até Quaresma), outros desapareceram sem deixar rasto, outros, «porque conflituosos, foram defenestrados» (cita Pina Coelho, na passagem referida, a partir de um relato que encontrou no Espólio). Outros suicidaram-se, à maneira de Marcos Alves (que é tão personalidade como o Banqueiro Anarquista): o Barão de Teive, talvez Search. Sem falar de que houve, na família, fenómenos de antropofagia semelhantes ao que Search descreve no conto «A very original dinner»: as personagens foram-se devorando umas às outras. Merrick desapareceu em proveito de Anon, que, por sua vez, desaparece de todo em 1907, ficando A. Search com toda a expressão inglesa a seu cargo.

Em 1913, Pessoa continuava a escrever em três línguas: Jean Seul continuava ativo, um tal Frederick Wyatt teria substituído A. Search, a acreditar no poema auto-epitáfio em que diz ter morrido com vinte anos. O poeta paúlico, ortónimo, que prepara (em português) os livros *Gládio* e *Auréola* ombreia, na lista de planos, com estes dois. Nascem, em 1914, os Heterónimos! À luz do Sol, os astros menores desvanecem-se. Foram ficando António Mora, que, como filósofo, substitui Anon, Guedes morre também e Soares toma a seu cargo o diário de Pessoa-empregado-de-escritório. A cruzada neopagã aglutina em torno de Caeiro, além de Mora e de Reis, Raphael Baldaya. Quaresma vai escrevendo os seus contos-diagnósticos pela vida fora de Pessoa...

Não considero desdobramentos algumas personalidades que, contudo, leram e *assinaram* livros juntamente com Pessoa – que tinha, de facto, o costume de ler um livro na pessoa de outro, não só o rubricando no início com esse nome fictício, mas anotando-o também – como tive ocasião de ver na sua biblioteca em casa dos familiares. Alexandrino Severino (in *Fernando Pessoa na África do Sul*, Dom Quixote, 1983, pp. 295-300) dá notícia de casos destes nas obras em inglês de Pessoa, adquiridas em Durban: além de Charles Robert Anon, assinaram livros com Pessoa um tal Lecher (lascivo...) e Martin Kerávas, personagem de uma novela da personalidade literária coeva David Merrick (Ob. cit, p. 300). Mas quem sabe se, além de assinarem os livros que, através de Pessoa, liam, não se puseram também a escrever de seu próprio punho textos de sua iniciativa... Que surpresas virão ainda à luz da grande arca, agora só metáfora, em que nos arriscamos a ficar engolidos, como o outro da história, no ventre da baleia...

Entretanto, assistamos a este longo espetáculo, que, como no teatro religioso da Idade Média, e, ainda hoje, no teatro de Nô, se desenrola ao longo de todo o dia, com sua lentidão ritual... E oiçamos, para começar, vinda sabe-se lá de onde, esta voz:

> Seja o que for este interlúdio mimado sob o projetor do sol e as lantejoulas das estrelas, não faz mal decerto saber que ele é um interlúdio; se o que está para além das portas do teatro é a vida, viveremos; se é a morte, morreremos, e a peça nada tem com isso. [...]
> Tudo é teatro. Ah, quero a verdade? Vou continuar o romance... (L. D., II, p. 128).

1.1 DRAMATIS PERSONAE
(Por ordem – aproximada – de entrada em cena)

1. Dr. Pancracio – jornalista de A PALAVRA e de O PALRADOR, contista, poeta e charadista.

2. Luis Antonio Congo – colaborador de O PALRADOR, cronista e apresentador de Eduardo Lança.

3. Eduardo Lança – colaborador de O PALRADOR, poeta luso-brasileiro.

4. A. Francisco de Paula Angard – colaborador de O PALRADOR, autor de «textos scientificos».

5. Pedro da Silva Salles (Pad Zé) – colaborador de O PALRADOR, autor e director da secção de anedotas.

6. José Rodrigues do Valle (Scicio) – colaborador de O PALRADOR, charadista e dito «director literario».

7. Pip – colaborador de O PALRADOR, poeta humorístico, autor de anedotas e charadas, predecessor neste domínio do Dr. Pancracio.

8. Dr. Caloiro – colaborador de O PALRADOR, jornalista-repórter de «A pesca das perolas».

9. Morris & Theodor – colaborador de O PALRADOR, charadista.

10. Diabo Azul – colaborador de O PALRADOR, charadista.

11. Parry – colaborador de O PALRADOR, charadista.

12. Gallião Pequeno – colaborador de O PALRADOR, charadista.

13. Accursio Urbano – colaborador de O PALRADOR, charadista.

14. Cecilia – colaborador de O PALRADOR, charadista.

15. José Rasteiro – colaborador de O PALRADOR, autor de provérbios e adivinhas.

16. Tagus – charadista no NATAL MERCURY (Durban).

17. Adolph Moscow – colaborador de O PALRADOR, romancista, autor de «Os Rapazes de Barrowby».

18. Marvell Kisch – autor de um romance anunciado em O PALRADOR, («A Riqueza de um Doido»).

19. Gabriel Keene – autor de um romance anunciado em O PALRADOR, («Em Dias de Perigo»).

20. Sableton-Kay – autor de um romance anunciado em O PALRADOR, («A Lucta Aerea»).

21. Dr. Gaudencio Nabos – director de O PALRADOR (3.ª série), jornalista e humorista anglo-português.

22. Nympha Negra – colaborador de O PALRADOR, charadista.

23. Professor Trochee – autor de um ensaio humorístico de conselhos aos jovens poetas.

24. David Merrick – poeta, contista e dramaturgo.

25. Lucas Merrick – contista (irmão de David?).

26. Willyam Links Esk – personagem de ficção que assina uma carta num inglês defeituoso (13/4/1905).

27. Charles Robert Anon – poeta, filósofo e contista.

28. Horace James Faber – ensaísta e contista.

29. Navas – tradutor de Horace J. Faber.

30. Alexander Search – poeta e contista.

31. Charles James Search – tradutor e ensaísta (irmão de Alexander).

32. Herr Prosit – tradutor de O *Estudante de Salamanca* de Espronceda.

33. Jean Seul de Méluret – poeta e ensaísta em francês.

34. Pantaleão – poeta e prosador.

35. Torquato Mendes Fonseca da Cunha Rey – autor (falecido) de um escrito sem título que Pantaleão decide publicar.

36. Gomes Pipa – anunciado como colaborador de O PHOSPHORO e da Empresa Ibis como autor de «Contos politicos».

37. Ibis – personagem da infância que acompanha Pessoa até ao fim da vida nas relações com os seus íntimos que sobretudo se exprimiu de viva voz, mas também assinou poemas.

38. Joaquim Moura Costa – poeta satírico, militante republicano, colaborador de O PHOSPHORO.

39. Faustino Antunes (A. Moreira) – psicólogo, autor de um «Ensaio sobre a Intuição».

40. Antonio Gomes – «licenciado em philosophia pela Universidade dos Inuteis», autor da «Historia Comica do Çapateiro Affonso».

41. Vicente Guedes – tradutor, poeta, contista da Ibis, autor de um diário.

42. Gervasio Guedes – (irmão de Vicente?) autor de um texto anunciado, «A Coroação de Jorge Quinto», em tempos de O PHOSPHORO e da Empresa Ibis.

43. Carlos Otto – poeta e autor do «Tratado de Lucta Livre».

44. Miguel Otto – irmão provável de Carlos a quem teria sido passada a incumbência da tradução do «Tratado de Lucta Livre».

45. Frederick Wyatt – poeta e prosador em inglês.

46. Rev. Walter Wyatt – irmão clérigo de Frederick?.

47. Alfred Wyatt – mais um irmão Wyatt, residente em Paris.

48. Bernardo Soares – poeta e prosador.

49. Antonio Mora – filósofo e sociólogo, teórico do Neopaganismo.

50. Sher Henay – compilador e prefaciador de uma antologia sensacionista em inglês.

51. Ricardo Reis – HETERÓNIMO.

Alberto Caeiro – HETERÓNIMO.

53. Álvaro de Campos – HETERÓNIMO.

54. Barão de Teive – prosador, autor de «Educação do Stoico» e «Daphnis e Chloe».

55. Maria José – escreve e assina «A Carta da Corcunda para o Serralheiro».

56. Abilio Quaresma – personagem de Pero Botelho e autor de contos policiais.

57. Pero Botelho – contista e autor de cartas.

58. Efbeedee Pasha – autor de «Stories» humorísticas.

59. Thomas Crosse – inglês de pendor épico-ocultista, divulgador da cultura portuguesa.

60. I. I. Crosse – coadjuvante do irmão Thomas na divulgação de Campos e Caeiro.

61. A. A. Crosse – charadista e cruzadista.

62. Antonio de Seabra – crítico literário do sensacionismo.

63. Frederico Reis – ensaísta, irmão (ou primo?) de Ricardo Reis sobre quem escreve.

64. Diniz da Silva – autor do poema «Loucura» e colaborador de EUROPA (V.I, pp. 124-125).

65. Coelho Pacheco – poeta in ORPHEU III e na revista projectada EUROPA.
66. Raphael Baldaya – astrólogo e autor de «Tratado da Negação» e «Principios de Metaphysica Esoterica».
67. Claude Pasteur – francês, tradutor de CADERNOS DE RECONSTRUÇÃO PAGÃ dirigidos por A. Mora.
68. João Craveiro – jornalista sidonista.
69. Henry More – autor em prosa de comunicações mediúnicas – «romances do inconsciente» como Pessoa lhes chama.
70. Wardour – poeta revelado em comunicações mediúnicas.
71. J. M. Hyslop – poeta revelado em comunicação mediúnica.
72. Vadooisf [?] – poeta revelado em comunicação mediúnica.

Teresa Rita Lopes, *Pessoa por Conhecer I: Roteiro para uma Expedição*, Lisboa, Estampa, 1990, pp. 167-175.

O Laboratório Poético[3]

Ele tinha o seu laboratório de linguagem. Estava consciente disso, e espantava-se e maravilhava-se como se tudo se passasse fora dele. «No lado de fora de dentro», como ele próprio diria. Porque era realmente dentro dele que se produzia a obra, que se aceleravam os mecanismos que acompanham a produção de palavras, de metáforas, de versos, de poemas, de odes inteiras. Observava-se, examinava atenta-

---

[3] Partindo da noção pessoana da sensação como matéria-prima de que emerge a linguagem, José Gil, em *Fernando Pessoa ou a metafísica das sensações* analisa a obra pessoana como um laboratório poético em "plena actividade". É ainda nas sensações, na sua pluralidade e na posterior organização dos fluxos sensoriais, que tem a sua génese a heteronímia

Discurso Crítico

mente o trabalho rigoroso do poeta, as transformações sofridas por essa matéria-prima (as sensações) de que emergia a linguagem. Matéria-prima ou transformada, porque se tratava também dos efeitos das palavras sobre a recetividade dos sentidos; não importa: por uma dessas reviravoltas em cascata em que ele era mestre, e graças às quais o segundo se torna primeiro, o direito, avesso, ou o dentro, fora, o seu próprio laboratório poético transformou-se em matéria de linguagem; produtor de sensações aptas a converter-se em poema.

Talvez nunca a reflexão sobre o processo criador se tenha tanto e tão maciçamente integrado na obra de um autor. Diz-se muitas vezes, de modo banal: porque escrever se tornara para ele mais do que uma segunda vida. (É verdadeiro e falso, e os dois num sentido diferente daquele que, demasiado simples, se atribui à dicotomia, de origem romântica, literatura/vida). Numa quantidade enorme de poemas, o questionamento acerca do sentir, acerca do movimento de construção da linguagem poética, acerca do ato de escrever no momento em que este se desencadeia, acerca do pensamento e da experiência, e da experiência do pensamento, acerca da realidade «esculpida» e criada pela palavra poética e acerca da realidade dita por certa sensação, não traça apenas os contornos dos «temas», mas oferece-se também como matéria sensível da língua trabalhada.

Não que ele escreva sobre a impossibilidade de escrever ou que se interrogue sobre o não-sentido da escrita (a literatura era a única «verdade» de que nunca duvidou...); pelo contrário, escreve sobre a possibilidade infinita de escrever, sobre a incessante proliferação das palavras e das sensações: assiste à formação do poema perscrutando as próprias sensações, espreitando o seu jorrar, apanhando-as à passagem, vendo-as engastarem-se em palavras, enquanto estas suscitam novas sensações de uma outra realidade... Por vezes, com algum recuo, contempla o processo na globalidade; depois, bruscamente, em dois ou três versos, descreve-o, reproduzindo-o no próprio movimento da escrita. Que estou eu a sentir? De onde vem esta náusea que experimento agora? – pergunta ele no início da *Ode Marítima*; e que me quer dizer esta náusea, qual é o seu sentido? E porque é que estas perguntas tornam mais dolorosa a minha angústia? E com que palavras irei dizê-la? E porque é que me faz pensar em partida? Numa partida ou em todas as partidas de todos os cais – ou será a partida de um Cais único, de um único Grande Cais, absoluto?... E o poema arranca no desdobramento gradual de emoções, que se desenvolverão cada vez mais depressa.

Mas Fernando Pessoa não se limitou a «assistir», como ele próprio diz, ao desenrolar dos mecanismos que presidiam ao nascimento da linguagem poética, provocou-os, criou as condições experimentais, laboratoriais, que os tornavam possíveis: experimentou, com o maior rigor, a sua estética.

Num texto de 1919, em que estabelece a lista das obras de Bernardo Soares, esse «semi-heterónimo» autor do *Livro do Desassossego*, classifica vários poemas sob a rubrica: «Experiências de ultra-sensação». Numerosos fragmentos desse mesmo livro descrevem minuciosamente estas experiências dum ponto de vista ora psicológico, ora fenomenológico, ora literário, mas, quase sempre, com uma preocupação maior: captar a lógica da construção poética. E, sendo esta apreensão um elemento da construção, a definição da estética de Pessoa, a sua elaboração concreta, tornavam-se assim *a obra fazendo-se*: é por isso que o *Livro do Desassossego*, com a sua escrita altamente trabalhada, apresenta, como tem sido frequentemente observado. esboços dos outros heterónimos e até falsos «sujeitos» que não atingem o estádio heteronímico e aparecem, aqui e ali, em estado embrionário.

Estas experiências têm por objetivo estudar as condições de possibilidade da produção poética: esclarecem os fundamentos da estética pessoana, não se referindo apenas a um aspeto particular da obra poética. Na realidade, é a obra na sua globalidade que se encontra em causa: se Pessoa liga directamente as «ultra-sensações» a certos poemas, é porque eles descrevem (como *A Múmia*) o estado experimental em que o poeta voluntariamente se colocou; mas toda a obra nasce igualmente destas experiências.

A um nível mais elevado, a estética de Pessoa comporta uma arte poética que considera as sensações como unidades primeiras, a partir das quais o artista constrói a sua linguagem expressiva. É surpreendente que esta teoria não tenha merecido maior atenção – tanto mais que, do começo ao fim da sua obra, Fernando Pessoa não pára de falar, de pensar, de tomar como tema as sensações, a ponto de fundar um movimento literário, o «sensacionismo»; é que todas as questões clássicas da exegese da sua poesia (a heteronímia, a realidade, o sonho, a consciência, a vida, etc.) giram à volta da sua doutrina das sensações. (...)

A doutrina das sensações, concebia-a Pessoa como uma ciência – e a atividade de analista, como aquilo que dava sentido à vida obscura de Bernardo Soares: «Reduzir a sensação a uma ciência, fazer da análise psicológica um método preciso como um instrumento de microscopo [sic] – pretensão que ocupa, sede calma, o nexo de vontade da minha vida...» (L. D., II, Lisboa, Ática, 1982, p. 32). Em vários textos teóricos, em simples notas sem continuidade, Pessoa volta incessantemente ao mesmo tema: é preciso criar a ciência futura das sensações, fundar a sua objetividade investigando os princípios de método mais adequados. Esta ciência é a ciência do sonho, quer dizer a arte: a arte, mais do que a ciência ou a filosofia, exprime a essência do real. É preciso visar a objetividade artística – noção formada por analogia, mas que extrai toda a sua força do paradoxo que contém: «O homem de ciência reconhece que a única realidade para si é ele próprio, e o único mundo real o mundo como a sua sensação lho dá. Por isso, em lugar de seguir o falso caminho de procurar ajustar as suas sensações às dos outros, fazendo ciência objetiva, procura, antes, conhecer perfeitamente o seu mundo e a sua personalidade. Nada mais objetivo do que os seus sonhos. Nada mais seu do que a sua consciência de si. Sobre essas duas realidades requinta ele a sua ciência» (L. D., II, p. 33).

A afirmação – que vale como um princípio constante da estética de Pessoa, repetido à saciedade em toda a espécie de escritos – de que a única realidade é a que nos fornecem as nossas sensações não fundamenta nem um sensualismo nem um empirismo filosóficos. Pessoa interessa-se bem mais pelas consequências desse princípio para a sua conceção da literatura do que pelas suas implicações metafísicas As sensações fornecem, aliás, apenas a matéria da arte (matéria é certo que já elaborada) – é necessária toda uma construção teórica, implicando a consciência e o seu poder de abstração, para explicar a expressividade da linguagem poética. Não devemos, no entanto, crer que a «ciência» (ou a arte) das sensações tenha atingido o seu estádio último, pelo contrário, estamos apenas no início: «A meu ver o historiador futuro das nossas próprias sensações poderá talvez reduzir a uma ciência precisa a sua atitude para com a sua consciência da sua própria alma. Por enquanto vamos em princípio nesta arte difícil – arte ainda; química de sensações no seu estado alquímico por ora» (L. D., II, p. 33). E, no entanto, é possível desde já alimentar as mais altas esperanças: «Talvez se descubra que aquilo a que chamamos Deus, e que tão potentemente está em outro plano que não a lógica e a realidade espacial e temporal, é um nosso modo de existência, uma sensação de nós em outra dimensão de ser (...) Os sonhadores actuais são talvez os grandes precursores da ciência final do futuro. Não creio, é certo, numa ciência final do futuro. Mas isso nada tem para o caso» (L. D., II, pp. 34-35).

Não é fortuitamente que B. Soares encara a possibilidade futura de conhecer Deus enquanto um dos nossos modos de existência: as experiências a que ele se submete provocam a desestruturação da «realidade espacial e temporal» comum, criando uma «lógica outra», um outro real. Neste sentido, o *Livro do Desassossego* é o melhor diário-testemunho que o experimentador Pessoa nos deixou. E não é, sem dúvida, por acaso que é Bernardo Soares que o escreve: este heterónimo tem por característica essencial o facto de não viver nem escrever senão em situação experimental. (...)

Mas porquê analisar as sensações? Toda a arte poética de Pessoa gira em torno dessa operação. É preciso analisar as sensações, porque desse modo é possível revelar as mais escondidas, as mais microscópicas e, portanto, as mais exacerbadas; porque é a melhor forma de as multiplicar, uma vez que cada uma delas contém uma infinidade que é preciso trazer à luz, «exteriorizar»; porque, ao serem analisadas nesse meio de semi-consciência, segregado pelo estado experimental, as sensações originárias de sentidos diferentes entrecruzam-se naturalmente, o vermelho torna-se agudo, o olfacto dota-se de visão – assim se suscitam como que metáforas naturais; porque as sensações desdobram um espaço próprio que só pode ser apreendido se o espaço e o tempo normais, macroscópicos, tiverem já deixado de impor a sua dominação – ora a análise, ao decompor os blocos de sensações, desestrutura o espaço euclidiano, fazendo nascer outros espaços, que acompanham as sensações minúsculas; trata-se por fim de testar os processos de abstração das emoções, procurando criar sensações já analisadas.

Tudo isto forma, na realidade, o programa experimental de Pessoa. Podemos resumi-lo num só enunciado: «sentir tudo de todas as maneiras».

Ora, acontece que a literatura e, em particular, a poesia permitem fazer sentir melhor o que se sente fora delas (nas situações naturais da vida) de modo grosseiro, ou confuso, ou misto, ou enfraquecido. Sentir tudo de todas as maneiras institui-se assim como princípio poético, o princípio primeiro da arte poética pessoana. Encontram-se-lhe imediatamente subordinadas duas exigências: tornar literários os órgãos dos sentidos; e ser-se capaz de múltiplos devir-outros.

Com efeito: se a arte exprime de modo mais essencial aquilo que naturalmente sentimos, sem artifício; se o objetivo da poesia é suscitar, com palavras e ritmos, sensações que exprimem a vida bem melhor do que a vida se exprime a si própria, o poeta tenderá a transformar-se em máquina de sentir literariamente, captando na origem sensações já analisadas, já trabalhadas pela linguagem. Fernando Pessoa (como atestam páginas e páginas de Bernardo Soares) esforçar-se-á por adquirir essa arte suprema do artifício, que poderá tornar *naturalmente artificial* a maneira de sentir. Conseguirá assim dispensar o trabalho poético, integrando-o, como se já tivesse sido realizado, na atividade dos sentidos. Transformar radicalmente a sua sensibilidade de modo a poder sentir tudo artisticamente e de modo a que todo o sentir seja imediatamente artístico, eis o objetivo: «Tornar puramente literária a recetividade dos sentidos, e as emoções, quando acaso inferiorizem aparecer, convertê-las em matéria aparecida para com ela estátuas se esculpirem de palavras fluidas...» (L. D., II, p. 38). Sentir um pôr-do-sol como «um fenómeno intelectual», que provoca automaticamente uma emoção poética; sonhar a partir da cor de um vestido, desencadeando sensações com palavras e frases – eis o objetivo: no limite, sentir como se escreve um poema, viver como se compõe uma obra de arte: «Quero ser uma obra de arte», exclama Bernardo Soares.

Mas a arte implica também um devir-outro.

Só se refinam as maneiras de sentir, só se sente por meio de um artifício, quando se deixou de ser um «eu» de contornos precisos: «Eu próprio não sei se este eu, que vos exponho, por estas coleantes páginas fora, realmente existe ou é apenas um conceito estético e falso que fiz de mim-próprio. Sim, é assim. Vivo-me esteticamente em outro. Esculpi a minha vida como a uma estátua de matéria alheia a meu ser. Às vezes não me reconheço, tão exterior me pus a mim, e tão de modo puramente artístico empreguei a minha consciência de mim próprio. Quem sou por detrás de esta irrealidade? Não sei. Devo ser alguém» (L. D., I, p. 232).

Se o eu real já não tem consciência, deveremos então pensar que «o outro» é sujeito único da arte? Decerto que não: se a criação artística traz necessariamente consigo a desestruturação do eu, conduz também logicamente à construção de outros «sujeitos», que representam outros tantos modos de sentir. Pois cada modo de sentir, ou até cada sensação, deve

Discurso Crítico

«encarnar-se» (palavra utilizada por B. Soares) numa «alma». Não há um sujeito artístico, mas uma multiplicidade; não há apenas um devir-outro, mas uma pluralidade indefinida. Obtém-se então o mais amplo leque dos modos de sentir: assim se cumpre o programa que prescreve que tudo seja sentido de todas as maneiras.

Não é de admirar que B. Soares seja o heterónimo experimentador dos devir-outros. Vivendo continuamente em situação desestruturada, flutuando sempre entre dois mundos, não sendo nem isto nem aquilo, ele não tem eu: mais do que qualquer outro heterónimo (mais até do que Álvaro de Campos), não pára de perguntar a si próprio: quem sou eu? – e de afirmar: sou uma multidão, sou múltiplo... Tão depressa diz não ser ninguém (não ter eu), como se sente a transformar-se numa infinidade de seres e de coisas. Nunca, nunca sossega.

José Gil, *Fernando Pessoa ou a metafísica das sensações*, Lisboa, Relógio de Agua, s/d., pp. 9-13 e 19-22).
Tradução de Miguel Serras Pereira e Ana Luísa Faria.

Diversidade e Unidade([4])

ALBERTO CAEIRO

Há dois Caeiros, o poeta e o pensador, sendo o primeiro que em teoria se desdobra no segundo. Os motivos fundamentais do poeta consistem na variedade inumerável da Natureza, nos estados de semiconsciência, de panteísmo senual, na aceitação calma e gostosa do mundo como ele é. (...)

Caeiro surge, pois, como lírico espontâneo, instintivo, inculto (não foi além da instrução primária, informa Campos), impessoal e forte como a voz da Terra, de candura, lhaneza, placidez ideais. Tudo assume nele, diz ainda Campos, «qualquer coisa de luminoso e de alto, como o sol sobre a neve dos píncaros inatingíveis». Sol e neve, símbolos da pureza e da verdade. Lembra o Goethe de que nos fala Valéry: um homem que vivia pelos olhos, vivia de ver: «un *mystique*, mais un mystique d'espèce singulière, entièrement voué à la contemplation de l'extériorité». «Eu nem sequer sou poeta: vejo».

O certo, porém, é que é autor de poemas; e começa aqui o paradoxo da sua poesia. Às palavras procura transmitir Caeiro a inocência, a nudez da sua visão. Daí, algumas vezes, a simplicidade quase infantil do estilo, as séries paratáticas, a familiaridade de algumas expressões, as imagens e comparações comezinhas, realistas, caseiras ou de ar livre. Mas como podia Caeiro exprimir linguisticamente a infinita diversidade, as incontáveis metamorfoses do mundo? A linguagem situa-nos numa esfera de abstrações: dá-nos conceitos cómodos, insinua uma visão esquemática de acordo com os imperativos práticos da vida. «Les choses ont été classées en vue du parti-

---

([4]) Apesar do constante crescimento do volume da obra pessoana, *Diversidade e Unidade em Fernando Pessoa*, originariamente publicado em 1949, continua a ser um ensaio de referência sobre o estilo pessoano.

Discurso Crítico

que j'en pourrai tirer. Et c'est cette classification que j'aperçois, beaucoup plus que la couleur et la forme des choses». Já Proust notava que exprimir verbalmente uma imagem não racionalizada do mundo é empresa impossível. As vivências típicas do poeta Caeiro, que este assegura ter experimentado, estavam condenadas a nascer e morrer no silêncio.

Até certo ponto, é verdade, o artista pode «rendre un sens nouveau aux mots de la tribu», restituir à linguagem a virgindade perdida. Mas o estilo de Caeiro, pobre de vocabulário, predominantemente abstrato, incolor, discursivo, de modo algum se prestava à descrição pictórica impressionista fiel à individualidade das coisas. Em Caeiro, o pensador, o «raciocinador», suplanta o poeta; eis o que se induz do seu próprio estilo. (...)

Pessoa, ao forjar Caeiro, partiu de uma imagem mental, de uma atitude apenas vivida pela inteligência, que «ilustrou» dando voz a uma «personagem» típica. Por isso, apesar de Caeiro, ao falar de si próprio, e Campos, ao invocar o mestre, quererem convencer-nos de que o pensamento de Caeiro é o pensamento ingénuo de um poeta, o fruto verde de uma experiência instintiva, a poesia deste nos deixa uma impressão totalmente contrária. Medularmente, Caeiro é um abstrato e paradoxalmente inimigo de abstrações; daí a secura, a pobreza lexical do seu estilo. Em regra, ouvimo-lo argumentando, criticando, não transmitindo sensações mas discorrendo sobre sensações. (...)

Pastor dos seus pensamentos (ou de sensações pensadas, inventadas), Caeiro chega a opor-se, nostálgico, ao pastor de ovelhas reais: «Pastor do monte, tão longe de mim com as tuas ovelhas, / Que felicidade é essa que pareces ter – a tua ou a minha?». Glosando aqui o tema da felicidade em função do dilema consciência-inconsciência – tema partilhado pelos demais heterónimos e Pessoa ortónimo –, Caeiro desvenda-se na raiz como personagem nascida para encarnar uma aspiração, «como que o reverso ou o negativo – dirá Robert Bréchon – de uma consciência de si, de que tem a experiência autêntica».

RICARDO REIS

Angustiado perante um Destino mudo que o arrasta na voragem, Reis procura na sabedoria dos antigos um remédio para os seus males. Também os Gregos sofreram agudamente a dor da caducidade e o peso da *Moira* cruel. Simplesmente, optaram por aceitar com altivez o destino que lhes era imposto. Reconhecendo que a vida terrena outorgada a cada um, não obstante a sua instabilidade e contingência, é o único bem em que podemos, até certo ponto, firmar-nos, souberam construir a partir dele uma felicidade relativa, encarando com lucidez o mundo e compensando a sua radical imperfeição pela criação estética, fazendo da própria vida uma arte.

Reis copia-lhes o exemplo. Não hesita em confessar a Lídia que, de qualquer modo, prefere o presente precário a um futuro que teme porque o desconhece. Mas como habilmente fruir do pouco que nos é dado o dia que passa?

O poeta deixa-se tentar pelo ópio da perfeita inconsciência. Considera o contentamento dos que vivem distraídos: o sábio austero, entregue à sua estéril ocupação, o lavrador que «goza incerto / A não-pensada vida». Ele próprio algumas vezes experimentou viver exterior a si, como os campos, regressar ao Caos e à Noite. Mas a noção da dignidade humana, «o orgulho de ver sempre claro», fá-lo arrepiar caminho, refluir ao *eu* consciente. Quer encarar o destino frente a frente, lúcido e solene: «Antes, Sabendo, / Ser nada, que ignorando: / Nada dentro de nada». Já nisto segue Epicuro, para quem «uma dura perceção das coisas» era o melhor dom que sobre a Terra podíamos desejar.

Embora com tintas de estoicismo, devidas talvez ao facto de ser Horácio o seu autor de cabeceira, Reis formula uma filosofia da vida cuja orientação é, na verdade, epicurista (epicurismo também haurido, em parte, se não quase exclusivamente, na poesia do Venusino). O homem de sabedoria edifica-se, conquista a autonomia interior na restrita área de liberdade que lhe ficou. Essa conquista começa por um ato de abdicação: «Abdica / E sê rei de ti próprio». Reis propõe-se e propõe-nos um duro esforço de autodisciplina. O primeiro objetivo é a submissão voluntária a um destino involuntário, que deste modo cumprimos altivamente, sem um queixume: «Teu íntimo destino involuntário / Cumpre alto. Sê teu filho». O homem de sabedoria chega a antecipar-se ao próprio destino, aceitando livremente a morte: «E quando entremos pela noite dentro / Por nosso pé entremos». O segundo objetivo é evitar as ciladas da Fortuna, depurando a alma de instintos e paixões que nos prendam ao transitório, alienando a nossa vida. Com Epicuro, o filósofo da «cariciosa voz terrestre», que via tranquilamente a vida «à distância a que está», digno como um deus, aprendeu Reis que a ataraxia é a primeira condição de felicidade. A ataraxia, note-se, não implica para Epicuro ausência de prazer mas indiferença perante todo o prazer que nos compromete, colocando-nos na dependência dos outros ou das coisas. Além da sensação elementar de existir, os prazeres tipicamente epicuristas são espirituais, como a volúpia levemente melancólica de recordar os bons momentos do passado.

ÁLVARO DE CAMPOS

Poeta *sensacionista* e por vezes *escandaloso* (qualificativos da carta de Pessoa a Casais Monteiro, já citada), Campos é o primeiro a retratar-se e a referir circunstâncias biográficas, o que reforça a simulação e daria ao próprio Fernando Pessoa estímulos para se manter na pele do heterónimo. Descreve-se «de monóculo e casaco exageradamente cintado», «franzino e civilizado», «pobre engenheiro preso / A sucessibilíssimas vistorias». Escreve, febril, «a dolorosa luz das grandes lâmpadas elétricas da fábrica», ou, no seu cubículo, ouvindo o «tic-tac estalado das máquinas de escrever».

Dos vários heterónimos é aquele que mais sensivelmente percorre uma curva evolutiva. Tem três fases: a do «Opiário», poema com a data fictícia de 3-1914; a do futurismo whitmaniano, exuberantemente documentado na «Ode Triunfal» (4-1914), em «Dois excertos de odes» (30-6-1914), «Ode Marítima» (publicada no n.º 2 do *Orpheu*, 1915), «Saudação a Walt Whitman» (11-6-1915) e «Passagem das Horas» (22-5-1916), para só episodicamente assomar em poemas posteriores; enfim, uma terceira fase a que chamarei pessoal por estar liberta de influências nítidas, desde «Casa branca nau preta» (11-10-1916) até 1935, ano da morte de Pessoa.

Campos é o primeiro a reconhecer uma evolução: «Fui em, tempos poeta decadente; hoje creio que estou decadente, e já o não sou». E, na poesia à memória de Caeiro, declara que o mestre, acordando-o para a «sensação» e a «nova alma», lhe tirou a capacidade de ser apenas um decadente «estupidamente pretensioso / Que poderia ao menos vir a agradar...». (...)

Compreende-se que este Álvaro de Campos que desponta – o da segunda fase – com a sua vitalidade transbordante, o seu amor ao ar livre e ao belo feroz, venha a condenar a literatura decadente, planta de estufa corrompida, em cujos pecados, como o Fernando Pessoa ortónimo, incorreu: fá-lo-á ao defender uma estética não aristotélica baseada não já na ideia de beleza, no conceito de agradável, em suma, na inteligência, mas sim na ideia de força, na emotividade individual pela qual o escritor subjuga os outros sem procurar captá-los pela razão.

Publicados na revista *Athena* em 1924, estes «Apontamentos para uma estética não aristotélica» esclarecem o que Álvaro de Campos já era, como poeta emotivo, e sensacionista, em 1914. Grassava então, nos meios literários avançados, o entusiasmo por uma poesia que espelhasse a civilização industrial da época. Em França e na Itália Marinetti divulgara a partir de 1909 os princípios basilares do futurismo: luta sem quartel às tradições, à cultura feita; exaltação dos instintos guerreiros; apologia de um novo Homem protótipo isento de sensibilidade, saudável, amoral, dominador, livre de todas as peias. Na arte, o futurismo daria pela cor, pelo som ou pela palavra «a própria sensação dinâmica», «a vibração noturna dos arsenais e dos estaleiros». (...)

Após a descoberta do futurismo e de Whitman, Campos adotou, além do verso livre, já usado pelo seu outro mestre Caeiro, um estilo esfuziante, torrencial, espraiada em longos versos de duas ou três linhas, anafórico, exclamativo, interjetivo, monótono pela simplicidade dos processos, pela reiteração de apóstrofes e enumerações de páginas e páginas, mas vivificado pela fantasia verbal perdulária, inexaurível.

Neste estilo vagabundo, vertiginoso, cantou ele ora a hipertrofia de uma personalidade viril que tudo integra em si e não respeita limites («Sou EU, um universo pensante de carne e osso, querendo passar, / E que há de passar por força, porque quando quero passar sou Deus!»), ora os impulsos que emergem da lava sombria do inconsciente, o masoquismo, a volúpia sensual de ser objeto, vítima, a prostituição febril às máquinas, à Humanidade, ao mundo, a ponto de se tornar «um monte confuso de forças», um eu-Universo, disperso nas coisas mais díspares. (...)

A partir de 1916, Campos é o poeta do abatimento, da atonia, da aridez interior, do descontentamento de si e dos outros. (...)

Decadente, não já no sentido histórico-literário da palavra, mas por se ter despenhado da exaltação heroica, nervosamente conseguida, dos longos poemas à Whitman. Longe de ser medularmente o «turbulent, fleshy and sensual» autor das *Leaves of Grass*, corre-lhe nas veias o sangue aguado de Pessoa; e a curva evolutiva da sua poesia mostra que o seu pretenso dinamismo é narcótico para afogar o tédio, bebedeira para transpor «o muro da *sua* lógica», da sua inteligência «limitadora e gelada». «Meu Deus, tanto sono!...». «Aproveitar o tempo!... / Ah, deixem-me não aproveitar nada!». O estilo ressente-se da modorra como das crises de histerismo. Atira desordenadamente ao papel desejos, pensamentos, imagens que lhe ocorrem, num estado de semi-inconsciência, à deriva. «Frases que só agora, no meio-sono, elaboro». Brusco e opresso, as suas palavras são agora mais humanas, lateja nelas maior sinceridade.

FERNANDO PESSOA LÍRICO

O Pessoa ortónimo diverge muito de Caeiro e Reis porque não expõe uma filosofia prática, não inculca uma norma de comportamento; nele há quase apenas a expressão musical e subtil do frio, do tédio e dos anseias da alma, de estados quase inefáveis em que se vislumbra por instantes «uma coisa linda», nostalgias de um bem perdido que não se sabe qual foi, oscilações quase impercetíveis de uma inteligência extremamente sensível, e até vivências tão profundas que não vêm «à flor das frases e dos dias» mas se insinuam pela eufonia dos versos, pelas reticências de uma linguagem finíssima. Lirismo puro (se *impura*, no dizer do poeta, é a humanidade em que se enraíza), voz de *anima* que se confessa baixinho, num tom menor, melancólico, de uma resignação dorida, agravada, de quem sofre a vida sendo incapaz de a viver. Uma imagem da sua poesia, a «viúva pobre que nunca chora», define-a simbolicamente. (...)

Herdeiro, como Nobre, do gosto garrettiano pelo popular, também o seduz, como adiante veremos, o mundo fantástico da infância, adotando para o sugerir reminiscências de contos de fadas, de cantigas de embalar e toadas de romanceiro. No poema da p. 79 põe uma donzela a falar à ama num jardim de sonho que vagamente recorda; a sua candura, o mistério que envolve as suas palavras, a presença carinhosa da ama, a dolência do irremediável, a música doce das palavras lembram Bernardim. Mas separa-o de Nobre, como, de um modo geral, da tradição lírica portuguesa do «coração ao pé da boca», o seu estrutural anti-sentimentalismo, a ausência do biográfico na sua poesia, a tendência para reduzir as circunstâncias humanas concretas a verdades gerais. O sentimentalismo confessional estava naturalmente fora do seu caminho porque Pessoa viveu essencialmente pela inteligência intuitiva ou discursiva, pela sensibilidade que lhe é própria e pela imaginação. «Eu simplesmente sinto / Com a imaginação. / Não uso o coração».

A sua extrema lucidez torna límpida, definida, a expressão dos próprios sentimentos indefinidos. Se há obscuridade, não é no texto mas no *pré-texto*, no motivo, tantas vezes um *quase*, um *não sei quê*, uma vivência incoercível. A lucidez que dita as palavras fica intacta para aquém do muro, chamando impalpável ao impalpável, insuscetível de conhecimento ao que não conhece: «Impalpável lembrança, / Sorriso de ninguém, / Com aquela esperança / Que nem esperança tem... // Que importa, se sentir / É não se conhecer? / Oiço, e sinto sorrir / O que em mim nada quer.»

Ou então esclarece, depois do uso do símbolo, o sentido simbólico: «Aqui à beira do rio / Sossego sem ter razão. / Este seu correr vazio / Figura, anónimo e frio, / A vida vivida em vão.»

Refiro-me, claro está, à *maneira* típica de Pessoa. Com efeito, na poesia ortónima não há propriamente duas fases, mas duas *maneiras*. Uma delas é a «modernista», tão diferente da outra que justificaria mais um heterónimo. Ela própria abrange várias tendências, do simbolismo nefelibata de «Hora Absurda», série de associações inesperadas expressas em frases-definições que identificam os dois termos da associação, ao interseccionismo impressionista da «Chuva Oblíqua», sem esquecer as «Ficções do Interlúdio», que se diria caricaturarem a poesia-música de Verlaine, em ritmo de «minuete invisível», com profusão de aliterações e rimas interiores. É verdade que nestes poemas, onde a feracidade metafórica decadente acusa leituras de Eugénio de Castro e Sá-Carneiro, se descobre algo do Pessoa que se tornaria típico: o tema central da «Hora Absurda», o choro de uma felicidade mais que longínqua, é tipicamente pessoano; a poesia da infância aflora em «Chuva Oblíqua», na «hora dupla» em que se cruzam no espírito do poeta a bola com que brincava no quintal de sua casa e a batuta de um maestro; nos catorze sonetos de «Os Passos da Cruz» afirma-se a inquietação metafísica de Pessoa num estilo ainda insólito mas cada vez mais sóbrio e mais nítido, a estabelecer, a transição para a outra *maneira*.

O período «modernista» (incluindo o simbolismo, o «paulismo» o interseccionismo) começa em 1913, se não antes, porque de março de 1913 data o poema «Pauis», reproduzido por Joel Serrão nas *Cartas a Armando Cortes-Rodrigues*, e termina em 1917, ou melhor, depois de 1917 não publicou Pessoa composições desta índole. Portanto, não durou muito, exatamente por o constituírem as «atividades literárias» que, segundo uma carta de Pessoa ao mesmo Côrtes-Rodrigues, são apenas dos arredores da *sua* sinceridade, quer dizer, mostram mais o *virtuoso* que o homem espiritual.

Jacinto do Prado Coelho,
Diversidade e Unidade em Fernando Pessoa, 12.ª ed., Lisboa,
Verbo, 2007, pp. 17, 19-20, 23, 26-27, 29-32, 39-41, 43, 45.

O Eu como Ficção[5]

A partir do eu como instância fictícia, Fernando Pessoa compôs para si próprio uma ópera. Assim nasceu um dos mitos literários mais perturbadores deste século, o do poeta sem nome que lhe seja próprio, criador de outros poetas em nome da única ficção que os torna possíveis: a do eu como ficção. Na ópera poética de Pessoa, representada num espaço fechado, contracenam o seu eu-ficção e as ficções destinadas a dar-lhe a ilusão da realidade. Para ele, não é só a vida verdadeira que está ausente. Toda a vida é ausência. Há que

---

[5] Concebido para o catálogo de uma exposição dedicada a Fernando Pessoa e que teve lugar em 1985, em Paris, no Centro Pompidou, este ensaio, «Fernando Pessoa ou o eu como ficção», constitui uma síntese feliz da leitura lourenciana da obra de Pessoa. Anteriormente tinha sido publicado, em francês, em *Fernando Pessoa, Rei da nossa Baviera* (1986).

Discurso Crítico

tornar visível, sensível, essa ausência ontológica, a inanidade inesgotável da nossa existência. O próprio Fernando Pessoa chamou heteronímia a esta manifestação de si sobre um fundo de ausência, ou seja, invenção de eus-outros tão fictícios e tão reais como o «eu» Fernando Pessoa. É a essa numerosa família de filhos de ninguém que o poeta de *Ode Marítima* ficou devendo uma boa parte do seu sucesso, tornado universal com a passagem do tempo. Fernando Pessoa é portanto ele próprio e também o cortejo dos Pessoa-outros a quem, como ele, damos nomes: Alberto Caeiro, Ricardo Reis, Álvaro de Campos, Bernardo Soares, António Mora e alguns mais. Em suma, todo o mundo e ninguém. Como toda a gente, incarnações do anonimato essencial do eu enquanto eu moderno. O génio de Pessoa reside na antecipação: multiplicou máscaras sobre o rosto do nosso nada. Procedendo assim, não o ocultou nem o reduziu. Fê-lo brilhar com intensidade deixando sem desculpas os que se sentissem tentados a não dar por ele.

Surpreendidos pela teatralidade de tal encenação poética, alguns comentadores de Pessoa vêem nesta aventura fora do comum uma festa ímpar do texto nas suas infinitas reverberações. A festa faz indubitavelmente parte da sua obra, mas seria uma festa bem triste e vã se não tivesse sido organizada senão em benefício e honra da pura ficção textual. Fernando Pessoa viveu este seu jogo como uma aposta de vida, como a aposta da sua vida, até. Cabe-nos a nós ver nela, também, os sinais de uma crise que abala os fundamentos do nosso espírito e o sentido da nossa cultura. Pessoa descreveu a criação dos seus inúmeros outros como um *drama em gente*, um «drama em figura de gente», ferida criadora e não mero prazer de jogador de xadrez satisfeito com a sua prestação. Para nós, viajando espantados ou perplexos por esses mundos múltiplos, leitores de Alberto Caeiro, de Ricardo Reis, ou de Álvaro de Campos, o trajeto pode parecer justificar a ideia de um número de malabarismo, desprovido de outra finalidade que não seja o prazer equívoco de brilhar. No entanto, basta demorarmo-nos um pouco num só desses «criadores-

-criaturas» para lermos, como numa mónada, a mesma e permanente tentativa, sempre falhada, de suprir a ausência congénita do eu. Mais do que qualquer dos outros, o heterónimo Alberto Caeiro nasceu no poeta para pôr fim ao estatuto de um eu fictício. Alberto Caeiro «devia ser» o poeta cujo eu se manifesta como conciliação entre a consciência e o mundo, o pagão sem necessidade de deuses, o primitivo em uníssono com um mundo reduzido à sensação de mundo. Contudo, como todos os demais heterónimos, aquilo que escreve – aquilo que é – revela a falha, a marca da ausência que constitui o eu. Essa falha é a própria consciência:

> Penso e escrevo como as flores têm cor,
> mas com menos perfeição no meu modo de exprimir-me
> porque me falta a simplicidade divina
> de ser todo só o meu exterior.

Antes de Pessoa, ninguém tinha conferido à ideia do eu como ficção um estatuto tão paradigmático e espetacular. Mas é preciso não confundirmos a aventura criadora de Pessoa com a de um Borges. Houve quem escrevesse que Pessoa e os seus heterónimos são uma espécie de invenção de Borges. Ou vice-versa. Borges é, apenas, *uma* das aventuras de Pessoa. Fernando Pessoa não é um malabarista impessoal como Borges, uma ficção contente consigo própria. O «eu como ficção» não é para Pessoa um achado literário, mais adequado do que outros a enredar para sempre as linhas com que brincamos com o espaço e com o tempo, ou o oposto. Para Pessoa, o «eu como ficção» é a realidade e o lugar de uma busca – uma das mais radicais do século XX – e, acima de tudo, o signo de um sofrimento. Pessoa não foi um literato, ou uma máquina de fazer literatura, mesmo genial. Foi um modesto empregado de escritório, sonhador, megalómano, de começos do século, em Lisboa, ferido no coração, na inteligência e na alma pelo sentimento da sua própria inexistência e que, num mundo esvaziado de sentido, inventou estranhas saídas para se convencer de que tinha as vidas todas que os sonhadores em si podiam inventar.

Como Fernando Pessoa se tornou figura literária, temos a tentação de, em seu lugar, imaginarmos que foi mais bem sucedido do que alguma vez sonhou poder vir a ser. Então não se tornou *realmente* Alberto Caeiro, Ricardo Reis, Álvaro de Campos, poetas de vidas lendárias bem mais credíveis do que as nossas banais vidas quotidianas? Não se tornaram eles heróis de romance sob os nossos olhos? De facto, esse «sucesso» não anula a história de insucesso voluntário que foi a da vida «real». Se Fernando Pessoa pudesse contemplar, hoje, a sua «vida gloriosa» e mais ainda a existência mítica dos seus filhos e sósias, veria neles a confirmação definitiva da ideia que tinha do eu como realidade imaginária. Nas horas mais sombrias da sua existência apagada, Pessoa nunca duvidou do sucesso dessa sua vida imaginária. Mas essa ideia consoladora não era suficiente para lhe conferir o estatuto de um eu real, o único que o teria dispensado de se sonhar constantemente sob o modo da ficção.

Não nos cabe a nós sentirmos uma satisfação superior à dele por tudo aquilo que viveu como desastre, a menos que queiramos esvaziar de sentido as suas duas vidas, verso e reverso da única vida que considerava real, a da pura ausência:

> Não ser nada, ser uma figura de romance,
> sem vida, sem morte material, uma ideia,
> qualquer coisa que nada tornasse útil ou feia,
> uma sombra num chão irreal, um sonho num transe.

O sentimento do eu como ficção não é para Fernando Pessoa da ordem da ficção ou da abstração, mas da ordem do vivido. Esse sentimento está nele desde a mais tenra infância. Se nos importa, é como forma objetiva, como leitura do mundo e, sobretudo, como súmula do sentimento mais genérico da existência inteira como ficção. De outra forma, não seria possível compreendermos o seu empenhamento na criação de outros eus, marcados, como o dele, por idêntica vacuidade. Aquilo de que Pessoa quer convencer-se é da realidade do mundo exterior, do tipo de realidade acerca do qual escreve que nos foi dado por modelo de toda a «realidade». Tal como outrora os gigantes acumularam montanhas sobre montanhas para chegarem ao céu, Pessoa criou eus fictícios para com eles preencher o abismo permanente que o separa de si mesmo, porque de imediato a consciência o afasta do mundo. Como ficção, cada um desses eus (Alberto Caeiro, Ricardo Reis ou Álvaro de Campos) pode fingir ou atribuir a si próprio uma consistência ontológica, uma coerência, um sentido que o sujeito poético correspondente ao eu real não pode evocar, porque não é mais do que não-mundo, ausência no mundo. Para as ficções, haverá um mundo e esse mundo há de torná-las reais. Assim, Alberto Caeiro é real enquanto poeta do presente eterno das sensações, para quem uma flor é uma flor e a realidade a sua aparência. Ricardo Reis é real enquanto poeta do presente efémero vivido como eterno, ou seja, da realidade da irrealidade. É evidente que formam um mundo pelo nexo que mantêm. Contudo e por sua vez, essa autonomia aparente configura apenas um sujeito único, o do eu-ficção que, (mal) disfarçado, procura a morte (vida) no baile de máscaras da heteronímia.

Sabemos, já de há muito, que as criações Alberto Caeiro, Reis, Campos não constituem a solução de Pessoa para o sofrimento do seu eu-ficção, mas a prova tangível e algo teatral do estilhaçar do eu. Na obra de Pessoa, o eu jamais nos surge uno. Aos seis anos já ele se vivia como um outro. A heteronímia levou esse dado original às últimas consequências, conduzindo-o afinal a uma espécie de fechamento, já que o poeta reconheceu melhor do que ninguém a ficção da sua ficção. Em rigor e obedecendo à sua própria leitura das ficções heteronímicas, não devíamos ter o direito de fingir que desconhecemos serem *ficções*. Abandonado pelas suas criaturas, descrente do papel que lhes tinha atribuído, Fernando Pessoa pensou torná-las públicas sob o título de *Ficções de Interlúdio*, máscaras que se sabiam máscaras. Por que motivo vamos nós para além da sua ficção? A resposta parece evidente: enquanto tais, as ficções de Pessoa, Caeiro, Campos e Reis dão-nos segurança. Através delas recriamos o eu (sem ficção) cuja irrealidade essencial cada uma delas se destinava a ilustrar. A exemplo do respetivo criador, podemos conceder-lhes uma vida – uma vida mais real do que as de Hamlet ou de D. Quixote – um destino, uma visão do mundo, uma filosofia. Sobretudo, podemos considerá-las como seres reais, sósias ou incarnações múltiplas do próprio Fernando Pessoa, pai inconsistente e, por assim dizer, inexistente. Tomando à letra a ficção poética de Pessoa, somos livres de imaginar o poeta da realidade sob os traços de Alberto Caeiro, o da irrealidade sob os de Reis, o da diferença e da diversidade sob os de Campos, sob os do autor de *Mensagem* o aedo da vontade e do heroísmo e, sob os dos poemas esotéricos, o da iniciação e do mistério. Aliás, é precisamente assim que a atual e torrencial exegese de Fernando Pessoa pensa dever considerá-los, correndo o risco do contra-senso permanente e, receamo-lo bem, irremediável. A ficção tomada pela realidade engendrou o labirinto da pura vertigem.

Um dia teremos de voltar ao ponto de partida e tomar à letra o texto de Pessoa, menos enigmático do que nos querem fazer crer. Ninguém soube melhor do que Pessoa que as máscaras múltiplas, esses eus diversos e literariamente autónomos, não eram de forma alguma sósias, ou duplos ou puras invenções, mas o jogo autêntico do desdobramento permanente do seu eu único. Filha do desdobramento, cada uma das criações heteronímicas se descobre, por sua vez, como o poeta da realidade, o da irrealidade, o poeta da diferença, o da unidade, o do efémero, o da eternidade. Entre o conjunto das criaturas de Pessoa há um jogo de espelhos contínuo, simples reflexo em segunda instância do jogo de desdobramento de que cada uma delas é a manifestação. É por isso que não existe nem pode existir uma leitura autónoma de cada um dos heterónimos. Fernando Pessoa exige e impõe uma leitura total em cada momento do trajecto que, em verdade, não o é, precisamente porque reiteração indefinida e relativamente monótona que resulta do facto de não haver trajeto.

Fernando Pessoa nunca está onde pretende que está, porque não está em parte nenhuma. É o poeta do lugar nenhum do eu; e quando se perde de vista este dado simples, fala-se porventura sabiamente de alguém a quem se chama Pessoa, mas que não tem mais que ver com ele do que o cão da rua com o da constelação celeste. O conjunto da sua obra é uma imensa armadilha. A única desculpa que tem – se é que precisa dela – é que essa armadilha, universal, é a da linguagem. Ou melhor, a da nossa relação com a linguagem. Como acontecera com o puro poeta que Wittgenstein foi, Fernando Pessoa compreendeu que não há um Pai da linguagem. Portanto, não há Pai de coisa nenhuma. Em parte alguma. Órfão genial, não pôde nem quis povoar o seu deserto com pais de consolação. Só para si, fora de qualquer relação humana, efetivamente só, num mundo sem vestígios manifestos de presença transcendente, chegou a conclusões:

Grandes são os desertos, ó minha alma,
grandes são os desertos
e tudo é deserto.

(...) De um ponto de vista humildemente humano, a vida e a obra de Pessoa configuram um desastre por demais evidente. Só o milagre póstumo da fama nos esconde o seu destino de *looser* absoluto. Outros poetas viveram a vida como sonho, a meio caminho entre a existência e a pura irrealidade. Mas poucos a viveram como absoluta e pura ficção. «Não fui apenas um sonhador, fui um sonhador *exclusivamente*», escreve ele no *Livro do Desassossego*, verdade da sua vida fictícia e ficção da sua verdade. Claro que podemos inscrever o «caso-Pessoa» na epopeia do «eu dividido», tão perfeitamente evocada por Ronald Laing. Podemos até explorar o nexo genealógico que liga esta particular divisão do eu (falta do pai, afastamento afetivo da mãe) à aventura heteronímica. Mas seria um erro imaginarmos que aí se esgotaria o mistério--Pessoa. Que como ele diria, seria o de não o haver.

Inúmeros indivíduos vivem o seu eu como eu dividido sem que por isso o vivam em tal grau e, concretamente, como eu fictício. A ficção do eu não foi para Pessoa – como foi para Amiel, até à náusea de si – uma mera experiência do repisar da identidade vazia. Foi também a figura do desejo infinito de realidade, que para sempre impediu o eu de se fechar completamente sobre si, sob pena de fechar consigo o mundo. Daí, neste supremo sonhador, a atenção quase demencial àquilo a que chamamos mundo real e que para ele não passava de lugar do puro enigma.

Para poder ser tudo, viveu-se até ao limite da desintegração do eu, como *não-pessoa*. Foi esse o conteúdo real da sua ficção. No sentido mais banal do termo, Fernando Pessoa quase não existiu. A única coisa que levou de facto a sério foi a realidade do seu eu como ficção. É, pois, inútil procurar um homem por detrás da multiplicidade das suas máscaras, ou um texto por detrás dos textos para sempre dispersos e estilhaçados. Procurando o homem, só encontraremos textos; procurando o texto, só encontraremos um dos não-textos capitais do mundo moderno. Mas essa ausência de homem, duplicada por uma ausência de texto, assinala com uma violência extrema o lugar vazio de uma agonia humana, de um combate cultural absolutamente ímpar. É sobre essa ausência – e tendo por única finalidade o torná-la sensível a nós, que não a ele – que inscrevemos, equívoco supremo, o nome de Fernando Pessoa.

Eduardo Lourenço, O *Lugar do Anjo. Ensaios Pessoanos*, Lisboa, Gradiva, 2004, pp. 25-35. Tradução de Margarida Sérvulo Correia.

FERNANDO PESSOA

O Desconhecido de si Mesmo (Fernando Pessoa)[6]

Os poetas não têm biografia. A sua obra é a sua biografia. Pessoa, que duvidou sempre da realidade deste mundo, aprovaria sem hesitação que se fosse diretamente aos seus poemas, esquecendo os incidentes e os acidentes da sua existência terrestre. Nada na sua vida surpreende – nada, exceto os seus poemas. Não creio que o seu «caso» (há que resignarmo-nos a empregar esta antipática palavra) os explique. Creio antes que, à luz dos seus poemas, o «seu caso» deixa de sê-lo. Para mais, o seu segredo está escrito no seu nome: *Pessoa*, pessoa, que vem de *persona*, a máscara dos atores romanos. Máscara, personagem de ficção, ninguém: Pessoa. A sua história poderia reduzir--se à viagem da irrealidade da sua vida quotidiana à realidade das suas ficções. Estas são os poetas Alberto Caeiro, Álvaro de Campos, Ricardo Reis e, sobretudo, ele próprio, Fernando Pessoa. Assim, não será inútil recordar os factos mais salientes da sua vida, com a condição de saber que se trata das pegadas de uma sombra. O verdadeiro Pessoa é outro. (...)

A autenticidade dos heterónimos depende da sua coeência poética, da sua verosimilhança. Foram criações necessárias, pois, de outro modo, Pessoa não haveria consagrado a sua vida a vivê-los e a criá-los. Mas o que agora conta não é terem sido necessários para o seu autor, mas o que são para nós. Pessoa, o seu primeiro leitor, não duvidou da realidade deles. Reis e Campos disseram o que talvez Pessoa nunca tivesse dito. Ao contradizê-lo, exprimiram-no, ao exprimirem-no, abrigaram--no a inventar-se. Escrevemos para ser o que somos ou para ser

---

[6] Não é possível falar da fortuna crítica de Fernando Pessoa sem ter em conta que um dos seus principais divulgadores em língua espanhola foi o maior poeta do moderno México, laureado com o Prémio Nobel da Literatura em 1990. Este ensaio apareceu em 1962, como prefácio a uma *Antologia* mexicana da obra de Fernando Pessoa, tendo sido integrado em *Cuadrivio* (1965).

aquilo que não somos. Quer num quer noutra caso nos buscamos a nós próprios. E se temos a sorte de nos encontrarmos – sinal de criação –, descobrimos que somos um desconhecido. Sempre o outro, sempre ele, inseparável, alheio, com a tua cara e a minha, tu sempre comigo e sempre só.

Os heterónimos não são máscaras literárias: «O que Fernando Pessoa escreve pertence a duas categorias de obras, a que poderíamos chamar ortónimas e heterónimas. Não se pode dizer que sejam anónimas ou pseudónimas porque em verdade não o são. A obra pseudónima é do autor na sua pessoa, salvo que assina com outra nome; a heterónima é do autor *fora* da sua pessoa...» Gérard de Nerval é o pseudónimo de Gérard Labrunie: a mesma pessoa e a mesma obra; Caeiro é um heterónimo de Pessoa: impossível confundi-las. Mais próximo, o caso de Antonio Machado não deixa de ser diferente. Abel Martín e Juan de Mairena não são inteiramente o poeta Antonio Machado. São máscaras, mas máscaras transparentes: um texto de Machado não se distingue de um texto de Mairena. Além disso, Machado não está possesso pelas suas ficções, não são criaturas que o habitam, o contradizem e o negam. Pelo contrário, Caeiro, Reis e Campos são os heróis de uma novela que Pessoa nunca escreveu. «Sou um poeta dramática», confia numa carta a Gaspar Simões. Na entanto, a relação de Pessoa com as seus heterónimos não é idêntica à do dramaturgo ou à da novelista com as suas personagens. Não é um inventor de personagens-poetas mas um criador de obras-de-poetas. A diferença é capital. Como diz Casais Monteiro: «Inventou as biografias para as obras, e não as obras para as biografias.» Essas obras – e os poemas de Pessoa, escritos perante, a favor de e contra elas – são a sua obra poética. Ele mesmo se converte numa das obras da sua obra. E nem sequer tem o privilégio de ser o crítico dessa *coterie*: Reis e Campos tratam-no com certa condescendência: o barão de Teive nem sempre o cumprimenta; Vicente Guedes, o arquivista, é tão parecido com ele, que quando o encontra, numa taberna do bairro, sente um pouco de piedade por si mesmo. É encantador

enfeitiçado, tão completamente possuído pelas suas fantasma-
gorias que se sente olhado por elas, talvez desprezado, talvez
motivo de compaixão. As nossas criações julgam-nos. (...)

Num dos seus poemas mais citados diz que o poeta *é
um fingidor que finge tão completamente que chega a fingir
que é dor a dor que deveras sente.* Ao dizer a verdade mente,
ao mentir di-la. Não estamos perante uma estética, mas
perante um ato de fé. A poesia é a revelação da sua irrealidade:

> Entre o luar e a folhagem,
> Entre o sossego e o arvoredo,
> Entre o ser noite e haver aragem
> Passa um segredo.
> Segue-o minha alma na passagem.

O que passa, é Pessoa ou outro? A pergunta repete-se ao
largo dos anos e dos poemas. Nem sequer sabe se o que
escreve é seu. Melhor: sabe que mesmo que o seja, não o é:
«porquê, enganado, julgo que é meu o que é meu?» A procura
do eu – perdido, encontrado e voltado a perder – termina
no asco: «Náusea, vontade de nada: existir para não morrer.»

Só desta perspetiva se pode perceber a significação cabal
dos heterónimos. São uma invenção literária e uma necessidade
psicológica, mas não só. De certo modo, são o que Pessoa teria
podido ou querido ser; doutro modo, mais profundo, o que
não quis ser: uma personalidade. No primeiro movimento
fazem tábua rasa do idealismo e das convicções intelectuais do
seu autor, no segundo, mostram que a *sagesse* inocente, a praça
pública e a ermita filosófica são ilusões. O instante é inabitável,
tal como o futuro, e o estoicismo é um remédio que mata. No
entanto, a destruição do seu eu – e que os heterónimos são –
provoca uma fertilidade secreta. O verdadeiro deserto é o eu,
não porque nos fecha em nós mesmos, condenando-nos assim
a viver com um fantasma, mas porque faz murchar tudo em
que toca. A experiência de Pessoa, talvez sem que ele tenha
consciência disso, está na tradição dos grandes poetas da era

moderna, desde Nerval aos românticos alemães. O eu é um obstáculo, é o obstáculo. Por isso, qualquer juízo apenas estético sobre a sua obra é insuficiente. Se é verdade que nem tudo o que escreveu tem o mesmo nível, tudo, ou quase tudo, tem a marca da sua procura. A obra de Pessoa é um passo para o desconhecido. Uma paixão.

O mundo de Pessoa não é nem este mundo nem o outro. A palavra *ausência* poderia defini-lo, se por ausência se entendesse um estado fluido em que a presença se desvanece e a ausência é anúncio de quê? – momento em que o presente já partiu e apenas desponta o que talvez vai ser. O desertor urbano cobre-se de sinais: as pedras dizem alguma coisa, o vento diz, a janela iluminada e a árvore solitária da esquina dizem, tudo está a dizer alguma coisa, não isto que eu digo, mas outra coisa, sempre outra coisa, a mesma coisa que não se disse nunca. A ausência não é só privação, mas pressentimento duma presença que nunca se mostra inteiramente. Poemas herméticos e canções coincidem: na ausência, na irrealidade que somos, algo que está presente. Atónito entre gentes e coisas, o poeta caminha por uma rua do bairro velho. Entra num parque e as folhas movem-se. Estão a querer dizer... não, não disseram nada. Irrealidade do mundo, na última luz da tarde. Tudo está imóvel, à espera. O poeta sabe já que não tem identidade. Como essas casas, quase doiradas, quase reais, como essas árvores suspensas na hora, ele também sai de si mesmo. E não aparece o outro, o duplo, o verdadeiro Pessoa. Nunca aparecerá: não há outro. Aparece, insinua-se, o outro, o que não tem nome, o que não se diz e que as nossas pobres palavras invocam. É a poesia? Não: a poesia é o que fica e nos consola, a consciência da ausência. E de novo, quase impercetivelmente, um rumor de algo: Pessoa ou a iminência do desconhecido.

Octavio Paz, *O Desconhecido de si Mesmo (Fernando Pessoa)*, Lisboa, Iniciativas Editoriais, 1980, pp. 7, 18-20, 36-39. Tradução de José Fernandes Fafe.

Poética e Filosofia em Fernando Pessoa[7]

Se houve um poeta contemporâneo cuja obsessão tenha sido a de uma re-construção das relações entre o pensamento e a linguagem, a partir da crise mesma da filosofia, esse poeta foi sem dúvida Fernando Pessoa. «A poesia é uma música que se faz com ideias, e por isso com palavras», tal é uma das fórmulas lapidares em que se vaza a sua poética, mesmo se ele acaba por subsumir as ideias nas sensações, exorcizando a filosofia e a própria poesia, com «mestre» Caeiro, hipóstase--chave do seu poetodrama.

A polifonia dos heterónimos quer-se antes de mais, nas suas polarizações sucessivas, uma combinatória infinita das ideias e das palavras, em que a forma da expressão e a forma do conteúdo – para utilizar a terminologia de Hjelmslev – se buscam e se enlaçam, à maneira da filosofia e da poesia. Com as ruínas dos grandes sistemas de pensamento ocidentais, desde a Antiguidade grega até à modernidade, passando pelas experiências de meditação orientais, tudo sob o signo do esoterismo, Pessoa refaz um polílogo de vozes longínquas e a vir, em que se lê sempre o reencontro da *traditio* e da *revolutio*, cujo vaivém da filosofia à poesia é a expressão inesgotável, através da pluralidade de linguagens dos heterónimos.

O poeta deixou-nos fragmentos filosóficos, ou assim designados pelos seus compiladores, em número avultado, os quais figuram na sua maior parte no Espólio depositado na Biblioteca Nacional de Lisboa. Ele criou mesmo um

---

[7] Inicialmente apresentado como comunicação ao IV Congresso Internacional de Estudos Pessoanos – Secção Brasileira (São Paulo, Abril de 1988), este texto, de um dos mais notáveis e prolíficos exegetas pessoanos, foi também publicado no número 30-31 da revista *Nova Renascença*, dedicado a Pessoa, tendo sido posteriormente integrado em *O Coração do Texto*.

heterónimo-filósofo, António Mora, teórico do «Neopaganismo», encarregando um outro, Rafael Baldaia, de escrever um *Tratado da Negação*. Sem falar do célebre texto em prosa de Álvaro de Campos, em polémica com Pessoa ortónimo, a propósito da *Metafísica*. Esta explode, aliás, em metafísicas múltiplas, «buscando – escreve o poeta – arranjar sistemas do universo coerentes e engraçados, mas sem lhes ligar intenção alguma de verdade, exatamente como em arte se descreve e expõe uma emoção interessante, sem se considerar se corresponde ou não a uma verdade objetiva de qualquer espécie».

Trata-se, com efeito, de mais um fingimento heteronímico, que obedece a uma lógica poética e não filosófica, quer esta seja aristotélica ou hegeliana. Nela os termos opostos coexistem: a metafísica é ao mesmo tempo arte e ciência, pondo finalmente de acordo Pessoa e Campos, «naquela coincidência de efeitos – observa este – que não é rara entre teorias não só diversas mas absolutamente opostas».

Nesta *coincidentia oppositorum* os filosofemas contrários e contraditórios encontram-se disseminados, numa circulação contínua, de heterónimo a heterónimo e de semi-heterónimo em ortónimo. Todas as ideias, sistemas, metalinguagens filosóficas – como aliás religiosas, místicas ou míticas – aí passam e repassam, numa encenação intertextual e arquitextual que faz do texto pessoano, como alhures mostrámos, o exemplo mais inaudito do heterotexto: de um texto sempre outro, de outrem. A cadeia de citações, de reminiscências, de filosofemas em dispersão, à deriva, é infinita, no seu eterno retorno: «Ah, já está tudo lido, / mesmo o que falta ler!», resume o poeta. E ele recomeça, sempre e sem fim, como Sísifo.

É preciso seguir, infatigavelmente, pelos meandros de um labirinto sem saída, dando para outros labirintos, o «jogo sistemático» dos heterónimos – como diria Barthes –, para nos darmos conta desta errância de erro em erro do pensar e do conhecer, de que Pessoa fala pateticamente no seu poema dramático inacabado, o primeiro de uma série de três *Faustos*, que foi o seu projeto maior, mas cujo fracasso está na origem do poemodrama, do poetodrama heteronímicos. Escutemo-lo:

Por que pois buscar
Sistemas vãos de vãs filosofias,
Religiões, seitas, (voz de pensadores),
Se o erro é condição da nossa vida,
A única certeza da existência?
Assim cheguei a isto: tudo é erro.
Da verdade há apenas uma ideia
À qual não corresponde realidade.

Dir-se-ia que os heterónimos, no seu todo e cada um deles, comentam inesgotavelmente, e de diferentes formas, o drama do conhecimento e do pensamento, da razão, numa espécie de coro trágico, de que a poesia é a expressão múltipla: música que se faz com ideias, e por isso com palavras, parafraseando o poeta.

As relações entre a linguagem e o pensamento são retomadas pelos heterónimos pessoanos a partir de pontos de vista sucessivos, que a tal ou tal nível ou grau entram em conjunção e em disjunção, de incoincidência em coincidência, segundo a experiência lógica, teorizada por Stephan Lupasco, da «contradição complementar», em que não há síntese dialética, mas apenas coexistência, no «falso» – o fingimento pessoano –, das verdades incompatíveis de afirmação e de negação: «Toda a opinião é uma tese, e o mundo, à falta de verdade, está cheio de opiniões. Mas a cada opinião compete uma contra-opinião, seja crítica da primeira, seja complementar dela. Na realidade do pensamento humano, essencialmente flutuante e incerto, tanto a opinião primária como a que lhe é oposta são em si mesmas instáveis; não há síntese, pois, nas coisas da certeza, senão tese e antítese apenas. Só os Deuses, talvez, poderão sintetizar».

Na gradação, segundo uma escala esotérica, dos heterónimos pessoanos, é Alberto Caeiro, o Mestre, que leva mais longe, e pela sua dupla recusa, as relações entre a poesia e a filosofia. Apresentando-se como o defensor de um «objetivismo absoluto», este heterónimo propõe-se reduzir o conhecimento da realidade das coisas às sensações, assimilando-lhes as próprias «ideias»:

Eu não tenho filosofia: tenho sentidos...

Pensar, para ele, é estar «doente dos olhos». E, juntamente com a filosofia, ei-lo que recusa do mesmo passo todo e qualquer tipo de estética e de poética:

Eu nem sequer sou poeta: vejo.

Grau zero da filosofia, grau zero da poesia, como pela nossa parte lhe chamámos e o poeta reitera:

Há metafísica bastante em não pensar em nada.

No seu limite, «nada pensa nada», enunciado ambíguo, pela reversibilidade do sujeito e do objeto, bem como pela sobreposição da afirmação e da negação verbal. A contradição complementar manifesta-se, assim, a todos os níveis do discurso, na sua negatividade.

Com efeito, o discurso de Caeiro é um antidiscurso, pondo radicalmente em causa a linguagem e o pensamento relativamente às coisas, numa espécie de antissemiótica em que o significante e o significado se revelam inadequados, face ao referente:

Assim como falham as palavras quando querem exprimir
qualquer pensamento,
Assim falham os pensamentos quando querem pensar qualquer
realidade.

Recalcada, a linguagem retorna, porém, insistente. A «espantosa realidade das coisas», de que fala Caeiro, supõe afinal que «cada cousa que há é uma maneira de dizer isto». E mesmo se se trata de uma expressão das sensações, ela acaba por subsumir em si a das ideias:

> Procuro dizer o que sinto
> Sem pensar em que o sinto.
> Procuro encostar as palavras à ideia
> E não precisar de um corredor
> Do pensamento para as palavras.

De contradição em contradição, de aporia em aporia, Caeiro não faz mais do que multiplicar, apesar dos disfarces, as figuras de palavra e as figuras de pensamento, numa série infinita, a tal ponto que, como observou justamente Eduardo Lourenço, o «grau zero» da poesia – e o mesmo se poderá dizer da filosofia – é simultaneamente o seu «grau ómega». De passagem, Caeiro vai incorporando intertextualmente múltiplos filosofemas, cruzando e misturando fragmentariamente sistemas de pensamento ocidentais com formas de espiritualidade orientais, como o budismo, o taoísmo, etc. Retoricamente, a «prosa» dos seus «versos», como ele diz, atinge por vezes o paroxismo: anáforas, aliterações, quiasmos, inversões, gradações, metáforas, comparações, metonímias, toda a poesia antiga e moderna é convocada figuralmente, isto é, com as suas máscaras mais ou menos subtis. Filosofia e poesia tecem um texto cerrado, em que as figuras dos discursos da expressão e do conteúdo se entrelaçam, numa «hesitação prolongada entre o som e o sentido», como diria Valéry.

Os outros heterónimos de Pessoa, enquanto discípulos de «Mestre Caeiro», incluindo o poeta «ortónimo», manifestam, cada qual a seu modo, por derivação e oposição, as relações entre a linguagem e o pensamento. Se em Ricardo Reis este parece comandar a expressão, dominando dessa forma as sensações, já em Álvaro de Campos, um futurista--sensacionista, estas explodem num «excesso de expressão» que tende a transformá-las, paradoxalmente, em puro pensamento:

À força de sentir fico só a pensar.

E Pessoa «ele mesmo», no pólo subjetivo do sistema poetodramático, oposto ao objetivismo de Caeiro, não se propõe, quanto a ele, «pensar todo o pensamento»? Projeto filosófico ou poético, afinal? Recordemo-lo: trata-se de um «poeta animado pela filosofia», não de um «filósofo dotado de faculdades poéticas»...

Elevando até ao mais alto grau o diálogo entre a poesia e a filosofia, como queria Heidegger, Fernando Pessoa não faz mais do que assumir uma tendência recorrente da poesia portuguesa. Se Portugal é um país sem grande vocação filosófica, como lapidarmente o escreveu Sampaio Bruno n'*A Ideia de Deus*, ele possui, em compensação, uma literatura em que os grandes poetas, de Camões a Pascoaes, de Antero de Quental a Pessoa, de Vitorino Nemésio a Jorge de Sena – para só citar alguns exemplos – foram sensíveis ao apelo do filosofar, próprio ou alheio. Atenção, no entanto: como observou Eduardo Lourenço, a propósito de Antero, «a poesia filosófica é um monstro de duas cabeças, de que o único sentido é o de querer dizer que a matéria do poema é constituída por filosofemas ou aparências de filosofemas; ora o que faz dela poesia é justamente a recusa a considerá-los como tais».

É, com efeito, enquanto poetas e só enquanto poetas que alguns deles chegam a ser filósofos, como o mostrou Joaquim de Carvalho acerca de Pascoaes, que foi para Pessoa, desde as suas primícias, o modelo mais próximo, mesmo se o voltou do avesso, através de Caeiro. Mas «sem o tirar do lugar onde está», repare-se bem...

O poeta dos heterónimos, que sabia como poucos dialogar com os filósofos, manteve-se fiel à sua vocação essencial. Por isso respondeu um dia, de antemão, aos que lhe quisessem inculcar qualquer filosofia: «Não tenho, nem essa crença filosófica, nem a crença filosófica contrária. Adentro do meu mester, que é literário, sou um profissional, no sentido superior que o termo tem».

Que lição de maior atualidade nos poderia dar Pessoa a todos nós, poetas, filósofos ou simples cidadãos, ele que sempre considerou que a prioridade das prioridades, no nosso país, era a de uma «transformação profissional»? Precisamente aquela que, como «poeta animado pela filosofia», levou pluralmente a cabo, num dialogo infinito.

José Augusto Seabra, O *Coração do Texto-Le Cœur du Texte*,
Lisboa, Cosmos, 1996, pp. 22-27.

Filologia vs. Poesia? Eu Defendo o «Dia Triunfal»[8]

1. «Eu defendo o dia triunfal» não é, nem quer ser, uma afirmação polémica. Quando muito, ela propõe-se como enésima meditação acerca da «sinceridade», entre aspas, do poeta: no caso específico, de um poeta chamado Fernando Pessoa.

Seria muito difícil, hoje, refutar as ajuizadas deduções da filologia acerca do testemunho de Fernando Pessoa sobre a génese de O *Guardador de rebanhos* (*vide* essencialmente Fernando Pessoa, O *manuscrito de «O Guardador de rebanhos» de Alberto Caeiro*. Edição facsimilada. Apresentação e

---

[8] A defesa, contra as evidências filológicas, do «dia triunfal» constituiu um dos momentos altos do encontro pessoano em que este ensaio foi apresentado. O texto português, publicado em 1990, foi confrontado com o texto italiano, incluído no volume intitulado *Nel segno di Orfeo. Fernando Pessoa e l'Avanguardia portoghese*, Genova, Il Melangolo, 2004.

DISCURSO CRÍTICO

texto crítico de Ivo Castro, Lisboa: Publicações Dom Quixote, 1986).

Mas seria igualmente difícil prescindir do mito-testemunho do «dia triunfal», ilustrado pela carta a Casais Monteiro de 13 de janeiro de 1935 e tornado chave interpretativa de um fenómeno poético ou, se quisermos, de uma aventura onto-lógica que ninguém como o próprio sujeito-objeto dela nos pode ajudar a desvendar.

Surge portanto a eventualidade de que, para ler Pessoa, poeta e prosador, historiógrafo e autor de textos de doutrina estética e de auto-interpretação, nos sejam necessárias duas medidas ou, melhor, dois diferentes níveis interpretativos, num jogo de dupla verdade como o utilizado no século XV pelos filósofos humanistas. A *docta ignorantia* de um Nicola Cusano outra coisa não era senão a tentativa de sair do impasse a que tinha levado a consciência socrática dos limites do conhecimento humano. (...)

5. Numa página rigorosa e divertida, Ivo Castro reve-la-nos o seu iter destrutivo de filólogo, dentro do mito do dia triunfal:

> Quando me foi mostrado [o manuscrito de *O Guardador de Rebanhos*]... eu estava convencido, como quase toda a gente, de que Pessoa tinha dito a verdade a Casais Monteiro na sua carta de 13 de janeiro de 1935 e que o *Guardador* nascera real-mente nos termos que são bem conhecidos (e bem romanescos eles também): a escrita inspirada e vertiginosa, a posição estante, a cómoda alta que lhe servia de secretária, o título escrito antes de mais nada, logo o nome de Caeiro, só depois os poemas (trinta e tantos, o que vale dois terços do ciclo) nascidos já prontos como hoje os lemos. E, por cima disto tudo, as suas implicações, de que a crítica pessoana muito se tem nutrido. Eu até ia ao extremo de imaginar que Pessoa escrevera de chapéu e gabardina, como viera da rua, embora releituras da carta não tivessem comprovado tais pontos com que tentava aju-dar o poeta a tecer a sua história. (Ivo Castro, «Apresentação»,

209

in Fernando Pessoa, *O manuscrito de* O guardador de rebanhos *de Alberto Caeiro*. Edição facsimilada, Lisboa, Publicações Dom Quixote, 1986, p. 11).

(...) É portanto mais do que compreensível que o atual benemérito editor do *Guardador de rebanhos* tivesse materializado daquela forma a sua imagem de Pessoa-Caeiro escrevendo o *Guardador*. Com dúvida mais friamente filológica, eu própria considerei várias vezes a fotografia da cómoda-escrivaninha que vem publicada a página 154 da *Fotobiografia* pessoana com o desejo de lhe saber as dimensões, a altura sobretudo, e verificar assim se ela permitiria uma escrita de pé.

Ivo Castro continua a sua confissão contando como, dia após dia, ele foi perdendo a fé na existência do «dia triunfal». As dúvidas vinham do próprio manuscrito, da sua letra pausada, «nada compatível com jatos ou vertigens de composição»; não uma, mas quatro canetas e respetivas tintas; um almaço riscado, muito raramente encontrável entre os papéis do espólio e portanto com poucas hipóteses de jazer em disponibilidade sobre as secretárias ou cómodas do poeta.

E ainda muitas emendas, o que desmentiria ter o *Guardador* nascido como texto em estado definitivo, e sobretudo a presença entre os papéis do Espólio (envelope 67) de rascunhos provando que vários poemas tinham sido escritos em momentos desencontrados, mas todos anteriores ao manuscrito. «Este revelava-se agora – é essa a conclusão – como uma cópia a limpo da totalidade do ciclo, com a ordem interna que conhecemos e substancialmente com o texto que conhecemos, embora em muitos lugares Pessoa o houvesse depois modificado». A conclusão das conclusões soa portanto: «Houve de facto um momento (um dia? alguns dias seguidos?) em que ele [Pessoa] escreveu continuamente dezanove poemas e recuperou, integrando-os em sequência, mais dez que havia escrito antes, o que corresponde a pouco mais de metade do ciclo. Mas não houve nada de "dia triunfal" nessa tirada».

DISCURSO CRÍTICO

6. (...) Não me permitiria naturalmente, pelo menos nesta fase, contestar o filólogo, portador de uma competência que ninguém mais do que ele possui. Ele é que estudou os papéis, viu e decidiu o que vinha antes e o que veio depois. Não me permitiria, pelo menos nesta fase, entrar no perigoso jogo das suposições: supor por exemplo um manuscrito destruído, perdido, não ainda encontrado, intermédio entre os rascunhos presentes no espólio e o actual manuscrito, evidente cópia a limpo de qualquer coisa que o precedeu. Pensar que o «dia triunfal» tivesse sido fixado de outra forma e que, no dia ou nos dias seguintes, Pessoa tivesse adquirido o belo almaço riscado, passando a copiar ali a fio, com a sua bela letra pausada, os poemas compostos a fio no tal dia triunfal (e não interessa quantos eles tivessem sido).

Estas suposições não podem ser feitas agora. Deixemos a filologia acabar o seu trabalho. (...)

7. O ponto porém para nós é outro. O ponto é o «dia triunfal». A carta a Casais Monteiro não fica isolada na sua natureza de confissão-ficção dentro da obra de Pessoa. Veja-se a outra carta sobre escrita mediúnica enviada à Tia Anica em 24 de junho de 1916. Constitui este documento, que precede de dezanove anos o nosso texto, um homólogo muito parecido deste último. Aí como aqui há o súbito impulso de escrever, num regime de escrita automática sob uma influência vinda de fora: um mestre. Aí como aqui, há antes a definição da personagem: «Comecei por fazer a *assinatura* (bem conhecida de mim) *Manuel Gualdino da Cunha*», assim como na carta de 1935 encontramos: «Comecei pelo título, *O Guardador de rebanhos*», o que é também uma evocação, uma assinatura de personagem. Só que na carta à tia há ainda o pedido do silêncio: «Pedia-lhe o favor de não falar nisto a ninguém», enquanto o conteúdo da carta de 35 está já estilizado e destinado à divulgação. Mas os dois casos partilham da mesma «sinceridade», na aceção em que esta palavra pode ser aplicada a Pessoa.

Mas aqui o problema é diferente e diz respeito ao «Dia triunfal». Os dias triunfais existem. Existem para toda a gente e especialmente para os indivíduos criadores, no sentido poético, inovativo, transgressivo, sintético, da palavra. São os dias em que os projetos que até lá não conseguiram concretizar-se, enquanto criavam estruturas colaterais dentro do cérebro dos seus portadores, de repente constroem o tecido conectivo que une estas estruturas e acabam existindo como realidade. Na sua *Epistemologia Genética*, Jean Piaget, filósofo e psicólogo, tem páginas magistrais sobre este conceito de aquisição de conhecimentos sobre estruturas pré-formadas. É a sua matéria de discussão com os linguistas inatistas, por exemplo Noam Chomsky. É verdade, diz Piaget, que não existem começos absolutos, tudo é génese e o problema central é exactamente o da formação contínua de novas estruturas que não estão pré-formatadas nem no meio nem no sujeito. E é aqui que se insere o problema da criatividade das ações humanas, dos momentos criativos, dos «dias triunfais». Há com certeza sempre uma série de projetos anteriores (os rascunhos de Pessoa): mas a nova combinação, a ideia do *Guardador de rebanhos* como um conjunto único e unitário subordinado àquele título, nasce quando nasce o título, quando um episódio subjetivo histórico, ou genético, para usar das palavras de Piaget, relaciona de improviso, num conjunto hierarquicamente definitivo, as possibilidades presentes nas estruturas colaterais e as aperta num novo conjunto seletivo e poético. Mas sobre isto cedo a palavra aos filósofos e aos epistemólogos genetistas.

Luciana Stegagno Picchio, «Filologia vs poesia?
eu defendo o "dia triunfal"», in *Um Século de Pessoa:
Encontro Internacional do Centenário de Fernando Pessoa*, Lisboa,
Secretaria de Estado da Cultura, 1990, pp. 63, 66-69.

Estrutura Simbólica da *Mensagem*([9])

Poeta-filósofo, Poeta-mágico e Poeta-alquimista, dá Fernando Pessoa à Mensagem uma estrutura rigorosa em termos simbólicos.

Observe-se como as três grandes teorias proféticas em cujo *corpus* o poeta se inspirou, a das *Sete Idades* de St.º Agostinho, reinterpretadas por Fernão Lopes; a das *Três Idades* de Joaquim de Flora, afeiçoadas por Dinis e Isabel, os Franciscanos e os Cavaleiros portugueses da Ordem do Templo – Ordem de Cristo e a dos *Cinco Impérios*, do Profeta Daniel, de Luís de Camões ou do Pe. António Vieira, estão subjacentes à poética da *Mensagem*, cuja inteira estrutura se baseia efetivamente nos números 3, 5, 7 e também 12, conjunção do 5 e do 7.

O livro divide-se efetivamente em três *Partes* ou três Épocas: *Brasão, Mar Português* e *O Encoberto*, correspondentes, em termos lusíadas, às Idades do *Pai* (os fundadores da nação portuguesa), do *Filho* (os que recolhendo a herança, a dilataram pelos mares e continentes) e do *Espírito* (que ainda não veio, embora tenha sido anunciada, o Espírito encoberto, que espera o Desejado).

Na Parte I, *Brasão*, retrato heráldico da pátria antiga, os *Sete Castelos* correspondem exatamente, embora transpostos para uma história lusíada sacralizada, às *Sete Idades*. A primeira não é a do mítico *Adão*, como em St.º Agostinho, fundador da raça humana, mas a do não menos mítico *Ulisses*, a que se seguem Viriato, o Conde D. Henrique, D. Tareja e D. Afonso Henriques, ocupando sintomaticamente D. Dinis o lugar da 6.ª Idade, a da preparação para o segundo Advento,

---

([9]) António Quadros foi, sem dúvida, um dos principais estudiosos do nacionalismo místico de Pessoa. O artigo escolhido é um excerto de «Fernando Pessoa, as mensagens da *Mensagem*», integrado no volume identificado no final do excerto.

ele que criou a Ordem de Cristo sobre as cinzas ainda ardentes da Ordem do Templo e ritualizou as Festas da Coroação do Imperador do Espírito Santo. Como em Fernão Lopes, a *Sétima Idade* Portuguesa é aberta por D. João, agora ladeado por Filipa de Lencastre. O primeiro é apresentado como *Mestre, sem o saber, do Templo / Que Portugal foi feito ser*; lembramo-nos aqui da simbólica do Templo de Salomão e da Jerusalém Celeste que, que na profecia de S. João em Patmos, há-de descer sobre a Cidade dos Homens. E a segunda é vista como *Princesa do Santo Graal / Humano ventre do Império. / / Madrinha de Portugal*, assim estatuindo, como no par *Conde D. Henrique – D. Tareja*, o equilíbrio dos princípios masculino e feminino, paternal e maternal.

Ulisses, Viriato, o Conde D. Henrique, D. Afonso Henriques, D. Tareja, D. Dinis e D. João I / D. Filipa seriam pois os *castelos* do brasão português, os seus bastiões paradigmáticos, em número fixado a partir da dinastia de Avis no brasão nacional.

Se os Castelos são 7, as *Quinas* ou as *Chagas* de um Portugal-Cristo, sacrificando-se a um destino glorioso, porque da Ordem divina, são 5 correspondendo a 5 mártires da pátria. O quinto é *D. Sebastião, Rei de Portugal*, sendo os anteriores o rei D. Duarte, o Infante Santo, D. Fernando, o Infante D. Pedro e o Infante D. João. Aliás, para encontrar cinco príncipes-mártires, todos de Avis, Fernando Pessoa teve que forçar a nota, pois verdadeiramente, só o Infante Santo e D. Sebastião poderiam ser considerados mártires ao serviço de uma causa nacional; a analogia dos restantes, embora todos com mortes prematuras, é problemática, sendo discutível admitir que, D. Pedro tenha sido levado a uma morte violenta em Alfarrobeira, por razões outras do que a sua ambição pessoal.

Estranha, mas compreensível, é a designação de Nun'Álvares, afinal de contas Condestável do Reino, mas não o Rei, como o portador da *coroa*. É que, tal como o fizeram Oliveira Martins e Guerra Junqueiro, também Pessoa o vê como o arquétipo do herói-cavaleiro puro. Ele é o cavaleiro da Távola Redonda, que, como Lancelote, Parsifal ou Galaás,

Discurso Crítico

parte em demanda do Graal, levando consigo a espada do Rei Artur, Excalibur. É Nun'Álvares que coroa simbolicamente o fundador da dinastia de Avis, D. João I, com o qual se inicia a sétima idade do Mundo. Nun'Álvares, o que ergue a luz da sua espada *para a estrada se ver*, é o antecessor de D. Sebastião, que, esse sim, tal como Galaás, na sua própria morte revelará o Santo Graal. D. Sebastião, o *Galaás com pátria*, é o que toma a última Excalibur, *a Excalibur do Fim, em jeito tal / / Que a sua Luz ao mundo dividido / Revele o Santo Graal*. A morte é necessária ao Segundo Nascimento ou Segundo Advento. O espírito do ciclo da Demanda do Graal atravessa de uma ponta a outra a *Mensagem* e daí o contraponto entre a Coroa nas mãos de Nun'Alvares relacionável evidentemente com a coroa do Império do Espírito Santo, pois em última análise o Graal é a pedra ou o vaso luminoso do Espírito Santo, fonte da vida, de domínio, de força genesíaca e de virtualidade renovadora – e a coroa do Quinto Império, que cingirá por instantes D. Sebastião e que espera no nevoeiro aquele que está Encoberto, mas há de regressar quando chegar a Hora. Como escreveu Julius Evola, *o Graal é também o símbolo do que se perdeu e há de ser encontrado de novo. Um homem conseguirá que o Graal manifeste de novo as suas virtudes e este, amiúde, também é o cavaleiro que se situará no «lugar perigoso»*. Entre Nun'Álvares, o herói-cavaleiro que acabou os seus dias entrando em religião e escolhendo a pureza e a castidade, o Infante D. Henrique, sábio, visionário e casto, e D. Sebastião, o herói-cavaleiro que morreu também casto, há analogias mais do que evidentes, pois trata-se de outras tantas metamorfoses do herói-Galaás.

O timbre do brasão português, o dragão, surge nas armas portuguesas com D. Filipa, *a princesa do Santo Graal*, pois heraldicamente provém da casa dos Lancaster. É interessante e aliás aberta à controvérsia a substituição feita, por Fernando Pessoa: o grifo que se representaria como um animal fabuloso, com cabeça e asas de águia, e corpo de leão – é nomeado em vez do dragão, representado heraldicamente como uma espécie de

215

serpente com asas. O dragão ou a serpente que na heráldica não exprime obviamente a representação negativa do espírito do mal, mas antes *a função da realeza*, é também um símbolo ambivalente do Yin e do Yang, significando a complementaridade ambígua do princípio terrestre e do princípio celeste.

Por que terá feito o poeta esta transferência heráldica? Talvez porque, havendo nítidas analogias simbólicas entre o dragão e o grifo, contudo este último, vincando melhor em termos icónicos uma dupla natureza celeste (a águia) e terrestre (o leão) as duas qualidades de sabedoria e de força ou mesmo a dupla natureza, divina e terrestre, de Cristo, desvela de forma mais nítida a agência dessas duas realidades positivivas [sic] na história mítica de Portugal.

Eis porque, para o poeta, *a cabeça do Grifo*, o Espírito, a Sabedoria, o Sonho inspirado do Alto, é representado pelo Infante D. Henrique, *o único Imperador que tem deveras / o globo mundo em sua mão*. Exprime aqui Pessoa mais uma vez a sua conceção agustiniana, cisterciense e renovadamente templária em termos gnósticos de que o verdadeiro Império é o da Cidade de Deus, como Império eminentemente intelectual e espiritual. O Infante não foi um conquistador, foi o iniciador, o sonhador, o «descobridor da ideia da descoberta», a cabeça da Ordem de Cristo e da epopeia, o destinatário de uma mensagem providencial e o seu missionário arquétipo.

Em contrapartida as asas do grifo, isto é, os órgãos físicos, materiais que transportaram o sonho, do plano celeste ao plano terrestre, que o asseguraram, que o solidificaram, incorrendo aliás no risco, de um desvio fatal da energia criativa, são as figuras paradigmáticas da força, da potência e da vontade: D. João II e Afonso de Albuquerque.

O 7 com o 5 dá 12, exatamente o número de poemas da Segunda Parte ou Época, *Mar Português*. É tão rica a simbólica deste número que só poderemos reter aqui algumas das suas significações: a de que era um *número de eleição*, o número do povo de Deus, do povo eleito: os 12 filhos ou as 12 tribos de Israel, os 12 frutos da árvore da vida, os 12 discípulos de

Discurso Crítico

Cristo, as 12 portas da Jerusalém Celeste no Apocalipse de S. João, os 12 fundamentos da Cidade do futuro, em *ouro fino*, o número da Igreja triunfante, o número do ciclo completo do *cumprimento*, que por isso é o número dos Cavaleiros do Rei Artur, que hão de encontrar o Graal perdido.

O que se descreve em *Mar Português*, é primeiro a epifania oceânica do novo povo eleito, depois a sua perdição na noite e na tormenta, e enfim a sua prece a Deus, para o ressurgimento ou a reconquista da *Distância*, símbolo que eleva desde o sentido literal, de distância geográfica para a Ásia e as Américas, até ao sentido anagógico, de distância para o mistério do absoluto ou do divino.

Toda a terceira parte, *O Encoberto*, se baseia no 5 e no 3. Cinco símbolos, revelando os cinco grandes mitos portugueses: o de D. Sebastião que regressará numa manhã de nevoeiro; o do Quinto Império, em que *a terra será teatro / Do dia claro...*; o do *Desejado*, que virá revelar o *Santo Graal*; o das *Ilhas Afortunadas*, onde o rei aguarda e espera; e o do *Encoberto*, visto portuguesmente como o Messias – D. Sebastião – Pedra Filosofal, não um ditador político, como por vezes se tem avançado de forma reducionista, mas, rosa-crucianamente, como um Mestre, um Iluminado, um Guia, um Emissário, um Avatar do Cristo-Espírito do Segundo Advento.

As Sete Idades podem resumir-se nos Cinco Impérios e estes essencialmente nos Três Reinos de Joaquim de Flora. *Três* são os *Avisos* (dos Profetas de Portugal, o Bandarra, Vieira e Pessoa); e *três* são, como vimos, a *Cabeça* e as duas *Asas do Grifo*.

E por último, *cinco tempos*, culminando com o *Quinto*, por aqueles profetas vaticinado, o tempo do *Nevoeiro*, o tempo do *Encoberto*, o tempo do *Regresso* ou da *Hora*, o tempo do *Quinto Império*, *Império do Espírito* como *Espírito da Verdade*, em que se reunirão enfim o lado esquerdo e o lado direito da sabedoria, a razão e a intuição, a ciência e a mística, a matemática e a gnose ou a cabala – e que é também a *Sétima Idade* do Mundo (Sto. Agostinho, Orósio, Fernão Lopes) e a *Terceira* (Joaquim de Flora).

A atormentada fé sebastianista aposta no *pleno* de antigas profecias universais, reelaboradas pelos mitos lusíadas e pela poesia portuguesa de Camões a Vieira, a Nobre, a Pascoaes ou a Pessoa, mas também, neste último, palavra imperativa, mágica e simbolicamente alquímica. Operação criadora pela força da palavra, dos símbolos, dos arquétipos e dos mitos evocados e vivificados. Poesia como *poiesis*, isto é, como fabricação do ser e do mundo, através do ritmo, do verso encantatório, de um ritual de desocultação e de transfiguração. Alquimia do verbo, transmutação dos elementos. A pátria é o cadinho. As suas figuras e acontecimentos arquétipos são a matéria que, calcinada e destruída (*putefatio*, *nigredo*) no deserto de Alcácer Quibir, é trabalhada de tal forma que dela emergirá (*albedo*, *rubedo*) a Pedra Filosofal, o Cristo Filosofal, o Messias-D. Sebastião, Imperador do Mundo, figura de luz, a Rosa sobre a Cruz, a Vida transcendendo o Martírio.

E no final o anúncio-mensagem: *É a Hora!* – que nós vemos frustrado, mas que permanece uma promessa em aberto pois o nevoeiro continua cerrado —, revela-nos como o poeta, mais do que evocar a poesia lusíada ou cantá-la em termos líricos-épicos, quis *fazer* ou *refazer*. Fazer ou refazer Portugal, como Portugal-Universo, gema ou ovo de universalidade virtual num mundo espiritualmente diminuído. Regenerar pela mente. «Mens agitat molem». Recriar na adunação do político e do social ao mítico, ao iniciático, ao intelectual, ao espiritual.

Injunção mágica e operação criacionista e alquímico--poética num ritual em que não se sentia sozinho e por isso, apôs ao poema propriamente dito uma discreta mensagem aos irmãos (aos iniciados, aos portugueses arquétipos, aos compatriotas em geral?): *Valete, Fratres.*

António Quadros, *A Ideia de Portugal na Literatura Portuguesa dos Últimos 100 anos*, Lisboa, Fundação Lusíada, 1989, pp. 164-168.

Discurso Crítico

Livro-Caixa, Livro-Sensação?[10]

Em escrito recente, destinado a prefaciar uma antologia da prosa pessoana (O *Banqueiro Anarquista e outras Prosas,* S. Paulo, Cultrix/EDUSP, 1988), tive oportunidade de assinalar brevemente em que medida O *Livro do Desassossego* parecia um livro-caixa, produto que era da pena dum «ajudante de guarda-livros na cidade de Lisboa», ou um livro-sensação, onde se registrasse o dia-a-dia dum semi-heterónimo sonolento, guiado principalmente pela emoção. Volto agora ao assunto, dando-lhe um pouco mais de amplitude, conforme o espaço concedido pela comissão organizadora do Encontro Internacional do Centenário de Fernando Pessoa.

Que Fernando Pessoa tenha pensado e redigido o *Livro do Desassossego* como um livro-razão, ou um livro-caixa, em coerência com a condição de guarda-livros de Bernardo Soares, depreende-se da leitura da obra. Evidentemente, estamos perante mais um passe de mágica do autor da «Tabacaria»: imaginando o seu semi-heterónimo um guarda-livros cansado, podia dar livre curso à sua tendência para escrever fragmentos, obras curtas, que se juntariam quando o Acaso o determinasse. Assim, a pertinência na escolha da profissão do narrador autoriza o fragmentarismo dos textos e liberta o autor de fazer mais, ou de fazer menos, do que lhe era permitido como tal. Mas essa mesma harmonia incomoda, motivando interrogações do género «o que estará por trás dela?»; «não estará Pessoa mais uma vez burlando a atenção do leitor, enganando-o, despistando-o?»

---

[10] Não podia faltar, nesta antologia do ensaísmo sobre Pessoa, um representante dos muitos estudiosos brasileiros que tanto têm contribuído para a divulgação da obra do grande poeta modernista português. A escolha do autor de *Fernando Pessoa: O Espelho e a Esfinge* não é evidentemente fortuita, mas deve ser também entendida como uma homenagem à exegese brasileira da obra pessoana.

Ocorre que o *Livro do Desassossego* não é rigorosamente um livro-caixa, é *como* o livro-caixa de um guarda-livros imaginário, ou, ainda, de um guarda-livros que, em vez de livros, guardasse sensações. Alberto Caeiro é guardador de rebanhos, de ideias? Ou antes, agia *como* se os guardasse? e seus rebanhos eram suas ideias? Bernardo Soares guarda livros, ou melhor, *como que* guarda livros, que são suas sensações. Um, era guardador de rebanhos/ideias; o outro, guardador de livros/sensações. Ali, as ideias, e mesmo as sensações; aqui, as sensações. Irmãos na guarda de análogas manifestações da subjetividade? E um deles, Caeiro, o mestre dos heterónimos, incluiria Bernardo Soares entre seus discípulos?

Os fragmentos, as páginas do diário, registram sensações, como se o dia-a-dia de Bernardo Soares não fosse de contas, ou o deve/haver dos negócios, mas de sensações. Dar conta delas, fazer-lhes o deve/haver, eis o seu monótono ofício cotidiano: «Sábio é quem monotoniza a existência, pois então cada pequeno incidente tem um privilégio de maravilha. (...) Monotonizar a existência, para que ela não seja monótona». Guardador de sensações, Bernardo Soares pensaria ordená-las segundo a passagem do tempo, como um autêntico diário comercial? Ou que outra ordem lhes conferir? Haveria algum arranjo natural ou lógico para as sensações? Ou seriam convivas duma mesa-redonda em movimento, de sorte que não obedecessem ao calendário ou a qualquer sequência, coexistindo sempre, além do espaço e do tempo? Contemporâneas, coextensivas, geradas como que dum jato só, por um cérebro que as registrasse como um enxadrista enfrentando vários adversários simultaneamente, podem ser dispostas, do ângulo gráfico, de qualquer maneira – pensaria o semi-heterónimo, e com ele Fernando Pessoa, – e poderiam pensar o leitor e o crítico, atentos não à ecdótica senão à congenialidade substancial dos fragmentos. Porque de sensações se trata, fruto dum inconsciente que jorra sem parar, não há antes nem depois, mas uma perenidade que se cumpre no acto de enunciá-las.

DISCURSO CRÍTICO

Nivelando-se com o poeta «sem metafísica» nessa equação, a de guardador, Bernardo Soares leva mais adiante, em meio à solidão e tédio que o inundam, a semelhança com Alberto Caeiro: «Reparar em tudo pela primeira vez, não apocalipticamente, como revelações do Mistério, mas diretamente como florações da Realidade», diz ele, como se burilasse um postulado. E noutro passo acrescenta: «Releio passivamente, recebendo o que sinto como uma inspiração e um livramento, aquelas frases simples de Caeiro, na referência natural do que resulta do pequeno tamanho da sua aldeia». Mas em determinado momento/sensação, ei-lo a confessar, não sem recôndita mágoa: «Nunca tive alguém a quem pudesse chamar "mestre". Não morreu por mim nenhum Cristo. Nenhum Buda me indicou um caminho. No alto dos meus sonhos nenhum Apolo ou Atena me apareceram, para que me iluminassem a alma». Escaparia Bernardo Soares do circuito de Caeiro? Criando-o como semi-heterónimo, Pessoa subtrair-se-ia, ou subtraí-lo-ia, ao mestre? Ou, por outra, o semi-heterónimo seria, verdadeiramente, um semi-mestre? O mestre que Pessoa foi para si próprio, ao criar (seu mestre) Caeiro, ainda o seria ao inventar Bernardo Soares, uma espécie de Caeiro citadino? Teria tido Pessoa dois mestres, um, «por inteiro», e outro, «pela metade»?

Como sempre, no discurso de Pessoa, falando por si ou por meio de um dos heterónimos, ou deixando-se ver na totalidade dos versos e da prosa, a igualdade acaba significando diferença, ou implicando-a, e vice-versa. Se Bernardo Soares guarda sensações, como Caeiro guarda ideias/sensações; se é mestre de si próprio, a parecença logo mostra uma disparidade quase radical. Por pastorearem ou registrarem sensações, avizinham-se; entretanto, por estar um na cidade e outro no campo, é razão suficiente para se distinguirem, ou ainda para se antagonizarem. Afinal, sendo Bernardo Soares sem mestre, não surpreende que se oponha a todo mestre que não seja Cristo ou Buda, Apolo ou Atena. Para guardar sensações, parece dizer ele, não é preciso mestre. E por isso, se suas

221

sensações são urbanas, logo repudiam qualquer sensação doutro tipo. Pondera ele: «para mim, ou para os que sentem como eu, o artificial passou a ser o natural, e é o natural que é estranho. Não digo bem: o artificial não passou a ser o natural; o natural passou a ser diferente». E depois de afirmar que detesta os produtos da tecnologia (o telefone, o telégrafo, os veículos, etc.), ei-lo a dizer, contrariamente à filosofia de Caeiro: «Nada o campo ou a natureza me pode dar que valha a majestade irregular da cidade tranquila, sob o luar, vista da Graça ou de S. Pedro de Alcântara. Não há para mim flores como, sob o sol, o colorido variadíssimo de Lisboa».

Anti-Caeiro? Em muitos aspetos, a resposta é positiva, menos como um discípulo que rejeitasse o mestre, do que um (semi-)mestre que disputasse com outro. Dir-se-ia que Caeiro é mestre de poetas, e Bernardo Soares, de prosadores? E, portanto, quando se tratasse de focalizar a produção prosística de Pessoa, é ao ajudante de guarda-livros que devemos invocar, já que, certamente, ninguém se lembraria de Caeiro? Um mestre de poesia e um mestre de prosa, de onde a rivalidade essencial entre ambos, apesar da possível identificação que os envolve? Tudo leva a crer que sim: «O Guardador de Rebanhos» estaria para a poesia pessoana, nela incluída a dos heterónimos e a ortónima, assim como o *Livro do Desassossego* estaria para a prosa de Pessoa, composta de ficção, estética, política, filosofia, sociologia, etc. Por que Pessoa, tão lúcido, não teria percebido, e caso o percebesse, não o declarou? Talvez porque se tratasse dum mestre a meias, oblíquo, reticente, sibilino, como são os mestres da prosa desde sempre? E, consequentemente, dum mestre que se esconde, que se anula, para o ser, ou que se desconhece como tal?

As interrogações flutuam no ar, mas não é de estranhar que apontem para um resposta afirmativa: ainda não era um mestre completo – com respeito à prosa, os códigos, as retóricas, estariam sempre abertas, inconclusas –, o mestre (da prosa) que habitava o cérebro de Pessoa. Quando o fosse integralmente, se o fosse, o declará-lo existente seria tão natural quanto no caso de Caeiro. Intriga, porém, que, na famosa carta de 13 de janeiro de 1935, Pessoa faça menção de Bernardo Soares: considerava-o discípulo de Caeiro, à semelhança dos outros? Mas, nesse caso, por que o ajudante de guarda-livros o nega no *Livro do Desassossego*, opostamente aos demais, que não só o reconhecem como lhe dedicam páginas de interpretação?

Recorde-se que Pessoa se refere a Bernardo Soares entre parênteses, depois de haver examinado os três heterónimos principais. E diz que «é um semi-heterónimo, porque, não sendo a personalidade a minha, é não diferente da minha, mas uma simples mutilação dela». Para ser heterónimo pleno deveria ser, portanto, diferente de Pessoa e não «uma simples mutilação» dele: ainda não é heterónimo visto ser o signatário da carta «menos o raciocínio e a afetividade». Note-se que é o único semi-heterónimo declarado; os outros, ficaram em projeto, esboçados ou escassamente expressos, inclusive A. Mora, seu *alter ego* filosófico mais fecundo. E todos eles, não só têm seus nomes calados na carta, como também não levaram avante os planos que Pessoa lhes consignara: decerto estariam à espera do mestre, dado que Caeiro não o podia ser. Mestre de poetas, sem dúvida, mas não de prosadores. Esses, precisariam de um mestre – com muita probabilidade o autor do *Livro do Desassossego*, cuja prosa, além de ser «um constante devaneio», é igual à de Pessoa, «e o português perfeitamente igual». Bernardo Soares seria, por conseguinte, o mestre esperado, em vão, pelos prosadores. A complexidade do *Livro do Desassossego* o diz: para além do problema de sua montagem, a diversidade dos temas e das maneiras de tratá-los, acompanhando o vaivém das sensações, suspensas que são «as qualidades de raciocínio e de inibição», podem servir de modelo a ficcionistas, ensaístas, poetas em prosa, etc.

É sintomático, nessa ordem de ideias, que Pessoa, reportando-se à «futura publicação de obras minhas», confidenciava hesitar entre «um livro de umas 350 páginas – englobando as várias subpersonalidades de Fernando Pessoa

FERNANDO PESSOA

ele-mesmo, ou se deveria abrir com «uma novela policiária, que ainda não consegui completar». Por que destacar a «novela policiária» da produção das subpersonalidades, senão para marcar uma diferença que é, no fundo, não só quanto aos géneros literários, mas também, e acima de tudo, de haver um mestre para cada um deles?

Em suma: Bernardo Soares repele a liderança de Caeiro por ser prosador. Pessoa talvez não chegasse a terminar o processo de fazê-lo heterónimo completo, circunstância que não o tornaria discípulo, mas mestre consumado: quem sabe, o autor de *Mensagem* teria concebido dois mestres, um de poesia (Caeiro) e um de prosa (Bernardo Soares), sem levar a termo, no entanto, a construção do último. De onde a semi-heteronímia. Como quer que seja, a genialidade pessoana, ainda reservando surpresas para o investigador, mais uma vez se confirma.

> Massaud Moisés «O *Livro do Desassossego*: livro-caixa, livro-sensação?», in *Encontro Internacional do Centenário de Fernando Pessoa*, Lisboa, Secretaria de Estado da Cultura, 1990, pp. 87-90. O artigo foi reproduzido na 2.ª edição de *Fernando Pessoa: O Espelho e a Esfinge*, São Paulo, Cultrix, 1998, pp. 139-143

Um Não-Livro dentro da Não-Biblioteca[11]

Num primeiro momento o *Livro*, atribuído a Pessoa ele-mesmo, consistia sobretudo em textos pós-simbolistas na linha reticente de «Na Floresta do Alheamento», mas sem

---

[11] Para além de ser um dos grandes tradutores para inglês da obra do autor da *Ode Marítima*, Richard Zenith é também um notável editor e ensaísta pessoano. As suas edições do *Livro do Desassossego* constituem a prova evidente da sua dedicação e da qualidade do seu trabalho.

serem tão cuidadosamente acabados, e muitas vezes não são acabados de todo. «Fragmentos, fragmentos, fragmentos», escreveu Pessoa ao seu amigo Cortes-Rodrigues, porque estes trechos abundavam em locuções dubitadas ou em simples lacunas que o autor pretendia preencher mais tarde com palavras, frases, ou parágrafos inteiros, e alguns dos trechos não eram mais do que apontamentos para textos que nunca chegaram a ser escritos. O *Livro*, desde a sua concepção, ficou sempre um projecto por fazer, por emendar, por organizar e levar a cabo. A ideia primitiva parece ter sido a de um livro só de trechos com títulos (...).

O *Livro do Desassossego*, um não-livro dentro da não-Biblioteca, é sintomático do embaraço do autor. Dá início ao seu projeto escrevendo textos que tentam elucidar um estado psíquico através de descrições do tempo e de paisagens irreais («No Floresta do Alheamento», «Viagem Nunca Feita»), visões idealizadas de mulheres assexuadas («Nossa Senhora do Silêncio», «Glorificação das Estéreis») e imagens orientais («Lenda Imperial») e medievais («Marcha Fúnebre para o Rei Luís Segundo da Baviera», com reis, rainhas, cortejos e palácios. São prosas poéticas, com muita atenção dada à cadência das frases e aos efeitos sonoros. Numa «Paisagem de Chuva», o autor fez questão de sublinhar o som de x na frase «o chiar da chuva baixou», e o uso de aliterações chega a ser abusivo no trecho (423) que começa «São cetins prolixos, púrpuras perplexas e os impérios seguiram o seu rumo de morte entre embandeiramentos exóticos de ruas largas e luxúrias», terminando: «Tanto os tambores, os tambores atroaram a trémula hora» (corresponderá este trecho à «Hora Trémula» na lista citada?). Nestes textos, a psique subjacente pertence a Pessoa, mas fica em abstrato. A escrita é impessoal, a voz narrativa etérea, e as coisas e as frases que designam as coisas pairam, vibrando levemente com tons amarelos. A palavra *desassossego* refere-se não tanto a uma perturbação existencial no homem como à inquietação e incerteza inerentes em tudo e agora destiladas no narrador retórico.

Mas a força dum outro desassossego – mais íntimo e profundo – impõe-se pouco a pouco, e o livro assume dimensões inesperadas. Uma destas outras dimensões não era, na verdade, tão inesperada. Refiro-me ao aspeto teórico e até pedagógico, tendência quase omnipresente na obra de Pessoa. Assim, a existência de trechos oníricos conduziu, muito naturalmente, a textos que explicavam o como e o porquê dos sonhos, com os vários trechos intitulados «Maneira de Bem Sonhar» formando um autêntico manual para sonhadores principiantes, e não só. Do mesmo modo, «Educação Sentimental» serve como texto de apoio para os muitos trechos «sensacionistas».

Foi também neste espírito didático, mas já com um resultado algo bizarro, que o autor escreveu os «Conselhos às Mal-Casadas», explicando às mulheres como «trair o seu marido em imaginação», prática que consiste «em imaginar o gozo com um homem A quando se está copulando com um homem B» e que é mais facilmente realizável «nos dias que antecedem os da menstruação».

A abstinência sexual de Pessoa (que talvez, quem sabe, não fosse total, mas pouco importa) levou-o a justificar a sua escolha através de trechos insistindo na impossibilidade de possuir um outro corpo, na superioridade de «amores em duas dimensões», tal como existem em chávenas de porcelana chinesa e em quadros ou vitrais, e nas virtudes da renúncia e ascetismo, sendo o *Livro* rico em vocabulário religioso, embora o misticismo pregado por Pessoa não se dedicasse a deus algum, a não ser ele mesmo («Deus sou eu», conclui em «Maneira de Bem Sonhar nos Metafísicos»).

Mas o que subverteu, sobretudo, o projeto inicial deste *Desassossego* foram as preocupações de ordem existencial, tanto no plano geral como no pessoal. Geral, porque o autor do *Livro* pertenceu «a uma geração que herdou a descrença na fé cristã e que criou em si uma descrença em todas as outras fés» (Trecho 306), e pessoal porque cada um, como reza o mesmo trecho, ficou «entregue a si próprio, na desolação de se sentir viver». Embora a vida, eternamente absurda, lhe provoque um enorme tédio (sendo este um dos vocábulos mais frequentes no *Livro do Desassossego*), Pessoa não consegue deixar de a sentir. «Sou uma placa fotográfica prolixamente impressionável», diz no trecho «Milímetros», que termina: «Nunca me esqueço de que sinto».

São sobretudo as impressões da sua vida interior – registadas em «Fragmentos de uma Autobiografia», «Diário ao Acaso» e textos afins, com e sem título – que invadem as páginas do que tinha começado por ser um livro bem diferente. Pessoa percebeu que o projeto tinha escapado das suas mãos (se é que alguma vez realmente o segurara), pois em mais uma carta a Cortes-Rodrigues, escrita em Setembro de 1914, diz que o *Livro*, «aquela produção doentia», vai «complexamente e tortuosamente avançando como se andasse pela sua própria vontade».

E Pessoa deixou-o andar, rabiscando *L. do D.* à cabeça dos mais diversos textos, às vezes posteriormente, ou com um ponto de interrogação exprimindo dúvida. O *Livro do Desassossego* – sempre provisório, indefinido e em transição – é uma daquelas raras obras onde *la forme et le fond* se refletem perfeitamente. Sempre com a intenção de rever e organizar os fragmentos, mas sem coragem ou paciência para enfrentar a tarefa, Pessoa foi acrescentando material, e os parâmetros da obra amorfa dilatavam-se. Além dos textos simbolistas e diarísticos, Pessoa juntou especulações filosóficas, credos estéticos, observações sociológicas, apreciações literárias, máximas e aforismos, e só por pouco não entraram considerações políticas (como se depreende de um apontamento com «ideias para o *L. do D.*» que incluem «Voto – Democracia – Aristocracia» e «Patriotismo: deveres dos estadistas»). Pessoa até carimbou uma carta à mãe (no Apêndice) com o *L. do D.* indicador. O *Livro do Desassossego*, numa das suas vertentes, tornou-se um depósito para muitas escritas que não tinham outro paradeiro, «uma arca menor» (como o caracterizou Teresa Rita Lopes) dentro da arca lendária onde Pessoa deixou milhares e milhares de originais.

Mas é aí, na sua desarrumação, que se manifesta a grandeza do *Livro*. Foi um depósito, sim, mas um depósito para joias, ora polidas ora em bruto, adaptáveis a uma infinidade de jogos, graças à falta de uma ordem pré-estabelecida. A sua incapacidade de constituir-se num *Livro* uno e coerente conferiu-lhe a possibilidade de ser muitos, e nenhuma obra de Pessoa interagiu tão intensamente com o resto do seu universo. Se Bernardo Soares diz que o seu coração «esvazia-se... como um balde roto» (Trecho 154) ou que a sua vontade «é um balde despejado» (Trecho 78), Álvaro de Campos afirma «Meu coração é um balde despejado» (em «Tabacaria») e compara o seu pensar a «um balde que se entornou» (num poema datado de 16/8/1934). Se Soares acha que «Nada pesa tanto como o afeto alheio» e que «tanto o ódio como o amor nos oprime» (Trecho 348), uma ode de Ricardo Reis sustenta que «O mesmo amor que tenham / Por nós, quer-nos, oprime-nos» (num poema datado de 1/11/1930). E quando o guarda-livros deseja ver «tudo pela primeira vez, não [...] como revelações do Mistério, mas diretamente como florações da Realidade» (Trecho 458), como não pensar nos versos de Alberto Caeiro?

Com efeito, podemos folhear o *Livro do Desassossego* como um caderno de esboços e resquícios que contém o artista essencial em toda a sua diversidade heteronímica. Ou podemos lê-lo como um «livro dos viajantes» (Trecho 1) que fielmente acompanhou Pessoa através da sua odisseia literária que nunca saiu de Lisboa. Ou então seja ele a «autobiografia sem factos» (Trecho 12) de uma alma empenhada em não viver, que cultiva «o ódio à ação como uma flor de estufa» (Trecho 103).

Richard Zenith, «Introdução», in Bernardo Soares,
Livro do Desassossego, Lisboa, Assírio & Alvim, 1998, pp. 16-20.

O Poema Impossível e a Possibilidade da Poesia[12]

Regresso para insistir naquilo que justifica o título deste livro e que por várias vezes aflora no que há anos escrevi: o que podemos conhecer do *Fausto* de Pessoa não é *assim* porque ficou inacabado; mais do que isso, questão outra, trata-se de que esse poema ficou inacabado porque o que Pessoa ia escrevendo ao longo dos anos era *assim,* como se tentou ler. Dito de outro modo, trata-se não só de um poema inacabado mas de um poema inacabável, de um poema impossível. E deve ser claro que, impossível, não por falta de tempo de vida, nem por falta de «talento» (ou do que por isso se possa entender).

Qual então o sentido dessa impossibilidade? Trata-se, de imediato, como o escrevi na tese, de uma impossibilidade de género, como o disse também José Augusto Seabra (*Fernando Pessoa ou o Poetodrama*, 1982, pp. 19-25). Trata-se realmente de uma impossibilidade de atingir o poema de um género literário visado, porque tudo indica – as notas e as indicações cénicas que acompanham alguns fragmentos, e o próprio texto fragmentário que resta – que o projeto de Pessoa visava, em termos de género, o *poema dramático.* Mas também aqui se deve entender que esta impossibilidade não pode ser lida como uma incapacidade de autor, mas antes como a revelação, pelo texto, de uma *impossibilidade,* por assim dizer *necessária.* Esta é aliás a via para compreender que esta dramaticidade, impossível enquanto regra de género, permite entretanto ler o *drama* como constituinte interna da linguagem, da voz poética da obra que constitui o universo Fernando Pessoa.

---

[12] Tendo dedicado ao *Fausto* pessoano a sua tese de licenciatura, Manuel Gusmão aceitou publicá-la quinze anos depois, acrescentando-lhe o posfácio «O poema impossível e a possibilidade da poesia» a que pertence o fragmento aqui reproduzido.

Mas em que consiste esta impossibilidade de fazer um poema de género, um poema «de acordo» com o género procurado? Consiste na falta de unidade múltipla e dinâmica do género: organização do tempo e do texto em atos e cenas, estrutura dos acontecimentos, recorte das vozes e dos personagens, etc. Mas também nas características do *herói* (aquele que a escrita como tal constrói, a personagem que, no caso, quase exclusivamente, diz *eu*) e, desde logo, na sua negatividade, herói que é da negação e da impotência radical, o que também a plenitude formal do género dificilmente comportaria, até porque essa impotência não é uma simples conceção ou «pose» estética, um estereótipo do decadentismo (que também ele aliás pode ser mais do que uma «atitude», mas sim a experiência avassaladora e trágica de uma aventura de linguagem, de dimensão gnosiológica, existencial e ética.

José Augusto Seabra, no texto citado, liga a impossibilidade de Pessoa realizar o seu projeto ao caráter abstrato dos conflitos que prefigura nas suas notas e à própria «racionalização» do projeto: «Que esta estrutura dramática seja prefigurada mais como um conflito de conceitos abstratos do que como um conflito vivo de personagens em cena, apenas comprova a incapacidade experimentada por Pessoa de exteriorizar o seu projeto dentro da "poesia dramática" propriamente dita» e «a verdade é que o próprio excesso de racionalização do projeto o leva à impotência da passagem da conceção ao ato criador».

Quanto à primeira observação, na minha própria leitura ao rés do texto de Pessoa, e no confronto com o texto de Goethe, fica clara essa impossibilidade de construção de personagens diferentes e concretamente recortadas, construindo-se, conflitualmente ativas. Entretanto, creio que não é o evidente carácter de abstração com que podemos ler os conflitos internos da voz no *Fausto* (caráter que lhes vem da sua inegável dimensão filosófica) que pode ser ligado à impossibilidade de que falamos. Esta impossibilidade, tal como a fui lendo no texto da tese, radica-se antes nos modos da insularização da voz única do texto. Trata-se de uma impossibilidade que se encontra mais fundo do que a de conseguir a realização da obra de género; trata-se de uma impossibilidade que está no «centro» da poética de Pessoa, que se manifesta em toda a sua obra, e que os fragmentos do *Fausto* dizem triplamente, na sua organização de sentido: impossibilidade de conhecer; impossibilidade de viver e de amar; impossível transparência da linguagem. Impossibilidades que não são simplesmente «posições» ou «teses», mas «descobertas» de uma experiência a tais «descobertas» condenada.

Manuel Gusmão, O *Poema Impossível: o «Fausto» de Pessoa*,
Lisboa, Caminho, 1986, p. 213-215.

6.

ABECEDÁRIO

ÁGUIA (A)

Revista ilustrada de literatura e crítica, começou a publicar-se em Dezembro de 1910, sob a direção de Álvaro Pinto. Ameaçada de extinção em 1911, sobreviveu e passou a ser, a partir de 1912, o órgão da *Renascença Portuguesa*. Acabaria por perdurar até 1932. Foram Teixeira de Pascoaes e Leonardo Coimbra as personalidades que mais marcaram a revista, que deu voz ao saudosismo do primeiro e ao criacionismo do segundo. Foram também destacados colaboradores da *Águia*, escritores como Jaime Cortesão, Mário Beirão, António Correia de Oliveira, Afonso Lopes Vieira e Augusto Casimiro. Foi na *Águia*, como crítico, que Fernando Pessoa iniciou, em 1912, a sua actividade literária em Portugal. Em três artigos dedicados ao estudo da moderna poesia portuguesa, afirmava-se um defensor intransigente dos valores estéticos desta geração (que identificava com o transcendentalismo panteísta) e prenunciava, para breve, a emergência de um poeta que relegaria para segundo plano, como poeta mais representativo do país, o autor de *Os Lusíadas*.

ATHENA

Dirigida por Fernando Pessoa e Ruy Vaz (responsável pela parte gráfica), esta revista começou a ser publicada em outubro de 1924, tendo sobrevivido até ao número 5 (fevereiro de 1925). Para além da colaboração dos «velhos» escritores modernistas, como Almada, Luiz de Montalvor e Raul Leal, e de novos amigos, como António Botto, foi nela que Pessoa publicou, pela primeira vez, poemas de Alberto Caeiro e Ricardo Reis. Aí publicou também os «Apontamentos para uma estética não-aristotélica» e poemas inéditos de Mário de Sá-Carneiro.

CAMÕES

Luís de Camões surge na obra de Pessoa, e desde logo nos artigos publicados n'*A Águia* sobre a nova poesia portuguesa, como um modelo a superar. É a partir deste desafio que têm de ser lidas todas as referências positivas e negativas que o autor da *Mensagem* vai fazendo ao longo da sua vida ao criador de *Os Lusíadas*. No mais relevante texto de Pessoa sobre o épico, também ele inevitavelmente ambíguo, e que é um depoimento integrado numa homenagem a Camões, publicado, em 4 de fevereiro de 1924, no *Diário de Lisboa*, *Os Lusíadas* são vistos como uma notável «epopeia histórica», mas colocados num plano inferior ao da *Ilíada*, da *Divina Comédia* e do *Paraíso Perdido*. O repto, evidentemente, mantém-se: «A epopeia que Camões escreveu pede que aguardemos a epopeia que ele não pôde escrever».

CONTEMPORÂNEA

A revista dirigida por José Pacheco (responsável pelo grafismo da capa do primeiro número da revista *Orpheu*) foi uma das publicações mais marcantes da vanguarda histórica portuguesa, ainda que não se tratasse de uma publicação exclusivamente modernista, o que talvez explique a sua relativa longevidade. Fundada em 1922, sobreviveu até 1926.

Numa carta a Armando Côrtes-Rodrigues, Pessoa considerou-a mesmo, em certos aspetos, uma sucessora do *Orpheu*, ainda que o conjunto não merecesse a sua incondicional aprovação. Mas a verdade é que a *Contemporânea* teve, entre outros, o grande mérito de reconhecer a importância de Fernando Pessoa, que nela publicou textos poéticos em inglês, francês e português (por exemplo a sequência intitulada «Mar Português», que viria a ser integrada na *Mensagem*, e dois poemas de Campos com o título de «Lisbon Revisited», publicados em 1923 e 1926) e ainda vários artigos em prosa, nomeadamente o polémico «António Botto e o ideal estético em Portugal».

DRAMA-EM-GENTE

«O que sou essencialmente é dramaturgo», dizia Pessoa em 20 de Janeiro de 1935, numa carta a Casais Monteiro. E na realidade o poeta sempre insistiu na comparação entre as personalidades que criou e as personagens inventadas pelos produtores de obras teatrais. Com uma diferença essencial: as suas personagens tinham-se emancipado do autor, viviam por si, parasitando apenas o corpo em que estavam instaladas. «Estas individualidades devem ser consideradas como distintas da do autor delas», registava na «Tábua Bibliográfica» publicada na *Presença*, rematando com a conclusão: «É um drama em gente, em vez de em atos».

ESOTERISMO

A relação de Pessoa com as sociedades religiosas esotéricas (ou seja, que incluem elementos doutrinários e práticas que não podem ser conhecidas dos profanos) começou com o início das traduções, em 1915, de obras teosóficas (ainda que anteriormente já tivesse lido um livro sobre a Fraternidade Rosa-Cruz). A partir desse momento, foi sempre crescente o interesse e a vinculação do poeta a esse universo religioso. Rejeitando explicitamente as formas «oficiais» de Cristianismo, afirmava acreditar numa tradição cristã secreta, com origem na Gnose e continuada pelas Ordens religiosas-militares medievais, pelos Rosa-Cruz e pela Maçonaria.

FASCISMO

A palavra fascismo, geralmente pronunciada à maneira italiana no nosso país, tanto pode designar estritamente o regime político italiano de Mussolini como pode referir-se ao conjunto de sistemas totalitários de direita que existiram em vários países europeus no século XX. Contraditório na política, como em quase tudo, Pessoa deixou-se seduzir pelos tiques autoritários de Sidónio e revelou compreensão pelo golpe militar de 1926, mas discordou da criação da União Nacional e desafiou abertamente o regime de Salazar com o artigo em defesa da Maçonaria publicado em 1935 no *Diário de Lisboa*. Nos seus últimos meses de vida, escreveu um amplo conjunto de poemas e outros textos contestando Salazar e o Estado Novo, que começava a identificar com o fascismo. Num texto incluído em *Pessoa Inédito*, é referido que a 2 de julho de 1932 [morre nesse dia, no exílio, D. Manuel II, e Salazar toma posse como chefe do Governo em 5 de julho do mesmo ano] «se deu o acontecimento que mudou o rumo da ditadura portuguesa e fez brotar de uma simples ditadura militar à Primo de Rivera, a atual ditadura à Mussolini».

FUTURISMO

Fundado e revelado publicamente, por Filippo Marinetti, no jornal francês *Le Figaro*, em 20 de fevereiro de 1909, este movimento de Vanguarda, que fazia a apologia da força e do dinamismo da moderna sociedade industrial e pretendia romper com toda a cultura do passado, viria a exercer uma extraordinária influência na actividade artística, mas sobretudo na literatura, nas primeiras décadas do século XX. No *Manifesto técnico da literatura futurista*, publicado três anos depois, Marinetti propunha uma verdadeira revolução morfossintática, defendendo, por exemplo, a eliminação da pontuação, a abolição do adjetivo e do advérbio, ou sustentando que os substantivos deviam ser dispostos ao acaso e que os verbos deveriam ser usados no infinitivo. Os primeiros contactos de Pessoa com o Futurismo deveram-se às informações epistolares remetidas de Paris por Mário de Sá-Carneiro, que viu na *Ode Marítima* de Álvaro de Campos, quando esta lhe foi remetida por carta, a «obra-prima do futurismo». Na realidade, o heterónimo pessoano, não renunciando à subjetividade e ao intimismo, nem se propondo destruir os ícones culturais do passado, não chegou nunca a ser um verdadeiro futurista, ainda que o culto da velocidade e das tecnologias o tenham aproximado do paradigma estético marinettiano. «Dar Homeros à era das máquinas», eis o que defende Álvaro de Campos no seu *Ultimatum*.

HETERÓNIMO

O termo não foi inventado por Fernando Pessoa, mas foi o poeta que lhe conferiu, na «Tábua Bibliográfica» publicada no n.º 17 da *Presença* (1928), o seu significado actual: «O que Pessoa escreve pertence a duas categorias, a que poderemos chamar ortónimas e heterónimas. Não se poderá dizer que são anónimas e pseudónimas, porque deveras o não são. A obra pseudónima é do autor em sua pessoa, salvo no nome que assina; a heterónima é do autor fora da sua pessoa, é de uma individualidade completa fabricada por ele, como seriam os dizeres de qualquer personagem de qualquer drama seu». Na 10.ª edição do *Dicionário da Língua Portuguesa* de Cândido Figueiredo, V. II, Lisboa, Livraria Bertrand, 1949, p. 28, podemos encontrar ainda a definição pré-pessoana de *heterónimo*: «Diz-se do autor que publica um livro sob o nome verdadeiro de outra pessoa. E diz-se do livro que se publica debaixo do nome de pessoa que não é autora dele». Apesar de Pessoa ter inventado dezenas de «personalidades literárias», na Tábua Bibliográfica só admite (naquele momento) a existência de três heterónimos: Alberto Caeiro (o Mestre Caeiro, que lhe teria sido revelado em 8 de março de 1914, o mítico «dia triunfal») e os discípulos deste, Ricardo Reis e Álvaro de Campos.

ÍBIS

Foi o nome desta ave, venerada como uma divindade no Antigo Egito, que o poeta atribuiu à tipografia e editora que fundou em 1909, e para a qual tinha grandes planos editoriais, que se frustrariam por completo. Na correspondência entre Fernando Pessoa e Ofélia Queiroz, o escritor é também algumas vezes assim designado.

IMAGISMO

Assumindo-se como antissentimentalista e defensor da utilização de uma linguagem precisa, concisa e visualmente sugestiva, este movimento, revelado em 1912, teve como figura maior o poeta norte-americano Ezra Pound. Na sua correspondência, em 1915, para um editor inglês, propondo-lhe a publicação dos seus poemas ingleses, Pessoa refere-se a dois dos mais conhecidos poetas imagistas, Richard Aldington e F.S. Flint, afiançando que como poeta em português era «bastante mais avançado do que os imagistas ingleses».

INICIAÇÃO

Quase todos os movimentos religiosos organizados como sociedades secretas incluem um ritual iniciático, que Pessoa definiu, de modo lapidar, como «um processo destinado a realizar psicologicamente num indivíduo a passagem de um estado considerado inferior do ser para um estado superior». Escreveu igualmente que «O verdadeiro significado da iniciação é o de ser este mundo visível em que vivemos um símbolo e uma sombra, e o de ser esta vida que conhecemos por intermédio dos sentidos uma morte e um sono, é o de ser quanto vemos uma ilusão. A iniciação é o desfazer – um desfazer gradual e parcial – desta ilusão».

INTERSECCIONISMO

Sucedeu ao Paulismo como proposta estética do Modernismo português. Amplamente influenciado pelo Cubismo e pelo Simultaneísmo, consistiu sobretudo no cruzamento ou intersecção, no mesmo plano sincrónico, de vários planos espaciais e temporais ou ainda do plano da realidade física com o plano onírico, simbólico ou psicológico. «Chuva Oblíqua» é o conjunto poético mais emblemático do Interseccionismo.

MAÇONARIA

A relação de Pessoa com a Maçonaria é uma questão bastante interessante, se tivermos em conta que, durante a Primeira República, o poeta manifestou uma forte hostilidade aos dirigentes republicanos, que eram também membros proeminentes da Maçonaria, como Afonso Costa, e no final da sua vida, já em pleno regime salazarista, teve a coragem de publicar um artigo no *Diário de Lisboa*, em 4 de fevereiro de 1935, insurgindo-se contra uma proposta de lei, apresentada na Assembleia Nacional, que visava justamente a extinção da Maçonaria. É evidente que a aproximação de Pessoa à Maçonaria se deveu às suas leituras sobre as ordens iniciáticas e aos contactos que chegou a ter com esse universo social e religioso. Embora considerasse a Maçonaria uma ordem menor (no poeta dedicado a S. João, afirma ser mais que ele, por ser templário, enquanto o santo era apenas *maçon*), entendia que ela estava igualmente no caminho da verdade.

MENSAGEM

Assim se denomina o único livro de poesia em português publicado por Pessoa. Não era esse, como se sabe, o título previsto, mas é, sem dúvida, o mais adequado. Praticamente desde a sua primeira aparição pública, n'*A Águia*, que o poeta se apresenta como portador de uma «Mensagem» para a tribo de que ambicionava ser o verdadeiro bardo.

«Emissário de um rei desconhecido», de um Deus ou de um Mestre incógnito, ele via-se, ou queria que o vissem, como um *médium* ou uma tela desenhada por mão oculta.

MODERNISMO

Trata-se de um termo ambíguo, porque o seu uso não se limita às artes e à literatura, e porque mesmo no domínio da crítica literária pode ter várias aceções: usado no seu sentido mais lato, compreende as últimas décadas do século XIX e as primeiras do século XX; no sentido mais restrito, é um movimento artístico-literário cronologicamente colocado entre o Simbolismo-Decadentismo e a Vanguarda. Em Espanha, no entanto, o movimento estético a que se dá o nome de Modernismo corresponde à corrente conhecida nas restantes tradições críticas europeias por Simbolismo. Em Portugal, não é habitual estabelecer-se uma clara distinção entre Modernismo e Vanguarda, sobretudo porque na geração do *Orpheu* confluem as experiências poéticas pós-simbolistas com a receção (por Campos e Almada, especialmente) das correntes mais especificamente vanguardistas, em especial do Futurismo.

MITO

«O mito é o nada que é tudo», dizia Pessoa na *Mensagem*. Como se depreende da resposta de Pessoa ao Inquérito «Portugal, Vasto Império», o mito era a «mentira» admitida como verdade, que as sociedades necessitavam para elevar a sua moral. Tal como Ulisses era o fundador mítico de Lisboa, D. Sebastião era o mítico fundador do Quinto Império, cultural e espiritual. «Que mal haverá em nos prepararmos para este domínio cultural, ainda que não venhamos a tê-lo? (...) Se falharmos, sempre conseguimos alguma coisa – aperfeiçoar a língua. Na pior hipótese, sempre ficamos escrevendo melhor».

NEOPAGANISMO

Católico por nascimento, como quase todos os portugueses da sua época, Pessoa revelar-se-ia, na sua juventude, como um cético em matéria religiosa. Esse ceticismo evoluiria, entretanto, para uma oposição sistemática ao clericalismo católico. O paganismo começa por ser uma opção estética decorrente da sua falta de crença e do seu racionalismo: «Creio que o paganismo representa a mais verdadeira e a mais útil das fés; creio mesmo que não representa uma fé, mas uma visão intelectual da verdade». O paganismo aparece na obra pessoana estreitamente associado à heteronímia: Ricardo Reis é um pagão «ortodoxo»; Caeiro representa o paganismo natural. Para além destes, há António Mora, o teórico «oficial» do

Paganismo. Junta-se-lhes, mais tarde, Fernando Pessoa, representando um ramo divergente do de Mora, o Paganismo Superior, uma espécie de Politeísmo Supremo, que se apresenta como uma síntese de todas as religiões. A longa persistência do debate neopagão na obra pessoana está intimamente relacionada com o facto de Pessoa encontrar bastantes pontos de contacto entre o Paganismo, a Teosofia e Gnose. Numa entrevista à *Revista Portuguesa*, datada de 1923, ainda afirmava: «Na eterna mentira de todos os deuses, só os deuses todos são verdade».

ODE

A ode era originariamente, na Antiga Grécia, uma composição poética destinada ao canto. Fernando Pessoa chamou odes às composições poéticas estoico-epicuristas de Ricardo Reis, por influência das «odes» horacianas. Batizou igualmente de odes os poemas sensacionistas em que Campos fazia a apologia (e a crítica) da moderna sociedade tecnológica – «À dolorosa luz das grandes lâmpadas elétricas da fábrica / / Tenho febre e escrevo.» –, e que pretendia reunir num volume intitulado *Arco do Triunfo*.

OFÉLIA

Só podia ter um nome shakespeariano a mulher distinguida para figurar na biografia pessoana como sua única namorada. Empregada num dos escritórios com que Pessoa colaborava, o do seu primo Mário, as suas cartas ao poeta revelam uma mulher profundamente apaixonada e fascinada pela personalidade de Pessoa. O namoro ocorreu em dois períodos distintos (1920 e 1929-1931), tendo terminado nos dois casos por iniciativa de Fernando Pessoa, sem meios económicos para constituir uma família, é certo, mas também demasiado preocupado com a sua obra para se deixar tentar em demasia pelo prosaísmo do casamento burguês.

OLISIPO

Editora criada por Fernando Pessoa, na qual seriam editados, do próprio, os *English Poems I-II* e *English Poemas III*, e de Almada Negreiros *A Invenção do Dia Claro*. O escândalo chegaria com as *Canções* de António Botto, elogiadas por Pessoa na *Contemporânea*, e o opúsculo *Sodoma Divinizada*, de Raul Leal. Na sequência de um movimento de «estudantes das escolas superiores de Lisboa», estes dois últimos volumes seriam apreendidos pela polícia, tendo a empresa pessoana cessado a sua atividade.

ORPHEU

Fernando Pessoa e os seus amigos escolheram, para a revista com que se propunham revolucionar as letras portuguesas o nome deste poeta mítico da Grécia Antiga. A revista propriamente dita constituiu, de facto, uma verdadeira revolução cultural nas letras portuguesas, abrindo-as à Modernidade e à Vanguarda. Necessariamente mal acolhida pela imprensa e pelos meios académicos oficiais, apesar de se terem publicado apenas dois números (em março e junho de 1915), o seu contributo para a definição da literatura do século XX português viria a ser absolutamente decisivo.

PAULISMO

Começou por ser uma forma radicalizada de Simbolismo, já de certo modo prevista nos artigos publicados n'*A Águia*. O nome derivou do poema «Pauis», que viria a ser integrado na revista *A Renascença*, o qual, com as suas frases sincopadas e justapostas, as sinestesias, o abuso das maiúsculas, os efeitos sonoros e cromáticos ou a reiteração das reticências (que provocavam um efeito de suspensão e indefinição), se constituiu como primeiro modelo da poesia paúlica.

PORTUGAL

Era o nome previsto para a coletânea poética místico-nacionalista, que acabaria por chamar-se *Mensagem*. Educado na África do Sul, o processo de naturalização de Pessoa acaba por conduzi-lo a um culto do país e da sua cultura, que parece por vezes incompatível com as suas afirmações de cosmopolitismo. E ainda que sejam sobretudo célebres a sua declaração de que a sua pátria é a língua portuguesa e a sua insistência no caráter cultural do Império que terá a sede em Portugal, a verdade é que dedicou centenas de páginas ao estudo de múltiplos aspetos da sociedade portuguesa (a história, a sociedade, a economia, a política), tendo procurado inclusivamente, sobretudo na sua fase sidonista, ter alguma intervenção ativa na definição da linha política nacional.

PORTUGAL FUTURISTA

Título de uma «publicação eventual», editada em 1917 e apreendida pela polícia. Tratando-se de uma revista em que colaboraram os mesmos escritores e artistas que haviam realizado o *Orpheu*, o título denuncia claramente a perda de influência de Pessoa (depois da morte de Sá-Carneiro, do *exílio* açoriano de Côrtes-Rodrigues e do afastamento de Guisado) sobre a sua geração. É de sublinhar a colaboração poética inédita de Guillaume Apollinaire, e a inclusão do *Manifesto Futurista da Luxúria*, de Valentine de Saint-Point, e de *O Music-Hall*, de Marinetti, para além dos polémicos e provocatórios *Ultimatum* de Álvaro de Campos e *Ultimatum futurista às gerações portuguesas do século XX*, de Almada Negreiros, diretamente responsáveis pela proibição da venda da revista: «O povo completo – proclamava Almada – será aquele que tiver reunido no seu máximo todas as qualidades e todos os defeitos. Coragem, portugueses, só vos faltam as qualidades».

PRESENÇA

Inicialmente dirigida por Branquinho da Fonseca, João Gaspar Simões e José Régio, esta revista coimbrã, que se publicou entre 1927 e 1940, ficou historicamente consagrada como o órgão do Segundo Modernismo. Para além das ideias estéticas próprias deste grupo geracional, sublinhadas no artigo intitulado «Literatura viva», assinado por Régio, é nesta publicação que são publicamente consagrados como mestres os principais autores do Primeiro Modernismo e particularmente Fernando Pessoa. Para além de nessa revista terem vindo a lume textos tão importantes como «Tabacaria» ou vários trechos do *Livro do Desassossego*, foi também ali que o poeta publicou a importante «Tábua Bibliográfica», em que aparece, em 1928, a definição de heterónimo que o tempo canonizaria.

QUINTO IMPÉRIO

O «sonho das eras português». Conhecedor das três grandes tradições proféticas que sustentavam a divisão da história humana em Eras ou Idades – a agostiniana das «7 Idades»; a das «3 Idades de Joaquim de Fiore»; e a do «Quinto Império», baseada na interpretação de um sonho de Nabucodonosor pelo profeta Daniel (episódio relatado na *Bíblia*) –, Pessoa, apoiado na *História do Futuro*, do padre António Vieira, privilegiou justamente a ideia de uma sucessão de Impérios (Grécia, Roma, Cristandade, Europa) de que o Português (um império espiritual e não de dominação militar ou territorial) seria o último. Na *Mensagem* («Os Avisos»), o próprio Fernando Pessoa aparece, ao lado de Bandarra e de Vieira, como um dos profetas do Quinto Império.

RENASCENÇA, A

Desta revista, fundada e dirigida por Carvalho Mourão, foi publicado apenas um número, em 1914. Tendo-se adiantado ao *Orpheu* como órgão do Paulismo, foi nela que Fernando Pessoa publicou o poema «Pauis», dentro de um conjunto intitulado «Impressões do Crepúsculo». É curioso que na revista, ao lado dos nomes mais relevantes da futura geração órfica, surja o nome de Júlio Dantas, que será pouco depois um dos seus principais opositores.

ROSA-CRUZ (FRATERNIDADE)

Nome de uma sociedade religiosa secreta que se tornou conhecida, a partir de 1614, com a publicação de um manifesto anónimo, a *Fama Fraternitatis*, que tem sido atribuído a Johann-Valentin Andreae. Para os seus seguidores, o fundador mítico da Fraternidade, Christian Rosenkreuz, teria sido iniciado no Médio Oriente no conhecimento das ciências esotéricas. Presumivelmente falecido em 1484, o seu túmulo e o seu corpo teriam sido descobertos 120 anos depois, tendo ainda sido encontrado nas mãos de Christian Rosenkreuz o livro que continha os seus conhecimentos secretos. Numa carta a Sá-Carneiro (escrita em Dezembro de 1915), em que se revela abalado pelo seu conhecimento da Teosofia, Pessoa afirma ter sentido o mesmo, muito tempo antes, depois de ter lido um livro sobre *Os Ritos e os Mistérios dos Rosa-Cruz*. Mas é na fase final da sua vida, nomeadamente quando conclui a *Mensagem*, que o poeta se revela mais próximo da doutrina rosicruciana.

SALAZAR

O ditador português nunca entusiasmou o poeta, apesar de inicialmente Pessoa ter manifestado alguma admiração pelo carisma de Oliveira Salazar, sobretudo quando este era ainda Ministro das Finanças. Mas já em 1930, ainda apenas como Ministro, o discurso pronunciado em 30 de julho para apresentar a União Nacional mereceu reparos ao poeta, que podemos encontrar em pelo menos dois fragmentos por ele deixados, nos quais revela preocupação pela colagem do Governo às teses «contra-revolucionários» do Integralismo Lusitano. Em 1935 a desconfiança de Pessoa relativamente a Salazar transforma-se em indignação e obsessão, na sequência dos ataques que lhe foram desferidos pela imprensa afeta ao regime, quando criticou o projeto de lei de José Cabral que visava acabar com a Maçonaria, e do discurso político do então chefe do Governo durante a atribuição dos prémios literários do SPN. «Tenho estado velho por causa do Estado Novo», escrevia o poeta numa das suas últimas cartas.

SEBASTIANISMO

Foi bastante temporão, sendo já visível nos artigos publicados em 1912 na *Águia*, o encontro de Fernando Pessoa com o Sebastianismo. Nos anos posteriores, o messianismo nacionalista pessoano combinar-se-ia com o esoterismo religioso a que crescentemente aderiria. Sebastianista racional, no entanto, por paradoxal que isso possa ser, Pessoa não podia acreditar no regresso físico do Rei-Desejado, não deixando, no entanto (e a *Mensagem* é disso um exemplo), de colocar toda a iconografia sebástica ao serviço do seu projeto de regeneração nacional: «D. Sebastião voltará, diz a lenda, por uma manhã de névoa, no seu cavalo branco, vindo da ilha longínqua onde esteve esperando a hora da volta. A manhã de névoa indica, evidentemente, um renascimento anuviado por elementos de decadência, por restos da Noite onde viveu a nacionalidade».

SENSACIONISMO

Num primeiro momento, o Sensacionismo surge na obra pessoana como uma espécie de adaptação do Futurismo à realidade portuguesa. A euforia mecanicista das grandes odes alvarianas não é antagónica com momentos de lirismo e intimismo. Mais tarde, a partir de finais de 1915, Pessoa passa a adotar esta designação para o conjunto da nova literatura portuguesa, ainda que sem grande sucesso. É justamente para evitar que *Orpheu* deixe de ser uma revista sensacionista que não cede os direitos de propriedade ao futurista Santa-Rita Pintor. São vários os fragmentos pessoanos em que o poeta explica em que consiste o Sensacionismo, ficando patenteado que esta designação está intimamente relacionada com o facto de Pessoa entender que a sensação é a fonte exclusiva de toda a criação artística e literária. Ainda que deslocado, por razões circunstanciais, para o número único de *Portugal Futurista*, o *Ultimatum* de Álvaro de Campos foi o manifesto tardio do Sensacionismo pessoano.

SHAKESPEARE

Tendo começado por ler o poeta e dramaturgo isabelino por obrigação escolar, Fernando Pessoa acabou por fazer dele um modelo permanente. É possível que esta paixão determinante tenha mesmo prejudicado o desabrochar de Pessoa como poeta em inglês. Um crítico do *Times Literary Supplement* detectou inclusivamente nos *35 Sonnets* «shakespearianismos ultra-shakespearianos». Até mesmo para explicar a heteronímia, o poeta recorreu ao cotejo com o dramaturgo inglês, comparando os heterónimos com personagens shakespearianas que se tivessem emancipado do seu autor e começassem a redigir os seus próprios textos. Shakespeare serviu, finalmente, de modelo a Pessoa para ilustrar a única forma de iniciação que não se subdivide em graus nem necessita mestres intermediários, provindo diretamente do Deus que rege o nosso mundo: o génio.

SIMBOLISMO

Preferindo a sugestão e o símbolo à denotação e à metáfora, os simbolistas puseram em crise o paradigma literário mimético vigente na estética realista. Quando voltou a Portugal em 1905, Pessoa leu simultaneamente os modernos poetas portugueses e os simbolistas franceses. E a verdade é que a influência simbolista, ainda que não exclusiva, foi sempre muito forte na poesia e na doutrinação literária pessoanas, desde o momento em que, n'*A Águia,* definia como características da poética da Renascença Portuguesa o *vago,* a *subtileza* e a *complexidade.* Posteriormente à publicação do *Orpheu,* o poeta considerava ainda o Simbolismo francês como uma das fontes primárias do Sensacionismo.

ULTRAÍSMO

Só em 1918 se organiza em Espanha uma verdadeira literatura de vanguarda. Filho tardio do Futurismo, o Ultraísmo espanhol adotou técnicas idênticas às das outras correntes vanguardistas europeias (eliminação de nexos gramaticais e de pontuação, justaposição de imagens, introdução de neologismos e tecnicismos, grande liberdade métrica e estrófica, organização artística da mancha gráfica dos textos). Ainda que tenham sido escassas as relações entre as vanguardas portuguesa e espanhola, Fernando Pessoa manteve em 1923 e 1924 uma fugaz mas ainda assim profícua correspondência com três dos autores mais destacados do grupo ultraísta andaluz, Rogelio Buendía, Adriano del Valle e Isaac del Vando-Villar, daí resultando (como informa Antonio Sáez Delgado) a publicação no jornal *La Província*, de Huelva, de traduções de textos de Sá-Carneiro, Botto, Judith Teixeira, Camilo Pessanha e do próprio Pessoa (os fragmentos V, VII, VIII, XII e XIII de *Inscriptions*).

UTOPIA

Se há uma palavra-chave para traduzir o conjunto da obra pessoana, essa palavra é Utopia. Permanentemente inquieto e insatisfeito, o poeta procurou sempre um mais-além humanamente inalcançável: «o porto sempre por achar». Constituindo a utopia uma meta extremamente difícil de atingir, uma das suas faces é a crítica radical da sociedade dentro da qual é gerada. A construção («da madrugada irreal») do Quinto Império passava, por isso, pela completa rejeição do Portugal coevo do poeta.

VANGUARDA

Termo oriundo da linguagem militar, passou a designar na época da Grande Guerra europeia o conjunto dos movimentos literários e artísticos cujos objetivos assentavam na rutura estética com a tradição cultural europeia, utilizando geralmente uma atitude provocatória e uma linguagem violenta. Os seus postulados doutrinários eram usualmente apresentados sob a forma de manifestos e *ultimata* e não se inibia de

ABECEDÁRIO

explorar as potencialidades plásticas da disposição das palavras no texto, utilizando a imagem visual, tal como os simbolistas haviam utilizado a imagem sonora. As primeiras tentativas de aclimatação nacional da Vanguarda europeia resultaram na criação pessoana do Interseccionismo e nas grandes odes sensacionistas de Álvaro de Campos. Sublinhe-se ainda a perscrutação doutrinária deste heterónimo, traduzida no *Ultimatum* (1917) e nos *Apontamentos para uma estética não-aristotélica* (1925).

WHITMAN (WALT)

O encontro de Pessoa com este poeta norte-americano seria absolutamente decisivo para a *construção* de dois dos seus heterónimos: Alberto Caeiro e Álvaro de Campos. É evidente que no contexto da ficção heteronímica, só Álvaro de Campos (e particularmente o Campos dinâmico e sensacionista) nos é apresentado como discípulo de Whitman («um Walt Whitman com um poeta grego lá dentro»), pois Caeiro sendo iletrado, não podia ser discípulo de ninguém. É apenas parecido com o poeta norte-americano, sobretudo pela perplexidade que causa lê-lo pela primeira vez: «Mesmo depois de Whitman, Caeiro é estranho, e terrivelmente, pavorosamente, novo». Abstraindo-nos do jogo heteronímico, temos de reconhecer que o influxo do poeta norte-americano é tão visível em Campos como no Mestre Caeiro, cuja liberdade métrica e o prosaísmo rítmico descendem claramente do autor de *Song of Myself*.

7.

REPRESENTAÇÕES

REPRESENTAÇÕES

CD Poesia

Fernando Pessoa — por João Villaret, EMI-Valentim de Carvalho, 1991.

Mensagem — por Luís Miguel Cintra, Lisboa, Presença, 1993.

O Guardador de Rebanhos — por Diogo Dória, Lisboa, Presença, 1994.

Ode Marítima — por João Grosso, Lisboa, Presença, 1995.

Fernando Pessoa — por Sinde Filipe (música de Laurent Filipe), 1997 (reeditado em 2008 pela Dinalivro).

Fernando Pessoa — por Paulo Autran, Rio de Janeiro, Luz da Cidade, 1999.

O Guardador de Rebanhos (I e II) — por Mário Viegas, Lisboa, Público, 2006 (a 1.ª edição, em vinil, realizada pela Sassetti, é de 1983).

Poesia de Alberto Caeiro: O Guardador de Rebanhos — por Afonso Dias e Telma Veríssimo, Música XXI, 2006.

Remix em Pessoa — por Jô Soares (música de Billy Forghieri), Rio de Janeiro, Performance Music, 2007.

Ode Marítima (Álvaro de Campos / Fernando Pessoa — por João Garcia Miguel. Incluído no volume *Era na Velha Casa. A Ode Marítima de Álvaro de Campos / Fernando Pessoa num projecto fotográfico de André Gomes*, Fundação EDP-Assírio & Alvim, 2008.

Apetece-lhe Pessoa? — Por José Jorge Letria, Lisboa, Ovação, 2008.

CD Música (Poemas de Pessoa)

A Música em Pessoa, Rio de Janeiro, Biscoito Fino, 2002 (1.ª edição, em vinil, Som Livre, 1985). Elisa Byington e Olivia Hime (produção). – Participação de Tom Jobim, Nana Caymmi, Francis e Olivia Hime, Ritchie, Eugénia Melo e Castro, Marco Nanini, Edu Lôbo, Olivia Byington, Arrigo Barnabé, Dori Caymmi, Marília Pêra, Vania Bastos e Jô Soares.

Mensagem 1, Cameraquatro Produções Ltda., 1996. (1.ª edição, em vinil, Estúdio Eldorado, 1986). Músicas de André Luiz Oliveira. Participação de Caetano Veloso, Elba Ramalho, Ney Matogrosso, Zé Ramalho, Elizeth Cardoso, Moraes Moreira, Gilberto Gil, Gal Costa, Belchior, Glória de Lourdes, Cida Moreira e André Luiz Oliveira.

António Emiliano, *Fausto. Fernando. Fragmentos*, Transmédia, 1989. Banda sonora da peça com o mesmo nome, encenada por Ricardo Pais.

Bévinda, *Pessoa em pessoas*, Mélodie/Celluloïd, 1997.

Liliana Felipe, *Tabaquería de Fernando Pessoa*, Opcion, 2001.

Mariano Deidda, *Deidda Interpreta Pessoa*, Lisboa, Lusogram, 2001 (2.ª ed., Sette Ottavi, 2004).

Mariano Deidda, *Deidda Interpreta Pessoa: Nel mio spazio interiore*, Sette Ottavi, 2003.

Mariano Deidda, *Deidda Interpreta Pessoa: L'incapacità di pensare*, Sette Ottavi, 2005.

Jean-Marie Machado, *Leve leve muito leve. Rêves et déambulations d'après Fernando Pessoa*, Éditions Hortus, 2003.

Mensagem 2, Cameraquatro Produções Ltda., 2004-2005. Músicas e Direcção Artística de André Luiz Oliveira. Participação de Milton Nascimento, Mônica Salmaso, Cida Moreira, Gilberto Gil, Elba Ramalho, Paula Rasec, Glória de Lurdes, Edson Cordeiro, Ná Ozzetti, Daniela Mercury, André Luiz Oliveira, Zeca Baleiro e Mário Lúcio.

Renato Motha e Patricia Lobato, *Dois em Pessoa*, Phantom Imports (Japão), 2004 (CD duplo).

Wordsong, *Pessoa*, Lisboa, 101 Noites-Transformadores, 2006 (CD e DVD).

Richard Graille, *Fernando Pessoa. Lisbonne revisitée*, Paris, EPM, 2006.

Filmografia

Longas-Metragens
Conversa Acabada. Realização de João Botelho (1982).
Mensagem. Realização de Luís Vidal Lopes (1988).
Réquiem – Um Encontro com Fernando Pessoa. Realização de Alain Tanner, 1998.

Telefilmes e Documentários (Seleção)
O Mistério da Boca Do Inferno. Realização de José Pina (RTP), 1989
Daisy: Um Filme Para Fernando Pessoa. Realização de Margarida Gil (RTP), 1991.
Fernando Pessoa. Realização de Isabel Calpe, 1995.
Pessoa – O Viajante Imóvel. Realização de Isabel Calpe, 1997.
Fernando Pessoa, o Poeta Fingidor. Realização de Claufe Rodrigues (GloboNews), 2007

CD-ROM

Fernando Pessoa Multimédia, Texto Editora – Casa Fernando Pessoa, 1997.
Vida e Obra de Fernando Pessoa, Porto Editora Multimédia, 1998.

Audiolivros

Um Jantar muito Original, de Fernando Pessoa (lido por São José Lapa), 101 Noites, 2007.

Ein anarchistischer Bankier, de Fernando Pessoa (lido por Hanns Zischler), Wagenbach, 2006.

Das Buch der Unruhe, de Benardo Soares/Fernando Pessoa (lido por Udo Samel), Der Audio Verlag, 2006.

8.

BIBLIOGRAFIA

BIBLIOGRAFIA

1. Obras de Fernando Pessoa

Edições Publicada em Vida
35 Sonnets, Lisboa, Monteiro & Co., 1918.
Antinous, Lisboa, Monteiro & Co., 1918.
English Poems. I-II, Lisboa, Olisipo, 1921.
English Poems. III – Epithalamium, Lisboa, Olisipo, 1921.
Interregno, Defesa e Justificação da Ditadura Militar em Portugal, Lisboa, Núcleo de Acção Nacional, 1928.
Mensagem, Lisboa, Parceria António Maria Pereira, 1934.

Principais Edições Póstumas

Edições Ática
Obras Completas de Fernando Pessoa
Colecção Poesia
I. *Poesias*, 1.ª ed.: 1942 (nota explicativa de João Gaspar Simões e Luiz de Montalvor)
II. *Poesias de Álvaro de Campos*, 1.ª ed.: 1944 (notas de João Gaspar Simões e Luiz de Montalvor).
III. *Poemas de Alberto Caeiro*, 1.ª ed.: 1946 (notas de João Gaspar Simões e Luiz de Montalvor).
IV. *Odes de Ricardo Reis*, 1.ª ed.: 1946 (notas de João Gaspar Simões e Luiz de Montalvor).
V. *Mensagem*, 3.ª ed.: 1945.
VI. *Poemas Dramáticos*, 1.ª ed.: 1952 (notas de Eduardo Freitas da Costa).

FERNANDO PESSOA

VII. Fernando Pessoa, *Poesias Inéditas (1930-1935)*, 1.ª ed.: 1955 (nota prévia de Vitorino Nemésio e advertência de Jorge Nemésio).

VIII. Fernando Pessoa, *Poesias Inéditas (1919-1930)*, 1.ª ed.: 1956 (nota prévia de Jorge Nemésio).

IX. Fernando pessoa, *Quadras ao Gosto Popular*, 1.ª ed.: 1965 (texto estabelecido e prefaciado por Georg Rudolf Lind e Jacinto Prado Coelho).

X. Fernando Pessoa, *Novas Poesias Inéditas*, 1.ª ed.: 1973 (direcção recolha e notas de Maria do Rosário Lopes Sabino e Adelaide Maria Monteiro Sereno).

XI. Fernando Pessoa, *Poemas Ingleses*, 1.ª ed.: 1974 (edição bilingue, com prefácio, traduções, variantes e notas de Jorge de Sena, e traduções também de Adolfo Casais Monteiro e José Blanc de Portugal).

Prosa

Páginas Íntimas e de Auto-Interpretação, 1.ª ed.: 1966 (textos estabelecidos e prefaciados por Georg Rudolf Lind e Jacinto do Prado Coelho).

Páginas de Estética e de Teoria e Crítica Literárias, 1.ª ed.: [1967] (textos estabelecidos e prefaciados por Georg Rudolf Lind e Jacinto do Prado Coelho).

Textos Filosóficos, 2 vols., 1.ª ed.: 1968 (estabelecidos e prefaciados por António de Pina Coelho).

Cartas de amor, 1.ª ed.: 1978 (organização e estabelecimento de texto por David Mourão-Ferreira e Maria da Graça Queiroz).

Sobre Portugal – Introdução ao Problema Nacional, 1.ª ed.: 1979 (recolha de textos: Maria Isabel Rocheta e Maria Paula Morão; introdução e organização: Joel Serrão).

Da República (1910-1935), 1.ª ed.: 1979 (recolha de textos: Maria Isabel Rocheta e Maria Paula Morão; introdução e organização: Joel Serrão).

Ultimatum e Páginas de Sociologia Política, 1.ª ed.: 1980 (recolha de textos: Maria Isabel Rocheta e Maria Paula Morão; introdução e organização: Joel Serrão).

Textos de Crítica e de Intervenção, 1.ª ed.: 1980.

Livro do Desassossego por Bernardo Soares, 2 vols., 1.ª ed.: 1982 (recolha e transcrição dos textos: Maria Alete Galhoz e Teresa Sobral Cunha; prefácio e organização: Jacinto do Prado Coelho).

Assírio & Alvim
Obras de Fernando Pessoa
Mensagem, 1997 (edição de Fernando Cabral Martins).
A Hora do Diabo, 1997 (edição de Teresa Rita Lopes).
A Língua Portuguesa, 1997 (edição de Luísa Medeiros).
Bernardo Soares, *Livro do Desassossego*, 1998 (edição de Richard Zenith).
Ficções do Interlúdio (1914-1935), 1998 (edição de Fernando Cabral Martins).
Correspondência (1905-1922), 1998 (edição de Manuela Parreira da Silva).
Correspondência (1923-1935), 1999 (edição de Manuela Parreira da Silva).
Barão de Teive, *A Educação do Estóico*, 1999 (edição de Richard Zenith).
O Banqueiro Anarquista, 1999 (edição de Manuela Parreira da Silva).
Alexander Search, *Poesia*, 1999 (edição de Luísa Freire).
Poesia Inglesa I, 2000 (edição de Luísa Freire).
Poesia Inglesa II, 2000 (edição de Luísa Freire).
Heróstrato e a Busca da Imortalidade, 2000 (edição de Richard Zenith).
Ricardo Reis, *Poesia*, 2000 (edição de Manuela Parreira da Silva).
Crítica. Ensaios, Artigos e Entrevistas, 2000 (edição de Fernando Cabral Martins).
Alberto Caeiro, *Poesia*, 2001 (edição de Fernando Cabral Martins e Richard Zenith).
Quadras, 2002 (edição de Luísa Freire).
Álvaro de Campos, *Poesia*, 2002 (edição de Teresa Rita Lopes).
Ricardo Reis, *Prosa*, 2003 (edição de Manuela Parreira da Silva).
Poesia (1902-1917), 2005 (edição de Manuela Parreira da Silva, Ana Maria Freitas e Madalena Dias).

Poesia (1918-1930), 2005 (edição de Manuela Parreira da Silva, Ana Maria Freitas e Madalena Dias).

Poesia (1931-1935 e não datada), 2006 (edição de Manuela Parreira da Silva, Ana Maria Freitas e Madalena Dias).

Quaresma, Decifrador. As Novelas Policiárias, 2008 (edição de Ana Maria Freitas)

Livros de Bolso Europa-América:
(Edição de António Quadros, 1986-1987)

Obra Poética
435. *Mensagem e Outros Poemas Afins*
436. *Poesia – I (1902-1929)*
437. *Poesia – II (1930-1933)*
438. *Poesia – III (1934-1935)*
439. *Poemas de Alberto Caeiro*
440. *Odes de Ricardo Reis*
441. *Poesia de Álvaro de Campos*

Obra em Prosa
466. *Escritos Íntimos, Cartas e Páginas Autobiográficas*
467. *Textos de Intervenção Social e Cultural – A Ficção dos Heterónimos*
468. *Livro do Desassossego por Bernardo Soares* – 1ª parte
469. *Livro do Desassossego por Bernardo Soares* – 2ª parte
470. *Ficção e Teatro – O Banqueiro Anarquista, Novelas Policiárias, O Marinheiro e Outros*
471. *A Procura da Verdade Oculta – Textos Filosóficos e Esotéricos*
472. *Portugal, Sebastianismo e Quinto Império*
473. *Páginas de Pensamento Político – 1 (1910-1919)*
474. *Páginas de Pensamento Político – 2 (1925-1935)*
475. *Páginas sobre Literatura e Estética*

BIBLIOGRAFIA

Edições da Imprensa Nacional Casa da Moeda (INCM)
Volumes da Série Maior

I. *Poemas de Fernando Pessoa*
tomo I: até 1914 (em publicação).
tomo II: 1915-1920, 2005 (edição de João Dionísio).
tomo III: *1921-1930*, 2001 (edição de Ivo Castro).
tomo IV: *1931-1933*, 2004 (edição de Ivo Castro).
tomo V: *1934-1935*, 2000 (edição de Luís Prista).
Mensagem e Poemas Publicados em Vida (em publicação).
Quadras, 1997 (edição de Luís Prista).
Rubaiyat, 2008 (edição de Maria Aliete Galhoz)
II. *Poemas de Álvaro de Campos*, 1990 (edição de Cleonice
Berardinelli).
III. *Poemas de Ricardo Reis*, 1994 (edição de Luiz Fagundes
Duarte).
IV. Poemas de Alberto Caeiro (em publicação).
V. *Poemas Ingleses*
tomo I: *Antinous, Inscriptions, Epithalamium, 35 Sonnets*, 1993 (Edição de João Dionísio).
tomo II: *Poemas de Alexander Search*, 1997 (edição de
João Dionísio).
tomo III: *The Mad Fiddler*, 1999 (edição de Marcus
Angioni e Fernando Gomes).
VI. *Obras de António Mora*, 2002 (edição de Luíz Filipe B.
Teixeira).
VII. *Escritos Sobre Génio e Loucura*, 2 vols., 2006 (edição de
Jerónimo Pizarro).
VIII. *Obras de Jean Seul de Méluret*, 2006 (edição de Rita
Patrício e Jerónimo Pizarro).
IX. *A Educação do Stoico*, 2007 (edição de Jerónimo Pizarro).
X. Sensacioniismo e Outros Ismos, 2009 (edição de Jerónimo
Pizarro)

Edições Manuel Lencastre
(textos estabelecidos e comentados por Pedro Teixeira da Mota)
Moral, Regras de Vida, Condições de Iniciação, 1988.
*A Grande Alma Portuguesa. A Carta ao Conde de Keyserling e
Outros Dois Textos Inéditos*, 1988.

Poesia Mágica, Profética e Espiritual, 1989.
Rosea Cruz, 1989.

Aguilar
Obra Poética. Organização, introdução e notas de Maria Aliete Galhoz. Rio de Janeiro, Editora José Aguilar, 1960.
Obras em Prosa. Organização, introdução e notas de Cleonice Berardinelli. Rio de Janeiro, Editora Nova Aguilar, 1974.

Outras edições referidas
Álvaro de Campos, *Notas para a recordação do meu mestre Caeiro*, Lisboa, Estampa, 1997 (textos fixados, organizados e apresentados por Teresa Rita Lopes).
Escritos autobiográficos, automáticos e de reflexão pessoal, Lisboa, Assírio & Alvim, 2003 (edição e posfácio de Richard Zenith; colaboração de Manuela Parreira da Silva).
Pessoa por conhecer II: Roteiro para uma expedição, Lisboa, Estampa, 1990 (organização de Teresa Rita Lopes).
Pessoa Inédito, Lisboa, Livros Horizonte, 1993 (coordenação de Teresa Rita Lopes).

2. Bibliografia crítica (seletiva)

Actas do 1.º Congresso Internacional de Estudos Pessoanos, Porto, Brasília Editora-Centro de Estudos Pessoanos, 1979.
Actas do 2.º Congresso Internacional de Estudos Pessoanos, Porto, Centro de Estudos Pessoanos, 1985.
Actas do IV Congresso Internacional de Estudos Pessoanos (Secção brasileira), 2 vols., Porto, Fundação Eng. António de Almeida, 1990-1991.
ALVARENGA, Fernando, *A arte visual futurista em Fernando Pessoa*, Lisboa, Ed. Notícias, 1984.
ANTUNES, Alfredo, *Saudade e profetismo em Fernando Pessoa*, Braga, Publicações da Faculdade de Filosofia, 1983.

BIBLIOGRAFIA

ANES, José Manuel, *Fernando Pessoa e os mundos esotéricos*, Lisboa, Ésquilo, 2004.

CASTRO, Ivo, *Editar Pessoa*, Lisboa, Imprensa Nacional-Casa da Moeda, 1990.

CENTENO, Yvette K. e RECKERT, Stephen, *Fernando Pessoa (tempo, solidão, hermetismo)*, Lisboa, Moraes, 1978.

CENTENO, Yvette, *Fernando Pessoa: Magia e Fantasia*, Porto, Asa, 2003.

COELHO, António Pina, *Os fundamentos filosóficos da obra de Fernando Pessoa*, 2 vols., Lisboa, Verbo, 1971.

COELHO, Jacinto do Prado, *Diversidade e unidade em Fernando Pessoa*, 12. ª ed., Lisboa, Verbo, 2007.

COELHO, Joaquim-Francisco, *Microleituras de Álvaro de Campos*, Lisboa, Dom Quixote, 1987.

Colóquio / Letras («Homenagem a Fernando Pessoa»), 88, 1985.

Colóquio / Letras («Fernando Pessoa em viagem»), 107, 1989.

COSTA, Dalila Pereira, *O esoterismo de Fernando Pessoa*, 3.ª ed., Porto, Lello e Irmão, 1987.

CRESPO, Ángel, *Estudios sobre Fernando Pessoa*, Barcelona, Bruguera, 1984.

CRESPO, Ángel, *La vida plural de Fernando Pessoa*, 2.ª ed., Barcelona, Seix Barral, 1988.

CRESPO, Ángel, *Con Fernando Pessoa*, Madrid, Huerga & Fierro, 1995.

Cuadernos Hispanoamericanos («Homenaje a Fernando Pessoa»), 425, 1985.

DETHURENS, Pascal e SEIXO, Maria Alzira (ed.), *Colloque de Cerisy. Pessoa: unité, diversité, obliquité*, Paris, Christian Bourgois Éditeur, 2000.

DIOGO, Américo António Lindeza, *Literatura & heteronímia: sobre Fernando Pessoa*, Braga-Pontevedra, Irmandades da Fala da Galiza e Portugal, 1992.

DIX, Steffen e PIZARRO, Jerónimo (org.), *A arca de Pessoa. Novos ensaios*, Lisboa, Imprensa de Ciências Sociais, 2007.

Encontro Internacional do Centenário de Fernando Pessoa, Lisboa, Secretaria de Estado da Cultura, 1990.

Fernando Pessoa no seu tempo, Lisboa, *Biblioteca Nacional*, 1988.

FERREIRA, António Mega (2005) *Fazer pela vida: um retrato de Fernando Pessoa, o empreendedor*, Lisboa, Assírio & Alvim.

FINAZZI-AGRÒ, Ettore, O *alibi infinito*, Lisboa, Imprensa Nacional-
-Casa da Moeda, 1987.

FREIRE, Luísa, *Fernando Pessoa – Entre vozes, entre línguas*, Lisboa,
Assírio & Alvim, 2004.

GARCEZ, Maria Helena Nery, *Alberto Caeiro, "Descobridor da
natureza"?*, Porto, Centro de Estudos Pessoanos, 1985.

GARCÍA MARTÍN, José Luis, *Fernando Pessoa, sociedad ilimitada*,
Gijón, Llibros del Pexe, 2002.

GIL, José, *Fernando Pessoa ou a metafísica das sensações*, Lisboa,
Relógio d'Água. Tradução de Miguel Serras Pereira e Ana Luísa
Faria, [1987].

GÜNTERT, Georges, *Fernando Pessoa: o eu estranho*, Lisboa,
Dom Quixote, 1982.

GUSMÃO, Manuel, O *poema impossível: o «Fausto» de Pessoa*,
Lisboa, Caminho, 1986.

HENRIQUES, Mendo Castro, *As coerências de Fernando Pessoa*,
Lisboa, Verbo, 1989.

JENNINGS, H. D., *Os dois exílios: Fernando Pessoa na África do Sul*,
Porto, Fundação Eng. António de Almeida-Centro de Estudos
Pessoanos, 1984.

JÚDICE, Nuno, *A era do «Orpheu»*, Lisboa, Teorema, 1986.

KUJAWSI, Gilberto de Mello, *Fernando Pessoa, o outro*, 3.ª ed., Petró-
polis, Vozes, 1979.

LIND, Georg Rudolf, *Estudos sobre Fernando Pessoa*, Lisboa,
Imprensa Nacional-Casa da Moeda, 1981.

LOPES, Teresa Rita, *Pessoa por conhecer I: Roteiro para uma expedição*, Lisboa, Estampa, 1990.

LOPES, Teresa Rita, *Fernando Pessoa et le drame symboliste: héritage
et création*, Paris, La Différence, 2004.

LOURENÇO, António Apolinário, *Identidade e alteridade em Fernando Pessoa e Antonio Machado*, Braga-Coimbra, Angelus
Novus, 1995.

LOURENÇO, António Apolinário, «Introdução», in Fernando Pessoa,
Mensagem, 2.ª ed., Coimbra, Angelus Novus, 2008, pp. 13-65.

LOURENÇO, Eduardo, *Poesia e metafísica: Camões, Antero, Pessoa*,
Lisboa, Gradiva, 2002.

LOURENÇO, Eduardo, *Pessoa Revisitado: leitura estruturante do
drama em gente*, 4.ª ed., Lisboa, Gradiva (2.ª nesta editora),
2003.

BIBLIOGRAFIA

LOURENÇO, Eduardo, *Fernando Pessoa — Rei da nossa Baviera*, Lisboa, Imprensa Nacional-Casa da Moeda, 1986.

LOURENÇO, Eduardo, *O lugar do anjo. Ensaios pessoanos*, Lisboa, Gradiva, 2004.

MAIOR, Dionísio Vila, *Fernando Pessoa: Heteronímia e dialogismo*, Coimbra, Almedina, 1994.

MARTINS, Fernando Cabral (coord.), *Dicionário de Fernando Pessoa e do Modernismo Português*, Lisboa, Caminho, 2008.

MATOS, Jorge de, *O pensamento maçónico de Fernando Pessoa*, Lisboa, Hugin, 1997.

MATOS, Maria Vitalina Leal de, *A vivência do tempo em Fernando Pessoa e outros ensaios pessoanos*, Lisboa, Verbo, 1993.

MOISÉS, Massaud, *Fernando Pessoa: o espelho e a esfinge*, 2.ª ed., São Paulo, Cultrix, 1998.

MOISÉS, Carlos Felipe, *O poema e as máscaras*, Coimbra, Almedina, 1981.

MOISÉS, Carlos Felipe, *Fernando Pessoa: Almoxarifado de mitos*, São Paulo, Escrituras, 2005.

MONTEIRO, Adolfo Casais, *A poesia de Fernando Pessoa*, 2.ª ed., Lisboa, Imprensa Nacional-Casa da Moeda, 1985. Organização de José Blanco.

MORODO, Raúl, *Fernando Pessoa e as «Revoluções Nacionais» europeias*, Lisboa, Caminho, 1997.

MOTA, Pedro Teixeira da, «Comentário», in Fernando Pessoa, *Poesia mágica, profética e espiritual*, Lisboa, Edições Manuel Lencastre, pp. 79-107, 1989.

MOURÃO-FERREIRA, David, *Nos passos de Pessoa*, Lisboa, Presença, 1988.

NEVES, João Alves das, *O Movimento Futurista em Portugal*, 2.ª ed., Lisboa, Dinalivro, 1987.

Nova Renascença («Número especial dedicado a Fernando Pessoa»), 30-31, 1988.

PAZ, Octavio, *O desconhecido de si mesmo (Fernando Pessoa)*, Lisboa, Iniciativas Editoriais, 1980. Tradução de José Fernandes Fafe.

PERRONE-MOISÉS, Leyla, *Fernando Pessoa: Aquém do eu, além do outro*, 2.ª ed., São Paulo, Martins Fontes, 1990.

PETRELLI, Micla, *Disconoscimenti: Poetica e invenzione di Fernando Pessoa*, Ospedaletto (Pisa), Pacini Editore, 2005.

PICCHIO, Luciana Stegagno, *Nel segno di Orfeo. Fernando Pessoa e l'Avanguardia portoghese*, Genova, Il Melangolo, 2004.

Portuguese Literary & Cultural Studies («Pessoa's Alberto Caeiro»), 3, 1999.

QUADROS, António, *Fernando Pessoa — Vida, personalidade e génio*, 3.ª ed., Lisboa, Dom Quixote, 1988.

QUADROS, António, *O Primeiro Modernismo português: vanguarda e tradição*, Lisboa, Europa-América, 1989.

QUADROS, António, *A ideia de Portugal na literatura portuguesa dos últimos 100 anos*, Lisboa, Fundação Lusíada, 1989.

RAGUENET, Sandra, *Fernando Pessoa: devenir et dissémination*, Paris, L'Harmattan, 2005.

Revista da Biblioteca Nacional («I Centenário de Fernando Pessoa»), s. 2, v. 3, n.º 3, 1988.

SACRAMENTO, Mário, *Fernando Pessoa, poeta da hora absurda*, 3.ª ed., Lisboa, Vega, 1985.

SÁEZ DELGADO, Antonio, *Órficos y Ultraístas. Portugal y España en el Diálogo de las Primeras Vanguardias Literarias (1915-1925)*, Mérida, Editora Regional de Extremadura, 1999.

RAMALHO SANTOS, Irene, *Atlantic poets: Fernado Pessoa's turn in Anglo-American Modernism*, Hanover-London, University Press of New England, 2003.

SADLIER, Darlene J., *Modernism and the paradox of authorship: an introduction to Fernando Pessoa*, Gainesville, University Press of Florida, 1998.

SEABRA, José Augusto, *Fernando Pessoa ou o poetodrama*, São Paulo, Perspectiva. 1982.

SEABRA, José Augusto, *O heterotexto pessoano*, Lisboa, Dinalivro, 1985.

SEABRA, José Augusto: *O coração do texto / Le cœur du texte. Novos ensaios pessoanos*; Lisboa, Cosmos, 1996.

SEABRA, José Augusto: *Fernando Pessoa: pour une poétique de l'esoterisme*, Paris, Éditions A l'Orient, 2004.

SEABRA, José Augusto (coord.), *Mensagem. Poemas esotéricos* (de Fernando Pessoa), Madrid, Archivos-Fundação Eng. A. Almeida, 1993. Inclui ensaios de António Quadros, José Augusto Seabra, José Édil de Lima Alves, Dalila Pereira da Costa, Adrien Roig, Maria Helena da Rocha Pereira, Luís Filipe B. Teixeira, Onésimo Teotónio Pereira, Américo da Costa

Ramalho, Teresa Rita Lopes, José Caro Proença e Y. K. Centeno.

SEGOLIN, Fernando, *Fernando Pessoa: poesia, transgressão, utopia*, São Paulo, EDUC, 1992

SENA, Jorge de, *Fernando Pessoa & C.ª Heterónima (Estudos coligidos 1940-1978)*, 2.ª ed., Lisboa, Edições 70, 1984.

SERRÃO, Joel, *Fernando Pessoa, cidadão do imaginário*, Lisboa, Horizonte, 1981.

SEVERINO, Alexandrino E., *Fernando Pessoa na África do Sul. A formação inglesa de Fernando Pessoa*, Lisboa, Dom Quixote, 1993.

SILVA, Agostinho da, *Um Fernando Pessoa*, Lisboa, Guimarães.

SILVA, Luís de Oliveira e, *O materialismo idealista de Fernando Pessoa*, Lisboa, Clássica Editora, 1985.

SILVA, Manuela Parreira, *Realidade e ficção: para uma biografia epistolar de Fernando Pessoa*, Lisboa, Assírio & Alvim, 2004.

SIMÕES, João Gaspar, *Vida e obra de Fernando Pessoa: história duma geração*, 5.ª ed., Lisboa, D. Quixote, 1987.

TABUCCHI, Antonio (ed.), *Il poeta e la finzione – Scritti su Fernando Pessoa*, Genova, Tilgher, 1983.

TABUCCHI, Antonio, *Pessoana mínima*, Lisboa, Imprensa Nacional-Casa da Moeda, 1984.

TAVARES, José Fernando, *Fernando Pessoa e as estratégias da razão política*, Lisboa, Instituto Piaget, 1998.

TEIXEIRA, Luís Filipe B., *O nascimento do homem em Pessoa: a heteronímia como jogo da demiurgia divina*, Lisboa, Cosmos, 1992.

TEIXEIRA, Luís Filipe B., *Pensar Pessoa: a dimensão filosófica e hermética da obra de Fernando Pessoa*, Porto, Lello, 1997.

ZENITH, Richard, *Fernando Pessoa*, Lisboa, Temas e Debates, 2008.

Índice

1. Nota Prévia	7
2. Apresentação	13
3. Lugares Seletos	81
Aforismos	83
Textos Doutrinários	90
Textos Literários	101
4. Discurso Direto	143
5. Discurso Crítico	159
6. Abecedário	233
7. Representações	255
8. Bibliografia	261